옹달샘

옹달샘

ⓒ 김종섭, 2025

초판 1쇄 발행 2025년 11월 27일

지은이	김종섭
펴낸이	이기봉
편집	좋은땅 편집팀
펴낸곳	도서출판 좋은땅
주소	서울특별시 마포구 양화로12길 26 지월드빌딩 (서교동 395-7)
전화	02)374-8616~7
팩스	02)374-8614
이메일	gworldbook@naver.com
홈페이지	www.g-world.co.kr

ISBN 979-11-388-4980-7 (03810)

- 가격은 뒤표지에 있습니다.
- 이 책은 저작권법에 의하여 보호를 받는 저작물이므로 무단 전재와 복제를 금합니다.
- 파본은 구입하신 서점에서 교환해 드립니다.

옹달샘

김종섭 지음

좋은땅

차례

7	정균과 은희의 숨겨진 사연
91	정균의 결혼 청첩장과 은희와 병기의 결혼식
185	전씨네 조씨네 가슴에 대못 박히던 날

〈옹달샘〉 사전 정보
- 시대적 배경: 1950~1980년대 농촌 마을

〈옹달샘에 얽힌 사연〉 등장인물
- 전씨 부부 및 자녀: 큰아들-병기, 작은아들-병우
- 조씨 부부 및 자녀: 큰딸-은희, 작은딸-은영
- 한 마을 병기 친구들: 정균, 준초, 선곤, 종식
- 양동 댁: 정균이 키워 주신 큰 엄마
- 사촌들: 정철, 정만, 봉덕
- 태숙: 정균이 배우자
- 순옥이 엄니, 이장, 김 영감 등 다수

정균과 은희의 숨겨진 사연

●● 옹달샘은 소문의 진원지였다

　뒷산 자락 아래 좁다란 평지에는 오래전부터 가뭄에도 마르지 않는 옹달샘이 자리하고 있었다.
　여름에는 시원하고 겨울에는 따뜻하게 느껴지는 샘물이 일정한 온도로 땅속에서 쉼 없이 솟아올랐다.
　그 옹달샘에는 배 부분이 붉은색을 띠는 무당개구리가 살고 있었다.
　놀이하듯 헤엄치다 인기척이 나면 금세 숨었다가, 고요해지면 다시 물 위로 올라와 헤엄을 치며 놀곤 했다.
　하지만 그들의 세상은 늘 안온하지만은 않았다.
　시도 때도 없이 나타나는 황조롱이와 수리부엉이는 늘 두려운 존재였고, 여름철이면 뱀까지 어슬렁대며 위협을 보탰다.
　시원하게 솟아오르는 옹달샘은 나무꾼들의 갈증을 풀어 주는 역할도 했다.
　우물가에서 아낙들이 소문을 퍼트리듯, 이곳 옹달샘에도 이름 모를 새들이 날아와 목도 축이고 여름에는 물총새와 꾀꼬리가 놀다 가고, 기온이 내려가면 "내년 봄에 다시 올랑께잉~"
　약속을 하고는 남쪽 나라로 떠나갔다.
　그 소식을 박새가 오목눈이에게 들려주고 있는데 소리 없이 황조롱이가 날아와 소나무 가지에 내려앉아 꼬나보고 있는 모습에 둘은 혼비백산 황급히 숲속으로 몸을 숨겼다.

한참 후 황조롱이가 떠나간 옹달샘에는 다시금 새들이 모여들었다.

"이웃 누구네는 알을 몇 개 낳아 품고 있대."

"저 고개 너머에 살던 수꿩 장끼 말이야. 겨울에 배가 고파 산 아래 밭에서 사람들이 수확하다 떨어뜨린 곡식 낟알을 주워 먹다가 포수가 겨누는 총에 맞아 죽었다더라."

포수가 시체마저 대가리를 허리춤에 끼고 가 버린 바람에 부인 까투리는 서방님 장례도 못 치루고 슬픔에 젖어 두문분출하며 식음을 전폐하고 있다더라는 안타까운 소식을 전했다.

다람쥐들은 겨우내 먹을 도토리를 가을 내내 물어다 각각 저장해 놨는데 청설모네 아기 돌잔치에 다녀오느라 잠시 외출한 사이 그중 한곳에서 몽땅 도난당했다.

처음에는 사람이 도토리묵 만들어 먹으려고 가져간 줄 알았지만, 작은 구멍에서 꺼내 갈 수 없다는 결론으로 다람쥐 마을에서는 등잔 밑이 어둡다며 서로를 의심하고 결국 분란이 일었다.

한편으론 먹잇감을 몽땅 털려 겨우내 배 골며 지낼 동료를 생각해서 십시일반 조금씩 걷어 주자는 반상회가 어제저녁 너덜겅 아래에서 열렸다는 훈훈한 미담을 정통한 소식통이라고 약방의 감초 촉새가 이름값 하듯 동네방네 떠벌리고 댕겼다.

영역이 겹쳐 평소 먹이다툼으로 사이가 별로 좋지 않았던 청설모네 아기 돌잔치에 참석하게 된 것은 마음에 우러나서 간 것이 아니다.

덩치 때문에 밀리기만 하던 다람쥐들이 눈치 보느라 축의금 조로 도토리를 물고 와서 눈도장 찍고 갔단다.

다람쥐 마을에 분란 원인이 자기네 아기 돌잔치 때문이란 걸 촉새로부터 전해 듣고서 놀부 같은 청설모가 곡간에서 도토리 한 됫박을 다람쥐 마을에 전해 줬다는 미담을 또 다른 촉새가 전했다.

깡패로 소문난 청설모의 미담을 이야기하자 흥! 콧방귀 뀌며 또 다른 촉새가 산골 마을에서 품행이 좋지 않아 평소 미국에 트럼프나 러시아에 푸틴 같은 놈이라고 손가락질을 당한다는 것을 알기는 아는 모양이라고 미담에 찬물을 끼얹었다.

산속 동물들 사이에서는 "개과천선한 건지도 몰라."라며 박수를 쳤지만, 한편에서는 다람쥐가 물고 가는 것도 견치 쫓아가서 빼서른 쪼잔한 놈인디 절대로 그럴 리가 없다며 그동안 행실 때문에 믿으려 들지 않았다.

밤이면 고라니와 오소리가 몰래 와서 물을 마셨고, 뻐꾸기는 노래 전 목청을 가다듬기 위해 부리에 옹달샘 물을 머금고 하늘을 올려다보며 삼킬 때 목울대를 따라 깃털도 실룩실룩 함께 움직였다.

마을에서 그리 멀지 않은 뒷산인지라 아이들은 이곳에서 숨바꼭질도 하고, 목마르면 머시매들은 옹달샘 가에 무릎을 꿇고 머리 숙여 벌컥벌컥 마셨고 가시내들은 두 손으로 움켜쥐어 마시면서 뛰어놀았다.

●● 놀던 아이들 중 스님은 병우를 불렀다

산 넘어 절에서 스님이 탁발하러 마을로 내려왔다.
이 집 저 집 들러 염불하고 나면 형편 좋지 않던 시절이라 주로 보리쌀을 대접에 담아와 걸망 차댕이에 부어 주곤 했다.
형편이 좀 나은 집은 쌀을 입구가 다른 차댕이에 따로 부어 주었다.
그러나 보릿고개 겪은 어려운 가정에서는 다음에 들리시라며 빈손으로 돌려보내기도 했다.
그럴 땐 시주하지 못해 죄짓는 것 같아서 마음이 께름칙했다.
동냥치라면 몰라도 스님이라 주는 입장에서도 마음이 편치 않았다.
이집 저집 돌다 시장기가 돌 무렵, 마침 식사 준비하던 전씨 집에서 점심을 요청드려 얻어먹고는 염불을 해 주었다.
이후 남은 집들을 돌아 탁발을 마치고, 해가 지기 전에 부리나케 돌아가는 길이었다.
옹달샘 어귀에는 아이들이 뛰어노느라 시끌벅적했다.
스님은 숨도 돌리고, 목도 축일 겸 해서 걸머지고 오던 걸망을 벗어놓고 옹달샘가로 다가갔다.
소매를 걷어붙이고 손을 씻은 뒤, 두 손으로 샘물을 움켜쥐고 마셨다.
한나절 돌아다녀 목말랐던 갈증이 풀리며, 가슴이 확 트이는 듯 시원했다.
걸망을 벗어 놓은 작은 바위에 걸터앉아 어린 시절을 그리워하며 아이들 뛰노는 모습을 유심히 지켜보며, 잠시 숨을 고르던 중, 조금 전 마을 어느 집에서 느꼈던 기운이 다시금 느껴졌다.

스님은 이상하다 여겨 예닐곱 살쯤 되어 보이는 병우에게 손짓을 하며 가까이 오라고 했다.

하지만 까까머리에 차림새가 낯설게 느껴졌던지, 병우는 무서운 눈초리로 선뜻 다가오지 못하고 머뭇머뭇 망설였다.

스님은 다시 한번 웃음을 지으며 인자하게 "꼬마야" 하고 부르며 손짓을 하자, 병우는 많은 아이들 중 하필 자신을 부를까 의아해하며 주변 아이들을 둘러보았다.

병우는 분명히 자신을 지목한다는 생각에 쭈뼛쭈뼛 경계를 하며 느릿느릿 스님 앞으로 다가갔다.

스님이 손을 뻗어 병우 머리를 쓰다듬으며 몇 살이냐고 물었다.

병우는 왼손 다섯 손가락을 모두 펴고 오른손은 브이자로 집게와 가운데 손가락 두 개를 펴고는 "일곱 살이어라."라고 했다.

"이름은?" 하고 묻자 "전 병우여라." 하고 대답했다.

스님은 하늘을 올려다보며 다시 병우를 뚫어지게 바라보았다.

그러더니 "흐음" 하고 중얼거리며, "네 부모님을 만나봐야겠다. 집에 가자." 하며 병우를 앞장세웠다.

병우는 본인 집으로 간다는 말에 안심하고 종종 걸음으로 앞장을 섰다.

대문에 들어서며 병우는 엄니를 보자마자 얼른 달려가 치마폭을 붙잡고 몸을 숨긴 채 눈만 내밀고는 스님을 바라보았다.

점심 무렵, 스님이 등에 짊어진 걸망에 쌀도 한 대접 부어 주고 점심까지 대접했기에, 다시 찾아온 스님을 병우 엄니는 의아한 눈으로 바라보며 무슨 용건인지 묻기 위해 입을 열려는 찰나, 스님이 먼저 물었다.

"자식은 몇이나 되오?"

병우 엄니는 "제 위로 형이 하나 있어요. 아들만 둘입니다."

스님은 그 말을 듣고 한참을 집 주위를 둘러보더니,

뒷산자락을 바라보며 병우를 다시 한번 흘깃 보았다.

"둘 다 한 마을로 결혼할 것 같은데, 공을 많이 들여야겠소이다."

그 말을 남기고 두 손을 모아 합장한 뒤 머리를 숙이며 "관세음보살"을 읊조리고는, 해가 산 능선 가까이 있는 것을 보고는 곧바로 대문을 향해 발걸음을 재촉했다.

병우 엄니는 아직 어린아이에게 무슨 결혼 이야기를 하실까 고개를 갸우뚱했다.

대수롭지 않게 여기며 대문을 나와 스님 간 방향을 바라보니, 벌써 스님은 마을을 벗어나 산길로 접어들고 있었다.

스님은 부리나케 산길을 오르며 발걸음을 재촉했다.

그 사이에도 옹달샘 주변에서는 아이들은 놀이에 정신이 팔려 뛰어다니느라 스님이 지나가는데도 아무도 관심을 두지 않았다.

어렸을 때, 동네 아이들 풀밭에 뒹굴며 놀아도 정균이는 철든 아이처럼 옷을 절대 더럽히지 않았다.

한참 재미있게 놀다가도 해가 서편으로 기울면, 마치 라디오에서 시보가 울리는 시간에 맞춘 듯, 정균이는 조용히 혼자 먼저 집으로 향하곤 했다.

그런 정균이 모습이, 어린 은희 눈에도 애처로워 보였던지 그에게 왜 맨날 먼저 집으로 향하는지 물어보고 싶었다.

하지만, 그때마다 정균이는 이미 저만치 달아나고 있었다.

그가 왜 큰어머니 손에 자란 건지 왜 일찍 철이 들어야만 했는지 은희는 몰랐다.

어리광은커녕 떼쓰는 모습조차 한번 보이지 않고 마치 애어른 같았다.

은희가 고학년이 되어 중학교에 들어가면서는, 동네 어른들의 수군거림과 밥상머리에서 오가는 부모님의 대화 속에 큰 엄니 손에 자라는 정균이에 대한 이야기를 들어 알 수 있었다.

"정균이는 어려도 어른 같다", "엄니 아부지 없이 자랐어도 어쩌면 저렇게 실겁고 바른지 모르겠다"는 칭찬을 들으며 은희는 그의 행동을 조금씩 이해하게 되었다.

부모 없이 큰 엄니 양동 댁 보살핌 아래서 학교에 다니는 정균에게 먹을 것이라도 생기면 몰래 가져다주고 싶은 동정심이 일었다.

정균, 병기, 선곤, 준초, 종식이는 고학년에 돼서도 어른들 눈에 띄지 않은 옹달샘 주변을 안방 삼아 뛰어놀았다.

마치 바퀴벌레들처럼 어른들 눈에 띄지 않으려는 듯 언덕이 가린 이곳에 숨어서 놀았다.

어느 날, 종식이가 학교에서 돌아와 점심 먹자마자 달려 나간다.

누군가 "종식아!" 하고 불렀다. 심부름이라도 시키려는 눈치였다.

못 들은 척 종식이는 벌써 옹달샘 쪽으로 달아나 버리고 징살나게도 말을 안 들어 처묵는다고 종식이 아부지 사라져 버린 언덕만 한참을 째려봤다.

은희 점숙이 앵순이 광임이 영례 한마을 가시내들도 이곳에 모여 놀곤 했는데 그때마다 머시매들은 맬겁시 찔벅찔벅 건드려가꼬 쌈박질도 하고 울리기도 했다.

맨 날 당하기만 하고 있을 때, 싸난 은희가 나타나 뭔 일이냐?

가시내들 모여들어 조잘조잘 일러바쳤다.

듣고난 은희, 뺨딱지를 탁 쌔러불재, 기냥 나뒀냐?

은희 "문뎅이 새끼들 지랄허고 자빠졌네!" 하고 큰소리치자, 가시내들도 기가 살아 은희 빽 믿고 똥개 새끼들 마냥 뒤에서 왈왈거렸다.

심술 통 머시매들 꼬랑지 내리고 은희 눈을 피했다.

그런 은희도 정균이 한테는 순한 양처럼 굴었다.

그렇게 싸우다가도 놀이할 때 인원이 부족하면 살살 달래기도 했다.

정균이는 좀처럼 싸우는 일이 없었으나 놀이를 하던 중 병기가 놀이 규칙에 대해 억지를 부리며 계속 우기자 답답했던지 정균이가 "빙신쪼다 같은 새끼!"라고 했다.

그러자 병기가 "니그 아부지, 빨갱이였잖아!" 정균이 아픈 곳을 찔렀다.

이곳은 아이들의 놀이터이기도 했지만, 재미있게 놀다가도 비우짱 틀어지면 어른들한테 들었던 말을 인용해 놀림거리로 삼으며 금세 싸움터가 되기도 했다.

장난꾸러기 선곤이가 맬겁시 광임이를 찔벅거리며 거짓말로 약을 올리자, "배락마저 디질 놈 새끼가, 거짓깔도 잘 헌당께 힘시롱 독으로 대그빡을 콱 깨불랑께" 하고, 맞짱뜨나 원체 지앙스런 선곤이 당해낼 재간이 없다.

결국 약이 오른 광임이 눈물 보이고 삐졌다.

그래도 날만 새면 마을 아이들은 이곳에 모여 날이면 날마다 지지고 볶고, 아웅다웅거리다가도 언제 그랬냐는 듯 금세 웃고 헤헤거리며 놀았고, 밥만 먹으면 자석에 끌리듯 옹달샘으로 모여들었다.

●● 가정방문

정균이 큰어머니 밭일을 마치고 돌아오는 길이었다.
그런데 사립문 앞에 어린아이들이 웅성거리며 서 있는 것을 보고, 웬일인가 싶어 아이들에게 물었다.
정균이 담임선생님 가정방문 길에 따라온 반 친구들이란다.
집 안을 들여다보니 마당에는 선생님과 정균이만 있었다.
아무도 없는 집에서 정균이가 어쩔 줄 몰라 하며 고개를 반쯤 숙이고 서 있었다.
선생님께서는 정균이가 항상 우수에 찬 표정을 짓고 있는 것이 마음에 걸려, 그 이유를 알고 싶어 오늘 가정방문을 오신 것이다.
마당에서 어른들이 어디 계신지 묻고 있을 때, 마침 큰어머니가 들어오셨다. "오매 어쩔까이! 선생님이 어쩐 일이시다요? 야가 학교에서 무슨 잘못이라도 저질러 불었는가요?"
이렇게 누추한 곳을 선생님께서 오시다니 황송해하며 걸레로 마루를 훔치며 올라와 앉으시라고 했다.
선생님은 뚤 방에 올라서며 "잘못은 무슨 잘못이요."
정균이처럼 착한 아이는 찾아보기 드물다며, 우리 반에서 제일가는 모범생이라며 안심을 시키면서, 공부도 잘한다 추켜세우고 칭찬을 아끼지 않았다.
큰어머니 정개에서 고구마 삶아놓은 것을 바구리째 들고 나와 선생님께 내밀며 말했다.

"사는 것이 선찮아서 대접할 게 마땅찮구만이라 고구마라도 좀 자시시오."

그러며 고구마 바구리를 선생님 앞으로 내밀었다.

정균이는 좀 더 맛있는 것이 없어 고구마밖에 드릴 게 없는 형편이 선생님은 물론 친구들 앞에서 부끄러워 얼굴이 빨개졌다.

선생님 마루에 걸터앉아 고구마를 보며, 먹지 않으면 가난한 집 음식이라 꺼리는 것처럼 보일까 봐 일부러 "맛있게 보이네요." 하며 하나를 추켜들었다.

그러고는 거리낌 없이 껍질을 벗겨 한입 베어 물었다.

그 광경을 사립문 밖에서 보고 있던 여자아이들이 키득키득 웃으며 숨었다가 고개를 쭉 빼고 내다보느라 서로 밀치며 소란을 피웠다.

아이들 눈에는 고구마 같은 건 거들떠보지도 않고 맛있는 것만 드실 것 같던 선생님이 고구마를 드시는 모습이 신기하게 보였던 것이다.

큰어머니 물을 한 대접 떠와 목 뭉친께 물이랑 마셔 감서, 천천히 더 잡수시라고 선생님께 내밀었다.

큰어머니가 긴장하고 어려워하는 기색을 보이자, 선생님은 수더분한 모습으로 또 하나의 고구마를 집어 들며 말했다.

"제가 제일 즐겨 먹는 게 고구마랍니다."

그렇게 분위기 부드럽게 만들었더니 큰어머니도 조금 마음을 놓은 듯, 정균이가 부모 없이 자라온 과정과 어려운 환경 속에서의 성장한 이야기를 선생님과 한동안 대화를 나눴다.

선생님은 그제야 정균이 우수에 찬 눈빛의 이유를 조금이나마 이해하게 되었고, 정균이에게 좀 더 따뜻한 손길이 필요하다는 생각을 갖게 되었다.

그리고 다음 집 가정방문을 위해 사립문을 나섰다.

재산이 둘째가라면 서러울 정도로 지역의 유지였던 김달봉 국회의원이, 군내에서 공부 잘하고 인성도 바른 학생에게 장학금을 수여하겠다는 공문을 학교에 보내왔다.

각 반 담임들은 자신들 반에서 추천할 학생을 고르느라 분주했다.

선생님들은 공부 잘하는 아이들 중 한 명을 골라내려 혈안이 되어 있었다.

정균이 담임선생님은 공부와 인성 사이에서 깊은 고민에 빠졌다.

공부로 치자면 당연히 반장이 유력했지만, 반장은 더러 친구들을 덩치로 괴롭히거나 잘못을 다른 친구들에게 떠넘기곤 하는 것을 알고 있었다.

그럼에도 누구 하나 반기를 들지 못하는 상황이 자주 목격됐다.

며칠을 고민한 끝에, 선생님은 가정방문 때 들은 이야기도 있고 인성이 남다른 정균이를 추천하기로 마음먹었다.

공부는 아주 특별나진 않아도 충분했고, 무엇보다도 바른 사람으로 자라는 것이 중요하다고 여기며 삼 일 동안 정성 들여 추천서를 작성해 제출했다.

하지만 일이 쉽게 끝나지 않았다.

학교가 끝난 뒤, 교감 선생님이 정균이 담임을 불러 반장 아이를 추천하지 않은 이유를 따지듯 물었다.

은근히 반장 아버지의 지역 내 영향력을 내세우며 압박을 가했다.

담임선생님도 물러서지 않았다.

반장과 정균이 비교하며 "공부도 중요하지만 사람됨이 우선입니다"라고 설득을 했으나 결론은 쉽게 나지 않고 시간이 길어졌다.

결국 두 사람은 교장실로 불려 온 후로도 의견이 팽팽히 맞섰다.

교장선생님은 추천서를 전부 훑어본 뒤, 조용히 한마디를 던졌다.

교감 선생님을 향해 "이번엔 양보하시죠."

그 한마디에 따라 결국 정균이가 장학금 대상자로 선정되었다.

정균이가 장학생으로 뽑혔다는 소문이 퍼지자, 반장은 억울한 듯 씩씩거리며 하굣길에 많은 아이들이 지켜보는 가운데, 분풀이하듯 정균이를 향해 소리쳤다.

"느그 아부지, 빨갱이였잖아!" 조롱 섞인 욕설이었다.

덩치에 밀려 변변한 대꾸도 못 했지만, 정균이의 가슴에는 충격이 일었다.

그것도 같은 반 여자 아이들 있는 데서 '빨갱이'라는 소리를 듣다니 억울하기도 하고 분에 겨웠다.

눈물을 머금은 정균이는 마치 큰어머니께 하소연이라도 하려는 듯,

함께 가던 신작로를 벗어나 밭두렁 샛길로 접어들었다.

"빨갱이 자식!"

반장의 조롱은 샛길을 향해 계속되었다. 억울하고 분했다.

밭일하던 큰어머니, 고개 숙이고 어깨를 들썩이며 오는 정균이를 부르셨다.

붉어진 눈을 본 순간, 웬만해서는 눈물을 보이지 않던 정균이가 큰어머니를 보자마자 눈물을 왈칵 쏟아 냈다.

"왜 울면서 오느냐?" 이유를 묻던 큰어머니 정균이의 눈빛에 무언가를 직감한 듯, 들고 있던 호멩이를 팽개치고 발걸음을 재촉 학교로 향했다.

틀림없이 가정방문 때 정균이 자라온 속사정을 괜히 선생님께 말한 것을 넘겨짚고 마음에 걸려 따지러 나선 것이다.

신작로를 걷던 아이들은 힐끔힐끔 정균이를 살폈고, 큰어머니가 양팔을 저으며 소매를 걷어붙이고 달리듯 학교로 향하는 모습을 보자 '큰일 났구나' 싶었다.

반장은 큰어머니가 부리나케 학교 쪽으로 향하는 모습에 내일 학교에서 혼구멍날 생각에 가슴이 콩닥콩닥 불안에 휩싸였다.

병기는 오래전 반장에게 정균이 아부지 북으로 넘어가서 큰어머니 집에서 학교 다닌다고 했던 기억이 떠올라 심장이 터질 듯 방망이질 쳤다.

혹시 반장 입에서 자신이 말했다는 게 새어 나올까 봐 조마조마했다.

양동 댁이 자기 집에 찾아와 부모님께 삿대질하는 장면을 떠올리며 걱정이 더해졌다.

혹시 반장이 그 이야기를 기억을 못 할 수도 있지 않을까 하며 위안을 삼아 봤지만 걱정은 쉽게 가시지 않았다.

병기는 아끼던 학용품 중 하나를 주면서 정균이에게 빌붙어 보려는 생각도 해 봤지만 그것이 통할지 몰라 발걸음이 무거웠다.

평소에도 아이들끼리 재미있게 놀다가도 서로 비우짱 틀어지면 "느그 아부지는 빨갱이였잖아." 하는 말이 튀어나오곤 했다.

처음에는 무슨 말인지 몰라 그저 욕이려니 짐작하고, 눈물만 흘렸던 정균이, 중학생이 되면서 학교에서 배우고, 동네 어른들 이야기를 귀동냥하며 조금씩 이해하게 되었다.

왜 아부지는 빨갱이가 되어야만 했을까?

왜 인민군을 따라가야만 했을까?

철이 들면서 나름대로 이유를 깨닫게 되었다.

커서 자신에게 돌아올 전답이라고는 산 아래 언덕배기에 있는 작은 뙈기밭뿐이었다.

가난은 대물림되었고, 부자는 여전히 부자였으며, 가난뱅이는 남들 앞에서 굽실거리며 살아야 했다.

그런 세상에서 아부지는 재산의 공유를 통해 계급 없는 평등 사회를 꿈꿨을 것이고, 공산주의의 이념에 빠져들 수밖에 없었을 거라고 짐작을 했다.

세상이 뒤집어져야 자신도 기지개를 켜고 살아갈 수 있다는 희망을 가졌을 것이라는 생각이 들었다.

●● 전씨 부부, 논을 일구다

옹달샘은 산짐승과 새들에게 생명수를 공급하는 장소였다.

마을 어른들의 이야기와 아이들의 소문이 흘러나오는 옹달샘이 자리한 산은 전씨가 직접 매입한 것이 아니라 조상 대대로 대물림으로 내려왔다.

옹달샘은 아무리 가물어도 마르지 않았다.

전씨는 이곳에서 겨울에도 땔감 걱정 없었고, 알뜰살뜰 보살핀 덕분에 주변은 민둥산이어도 전씨네 산은 기둥감은 몇 안 되도 석끌로는 쓸 만한 제목들로 꽉 들어차 제법 울창했다.

"땔나무고 뭐시고, 그래도 곡식이 제일이제."

전씨는 둘도 없는 단짝 친구 조씨네 논 윗부분 평평한 땅을 추수 끝나고부터 시작해서 겨울 내내 쉬지 않고 부인은 밥 지어 나르고 교대하면서 죽을 동 살 동 괭이질 삽질에 나무 끌텡이랑 뿌랭기를 걷어 내고 삼태기에 돌멩이 주워 나르느라 안암팎으로 땀 흘린 보람이 있어 삼월이 다 돼서 다랑이 논 두 배미를 일궜다.

산 아래 첫 논이라 물론 천수답이다.

그러나 마르지 않는 옹달샘이 있어 믿는 구석이 있었기에 손발이 부르트도록 등허리 한번 제대로 펴지 않고, 아그들 쌀밥 멕일 요량으로 겨우내 뗏장 뿌랭기와 잡초에 엉킨 땅을 파재꼈다.

땅 파니라고 바닥만 쳐다보고 써빠지게 일하다 오랜만에 허리 펴고 사방을 둘러보니, 죽은 듯했던 산과 들에는 사방천지 앙상한 가지에 어느새 새싹이 돋아나고 있었다.

종달새는 짝을 찾아 높이 날며 노래했고, 수컷 한 마리는 옹달샘에 머리를 처박아 세수하고는 깃털을 다듬으며 연지곤지 바르듯, 짝에게 잘 보이려고 분주했다.

그 종달새 짝을 만나 알을 품고 아기 새 어른 되어 부모 곁을 떠날 즈음 가실에 누렇게 여문 나락 거둬 물레방앗간에 찧어서 따순 쌀밥이 자식새끼들 목구녕으로 넘어갈 생각을 하니 심들었어도 전씨네는 오져서 입가에는 미소가 떠나지 않았다.

그런데 전씨네 산 옹달샘에서 흘러 내려오는 물을 받아 지금까지 아무런 탈 없이 농사를 지어오던 아래 논 조씨네한테는 걱정이 늘었다.

그동안 겨우내 산에서 밭을 일군 줄 알았는데 논을 일궜으니 가물기라도 할라치면 먼저 위 논에서 물을 가둘 텐데 그동안 위에는 전답이 없어 아무런 제약도 없이 옹달샘 물을 이용해서 문전옥답 마냥 농사를 지어왔건만 걱정이 앞선다.

아무리 속 좋은 전씨라지만 가물기라도 하면 말라가는 나락을 보고 아래 논으로 물이 흘러가도록 보고만 있겠는가?

이녁 논부터 물 대려고 물꼬를 틀어막을 텐데 어쩔 것인가.

나락 싹틔울 못자리 조성도 안 했는데 벌써부터 조씨 부부는 한숨만 쉰다.

조씨는 지금까지 전씨네 하고 유재 살면서 서당도 함께 다니고 나이도 동갑내기 둘도 없는 친구 사이로 먼 친척보다 가까이 지내 왔고 어려운 일이 있을 때면 서로 의논하며 친근하게 오가다 보니 아이들도 자연스럽게 자기들 집 드나들 듯 스스럼없이 한집처럼 오가고 한쪽 집 부모 늦은 날이면 아무 데서고 밥도 얻어먹고 잠도 잤다.

　전씨, 조씨 결혼도 한해에 나란히 해서 전씨는 아들을 조씨는 동갑내기 딸을 둬서 농사일 나가면 둘은 빠꿈살이하며 놀았고 학교도 이웃 마을까지 삐비도 뽑아먹고 때알도 따 먹음서 함께 사이좋게 다녔다.

　시방처럼 친구 사이 금가지 않게 농사철에 비라도 좍좍 내려 줬으면 하는 마음으로 하늘에 지대 보는 수밖에 달리 별 뾰쪽한 수가 없었다.

　전씨 큰아들 병기는 공부를 제법 잘하더니 대학 졸업하자마자 은행에 취직을 했고, 조씨네 큰딸 은희는 군대를 가지 않아 그보다 먼저 회사에 취직이 되어 서울에서 자취 중이다.

　병기는 모난 데 없이 어려서부터 반듯하게 성장했고 간딱구 입고 다니던 은희는 지 엄니를 닮았는지 발랄하고 양글차서 동네 아주머니들은 이름 대신 야문이라고 불렀는데 조씨네는 은희에 대한 칭찬으로 들려서 별 말없이 딸을 바라보며 미소를 지었다.

•• 병기와 은희, 병우와 은영의 성장기

병기와 은희는 학교에 오가며 매일 함께 시간을 보냈다.

학교에 오다가다 흰 구름처럼 연기를 길게 꼬리에 매달고 점처럼 날아가거나 낮게 날면서 요란한 소리를 내며 지나가는 비행기를 보기라도 하면 은희는 재빨리 병기를 놀리곤 했다.

"저기 봐, 뱅기 간다!" 하며 하늘을 가리키고는, "야, 저기 너 간다!" 하고 장난을 쳤다.

정해진 길 없이 동쪽 서쪽 가리지 않고 뜬금없이 요란한 소리를 내며 낮게 나는 비행기가 나타날 때마다 절대 기회를 놓치지 않고 병기를 향한 놀림은 은희의 일상이었다.

장난질이 심할 때면 속으로는 주먹을 한 대 날리고 싶었지만, 참아야만 했다.

은희는 머시매 못지않게 힘도 세고 찌부까기를 잘해서 괜히 덤벼봐야 계란으로 바위치기로 상대가 버거워, 당하면서도 감내하며 지냈다.

고학년이 된 병기는 교과서에서, 1894년에 조선 팔도의 지방관들의 폭정과 가혹한 조세정책으로 세금 수탈에 시달리고 있을 때, 견디다 못한 농민들이 들고 일어난 봉기 즉 동학농민운동을 배웠다.

시발점은 고부군수 조병갑의 폭정과 세금 수탈하는 만행을 일삼자 견디다 못한, 전봉준 부친이 농민들의 대표로 앞장서서 항의를 하다 곤장을 맞아 죽는 사건이 있었다.

이를 계기로 분노한 백성들이 전봉준을 중심으로 전국적인 봉기로 번져 나갔다는 것을, 선생님의 설명으로 알게 되었다.

이 사실을 학교에서 배우고 난 뒤로는 병기는 은희에게 반격할 구실이 생겼다.

비행기 놀림을 할 때면, 병기는 곧잘 조은희를 빤히 쳐다보면서 말했다.

"농민들 세금 수탈하는 못된 조병갑이 니그 조상이고, 전봉준은 의로운 우리 조상이제!" 하고 반격을 가했다.

은희는 비행기와 병기의 발음이 비슷하다는 이유로 병기를 놀려댔지만, 탐관오리 조병갑 이야기는 역사에 기록된 엄연한 사실이라 같은 조씨로서 반박하기 어렵다는 걸 깨달았다.

그 뒤로 병기 놀리는 것도 시간이 지남시롱 차츰 심드렁해졌다.

쓰단시 건들어 봐야 탐관오리 조병갑이 니그 조상이라고 역공을 취하니 본전 추리기 어려웠기 때문이다.

병기 동생 병우는 고등학생이다. 걸어 다니기는 학교가 멀고, 버스도 뜨문뜨문 다녀서 4km쯤 떨어진 읍내로 자전거 통학을 했다.

은희 여동생 은영이는 하루에 몇 번 밖에 다니지 않는 버스를 이용했지만, 시간 맞추기 어려운 날은 걸어서 집에 오면 힘든 기색을 숨기지 않았고, 인사는커녕 마루에 책가방을 패대기치며 엄니 앞에서 짜증을 냈다.

어깨를 앞뒤로 흔들고, 다리를 동동 구르며 "나도 병우 맹키로 자전거 사줘!" 하고 몇 달째 악따구를 질러대며 떼를 쓴지 모른다.

은희 엄니는 "오매, 징한 것! 저 작것을 호랭이가 안 물어가고 멋허까이 엄니는 참말로 호랭이가 물어갔으면 좋컸어." 하며 앙장 거리자 귀찮시롭다는 듯 "가시내야 따대기지 말고 저리 가부리!" 했다.

은희 엄니는 만만한 인물이 아니었다.

젊은 시절 산전수전 다 겪어온 그녀는 은영이의 수법이 자신과 똑같다는 걸 알아차렸다.

머릿속에는 산신령 뺨치는 도사, 가슴속에는 승천하기 직전의 이무기가 자리하고 있어 은영이의 요구가 씨알도 먹히지 않았다.

그때마다 딸년 쌍판대기 쳐다봄서 말했다.

"가시내가 치매 입고 숭허게 어디 자전거를?"

택도 없웅께 속창아리 없는 소리 하지도 말라고 쏘아붙였다.

그러나 은영이는 쇠귀에 경 읽기 마냥 전혀 물러서지 않았다.

걸어온 날이면 링 위에 선 권투선수처럼 끝까지 맞짱을 뜨듯 말대꾸했다.

"1년만 버스비 애끼면 자전거 사고도 남는다 말이여!"

엄니는 듣는 둥 마는 둥 "꼴 배기 싫다"며 마당 빨랫줄에 지댄허게 걸쳐 있는 간짓대 옆을 지나 대문을 콱 닫고 비암 꼬랑지 빠져나가듯 밭을 향해 걸음을 옮겼다.

대문 위에 매달려 있던 깡통만 은희 엄니 성질머리처럼 딸랑딸랑 약 올리는 소리 같아 은영이는 한참 동안 찌그러진 깡통만 쩨려봤다.

밭으로 향하던 은희 엄니 속으로 중얼거렸다.

"저놈의 가시내, 전씨네 병우 하고 바꿔 나왔어야 헌디, 아 글씨 전씨네는 떡하니 아들만 둘이나 뽑아 부렀는디 조상 묘를 잘못 썼는가 똑같은 삼시세끼 처먹고 먼지랄 여 하나라도 고추 달고 나왔어야 허는디." 생각

27

에 부아가 치민다.

　저것이 누굴 타게서 성질머리가 저따구로 했다가도 아무리 생각해도 듬직하고 점잖은 남편은 아닌 것 같아 내색도 못 했다.

●● 자전거와 망원경

다음날도 은영이는 교실 청소까지 마치고 나왔지만, 매표소 창문 위 먼지 낀 채로 걸려있는 시계는 점심 무렵 한차례 있는 버스가 떠난 지 40분이 훌쩍 지났음을 가리키고 있었다.

다음 버스 시간은 아직도 한참 남았다.

초침만 째깍째깍 돌아가는데, 오늘따라 그마저도 굼뜨고 힘이 없어 보였다.

마치 태엽도 제대로 감기지 않은 것처럼. 차 시간이 멀었다.

"사십 분만 기운 내 걸어가면 되지." 하는 마음으로 정류장을 뒤로하고 은영이는 길을 나섰다.

가방을 오른손 왼손 번갈아들며 한참을 걸었더니, 손바닥이 벌겋게 달아올랐다.

한편 병우는 학교를 마치고 차부를 한 바퀴 돌아봐도 은영이는 보이지 않았다.

'차 시간이 한참 남아있어 벌써 출발했구나' 싶어, 허겁지겁 핸들을 꺾어 은영이를 그리며 부리나케 집을 향해 페달을 밟았다.

읍내를 벗어나 확 트인 신작로 길로 접어들자, 저 멀리 희미하게 보이는 교복 차림의 혼자 외롭게 걸어가는 여학생은 은영이가 틀림이 없다.

당연히 페달을 밟는 다리에 힘이 들어갔다.

은영이 걷는 내내 속으로 생각했다.

'언제쯤 병우 오빠가 나타날까? 혹시 어디 숨어 있다가 깜짝 놀래 키며 나타나는 건 아닐까?'

그런 기대하며 걷는데 병우가 좀처럼 나타나지 않자, 얄밉고 화가 나서 맥없는 돌멩이를 걷어찼다.

포물선을 그리며 날아가더니 풍당-

돌멩이는 물 고인 논에 떨어지며 흙탕물을 튀겼다.

'모내기하던 농부라도 맞았으면 어쩔 뻔했어….'

깨구락지라도 정통으로 맞았더라면 지금쯤 두 다리를 쭉 뻗고 발발 떨며 죽어가는 모습, 괜시리 한 생명 하늘나라로 떠나보낼 뻔했다는 생각에 소름이 끼쳤다.

은영이는 방정맞게 걷어찬 발모가지를 탓하며, 앞으로는 행동 하나하나 조심해야겠다고 다짐했다.

그때, 멀리서 들려오는 땡그랑 땡그랑 소리.

돌아보지 않아도 알 수 있었다. 병우 오빠 자전거 소리였다.

은영이는 역실로 모른 척 고개를 돌리지 않고 앞만 보며 걸었다.

병우는 그녀 옆에 자전거를 멈추며 말했다.

"얼릉 타랑께."

그 말에 은영이 그새 화가 누그러졌는지 입꼬리가 올라간 것이 싫지는 않은 모양이다.

병우는 은영이가 눈 흘기지 않는 걸 다행이라 여겼다.

은영이는 얻어 타는 주제에 주인처럼 당당했고, 병우는 태워 가면서도 혹시나 그냥 걸어간다 할까 봐 괜히 쓰잘머리 없는 걱정을 한 것은 은영이는 한번 삐지면 며칠간 말대꾸 없이 눈을 흘기는 일이 다반사였기 때문이다.

　은영이는 엄니 얼굴 떠올리며 들키기라도 하면 다 큰 가시내가 어디 머시매 자전거를 덥석덥석 타고 다닌 다냐고 매서운 손바닥으로 등짝을 갈기며 야단칠게 뻔해 신경이 쓰였다.

　병우 오빠가 소리를 꽥 지르며 "후딱 타랑께 얼릉 안 타면 간다!"
　가방도 무겁고 '에라 모르겠다.'
　은영이는 용수철처럼 튀어 올라 뒤 안장에 걸터앉아 가방을 무릎 위에 올려놓고 한 손으로는 잡을 곳이 마땅치 않아 병우 옆구리를 덥석 잡았다.
　병우는 그 손길이 은근히 좋았고 은영이는 덥석 잡은 손이 부끄러워 봉숭아꽃처럼 빨개졌지만 다행히 뒷자리라서 태연한 척 할 수 있었다.
　교복 차림의 남학생이 여학생을 태우고 달리는 모습은, 시골 사람들 눈에는 '세상 말세'라도 된 듯 이목을 끌었다.
　은영이는 병우 등짝에 시선을 고정한 채, 뉘 집 딸내미인지 알아볼까 봐 좌우로 고개를 돌리지 못했다.
　은영이를 태우고 달리는 자전거는 은영이 몸무게만큼이나 바퀴가 땅바닥에 접지 면적이 넓어져 힘들었을 텐데도 병우의 페달 밟는 힘은 혼자서 타고 올 때와 마찬가지로 은영이가 마치 새털처럼 가볍게만 느껴졌다.
　멀게만 느껴졌던 길이 자전거라 그런지 그새 마을이 눈에 들어오자 은영이는 속으로 아쉬웠다.
　'조금만 더 멀었으면 좋았을 텐데….'
　"오빠, 나 저기 모퉁이에서 내려줘."
　"왜? 조금만 더 가면 마을인데."
　"엄니한테 들키면 뒤지게 혼나. 설거지에 방 소지는 물론, 밥상머리에서 아부지한테 이를 거야." 결국 병우는 모퉁이에 내려 주었다.

마을에 들어선 병우는 은영이를 기다리시는지 대문 앞에 나와 계시는 은영 엄니를 향해 "안녕하세요."

병우가 태연하게 인사를 하자 "은영이는?" 하고 묻는 목소리 톤이 마치 은영이 태우고 오다 모퉁이에 내려놓고 오는 것을 눈치챈 것 같아 움찔했다.

"모퉁이 지나서 걸어오고 있어요."

병우는 재차 물어올 질문을 피하려는 듯, 즈그 집 대문 안으로 자전거를 끌고는 잽싸게 사라진다. 안도의 한숨이 절로 나왔다.

대문 안으로 들어간 병우는 그제야 '살았다'는 듯 숨을 돌렸다.

은희 엄마는 자전거 뒷자리에 혹여 은영이가 앉았던 흔적이라도 있을까, 진돗개처럼 코를 벌름거리며 바라보았다. 그리고 혼잣말처럼 중얼거렸다.

"쓰봉 입은 병우가 우리 집 대문으로, 치마 입은 은영이가 전씨네로 바꿔 들어갔으면 참말로 좋았을 텐데…." 미련이 남았다.

학교에 오갈 때 만남으로는 부족했던지, 저녁이면 병우는 은영이를 종종 불러냈으며 은영이 또한 기다렸다는 듯 병우에게로 달려갔다.

병우가 가지고 있던 장난감 같은 망원경이 둘 사이를 이어 주는 오작교 역할을 톡톡히 했다.

천체에 관심이 많았던 병우 오빠는 어느 날, "오늘 저녁은 유성우가 집중적으로 떨어지는 날이라 별똥별 잔치를 놓치면 안 된다"며 아까운 순간 놓치지 말라고 은영이를 불러냈다.

또 어떤 날은, "이번 기회를 놓치면 수십 년 후에나 이렇게 큰 달을 다시 볼 수 있다"며 설레는 목소리로 말했다.

  달이 지구를 원에 가까운 타원형 궤도로 공전하는데, 오늘 밤은 지구와 달 사이의 거리가 가장 가까워 슈퍼문 보름달을 볼 수 있다고 설레게 했다.

  병우는 망원경을 들고 사자자리, 오리온자리, 쌍둥이자리, 거문고자리 등 계절마다 달라지는 별자리를 하나하나 방향과 위치를 손가락으로 가리키며 설명했다.

  그는 별자리마다 얽힌 탄생 비화와 슬프고도 아름다운 설화를 덧붙여 들려주었다.

  견우와 직녀의 애틋한 사랑 이야기도 서정적인 묘사로 재미있게 들려주고, 은영이는 귀 기울여 들었다.

  장소는 사방이 막힌 곳 없는 마을 뒤편, 옹달샘 올라가는 길목 언덕이었다.

  둘은 어깨를 나란히 기대어 별빛을 바라보았다.

  뒷산에서는 소쩍새, 부엉이, 뻐꾸기 등이 임을 그리워하듯 구슬프게 울었고, 여름철이면 개구리와 풀벌레들이 짝을 찾아 우는 소리로 밤을 채웠다.

  그렇게 둘은 시간 가는 줄도 모르고 밤하늘을 바라보며 속삭였다.

●● 힘든 농사일과 몸져누운 종식이 엄니

모내기철이 가까워지자, 전씨는 개간한 논으로 물꼬를 틀어막았다.

이내 아래 또랑으로는 물 흐름이 뚝 끊겼고, 햇볕에 데워진 고인 물에서는 작은 눈쟁이가 아가미를 벌렁거리며 헐떡였다.

물에 사는 작은 벌레들도 수온 상승과 산소부족으로 호흡이 가빠져, 더 이상 견디지 못하고, 물 흐름을 끊어버린 전씨를 원망하듯 뛰쳐나오려고 퍼덕거렸다.

물이 마른 또랑 가장자리에는 돌미나리가 소금에 절인 것처럼 시들시들하더니 한낮 햇볕을 이기지 못하고 허리가 꺾였다.

수생식물들은 응급실의 산소호흡기에 의존하는 중환자처럼, 말라비틀어진 뿌랭기를 드러낸 채 의식을 잃어가고 있었다.

지금 물꼬를 터 준다 해도 말라버린 뿌랭기가 기능을 회복해 타들어 가는 잎과 줄기에 수분을 공급 생기를 불어넣을 수 있을지 걱정스럽다.

모든 것은 자식새끼들 배불리 쌀밥 먹일 요량으로 논배미를 개간한 것이 화근이었다.

보릿고개 시절 먹고사는 문제가 급선무라, 또랑에서 죽어가는 생명들을 보고도 전씨만을 탓하기란 쉽지 않은 일이다.

전씨는 논에 물을 채워도 쟁기질과 써래질은 어차피 소를 기르는 조씨에게 도움을 청해야 했다.

애당초 물이 차면 물꼬를 터줄 생각이었지만, 조씨는 내 깊은 속을 알리가 없을 것이라, 전씨는 눈치를 살피기에 급급했다.

그런데 옹달샘 물이란 것이 양수기처럼 콸콸 쏟아지는 게 아니었다.

일부는 땅속으로 스며들고, 오전 내 받은 물도 쭉쭉 뻗어 나가지 못하고 굼벵이처럼 겨우 윗배미 절반쯤밖에 뻗지 못했다.

그래도 밤낮으로 흘러 들어가면 다음 날까지는 아래 다랑이 논에도 앵간히 물이 찰 것 같았다.

며칠 후 옹달샘 물로 전씨와 조씨 모두 포도시 모내기를 마쳤다.

하지만 이후에도 물을 얻어 쓰는 조씨나, 소를 빌려야 하는 전씨 모두 예전 같지 않은 서먹서먹함을 완전히 해소되지 않았다.

전에는 조씨에게 "놉 얻어 놨응께." 내일 쟁기 좀 부탁하면, 조씨는 자기 일 제쳐두고도 흔쾌히 도와주었었다.

그러나 다랭이 논 개간한 후엔 "물 얻어 농사짓는 주제"에, 예전처럼 시원한 대답은 돌아오지 않았다.

전씨는 조씨가 그럴 리 없다고 스스로를 다독였지만, 이전보다 분명 달라진 조씨 얼굴 표정이 모든 걸 말해 주고 있었다.

그나마 금년에는 논바닥이 마를 만하면 하나님이 위에서 보고 있는 것맹키로 적당히 비를 내려줘 별 탈 없이 풍년이 들었다.

모내기만 했다고 풍년이 드는 것도 아니다.

한낮 땡볕 속, 벼 포기 사이에 갇혀 잡초를 매고 피를 뽑다 보면, 밭맬 때는 앙거서 허지만 논에는 물이 있어 엉덩이 젖을까봐 앙또 못 허고 허리를 꾸부리고 하는 작업이라 허리가 끊어질 듯 아팠다.

게다가 나락 잎에 스친 팔은 살갗이 씻겨 씨렸다.

샛거리도 선한 정자나무 그늘 아래서 먹으면 좋으련만,

조씨는 놉들 품삯이 아까워 시간 애낄라고 논두렁에 돗자리를 폈다.

그러고는 주변에서 논매는 종식이 아부지, 선곤이 아부지를 향해 "상추 쌈이나 한 볼태기 허고 가쇼." 큰소리와 손짓을 했다.

준초 엄니 일하는 날에 자식들 절대 놀리는 법이 없었다.

논에 안 따라가려고 방학 책 펴 놓고 열심히 공부하는 척하고 있었다.

방학 숙제는 저녁 판에 해도 되게 따라가자고 했다.

'넘덜 어매는 어린 자식들 데리고 논밭에 안 가는디 왜 우리 어매는 자식들 노는 꼴을 못 볼까' 싶어 야속한 마음도 들었다.

"쌀 한 톨 입 속으로 걍 들어온 줄 아냐, 등골이 녹아야 들어와."

논 맬 때 간혹 벼가 피인 줄 알고 뽑아버릴 때도 있었고 피를 보고도 그냥 지나쳐 버려 뒤지게 혼나기도 했다.

찐빵 장시 할매 우리 어매 큰소리로 불렀다.

"좀 쉬었다 일 허제 그려! 찐빵 가지고 왔응께 좀 사 묵고 일혀!"

"아, 배 안고파! 빵 좀 사 묵고 일허랑께."

할머니가 외치는 빵 소리. 그것은 빵도 먹고 시원한 정자나무 아래서 쉴 수 있다는 희망의 목소리였다.

그러나 엄니 반응은 싸늘했다. "나중에 사 묵을 께라우."

준초, 팥이 들어있는 찐빵 생각에 너무 먹고 싶어 침이 꼴딱 꼴딱 넘어갔다.

들녘에는 누렇게 익어가는 벼들이 황금물결처럼 출렁였다.

추석이 가까웠음을 알리기라도 하듯, 여름내 내리쬐던 뜨거운 햇살에도 꼿꼿하게 버티던 벼 이삭들이 점점 무게를 못 이기고 고개를 숙였다.

은희 엄니는 밭에 다녀오다 병기 엄니와 마주쳤다.

밭에서 건져 올린 늙은 호박 머리에 이고, 고추, 가지, 오이, 열무 등 계절의 열매 소쿠리에 가득 담아 옆구리에 끼고 오다, 무거워서 잠시 질 바닥에 내려놓고 숨을 돌렸다.

지나가는 병기 엄니에게 "어디 댕겨 와?" 하고 물응께.

"쩌그 째간 갔다 오요."

"쩌그는 귀신도 몰라." 하며 웃자, 병기 엄니는 종식이 어매가 아프다 혀서 죽을 좀 쑤어가며, 그냥 죽만 들고 가기가 서운헝께로 밭 가상에 심어 놓은 깡냉이 딴 것이 좀 많아서 가지고 갔더니.

죽만 받고는 요즘은 통 소화가 안 돼 깡냉이는 못 먹는다고 무달라고 쓸떼기 없이 이렇게 많이 갖구 와 애기들이나 쪄 주제.

마침 종식이 엄니를 딜다 보러 준초 마느래가 대문으로 들어 오드랑께 그래서 깡냉이 쪄먹을 라냐고 중께로 없어서 못 먹째라 험서 먹을 복이 있는 모양이라며 홀짜궁하고 받더란다.

은희 엄니가 물었다. "종식이 어매는 어디가 아프당가?"

"맥없이 기신도 없고, 먹고 싶은 것도 없고, 몸이 자꾸만 짜부라진디야."

병기 엄니는 덧붙였다. "종식이 엄니도 젊어서 고생 신물 나게 했제. 인자 나이 묵었응께 고장도 날 때 되얐어. 기계도 오래 쓰면 삐그덕 삐그덕 소리가 안 나 등 가벼."

그래도 종식이 엄니는 건강한 편이다.

"은희 엄니, 우리 친정어매는 진작 하늘나라로 가부렀는디, 집이 어매는 몇 살 였간디, 종식이 엄니보다 두 살 많은디 5년 전에 돌아가셔 불었응께 빨리 가셨제.

머시 그렇게 바빴는지 소리 없이 주무시다 가서붕께 친정 발걸음도 옛날만 못혀. 친정붙이들도 모다 시집 장개 가불고 점점 멀어지드만 인자는 중요한 일 있을 때만 포도시 내다 본당께."

은희 엄니. "나도 닐은 종식이 엄니 딜다 봐야 쓰것네."

며칠 후면 추석이라며, 혼기가 꽉 찬 은희가 서울에서 쓸 만한 남자라도 하나 달고 왔으면 좋겠다는 기대 섞인 바람을 말하자,

아들을 둔 병기 엄니는 별 관심이 없이 시큰둥하게 반응했다.

"지비는 아들인 게 그라제. 딸이면 그런 소리 못 할 것 이구만."

그러자 병기 엄니가 달래듯 말했다. "아따, 은희는 이삐고 야무딱지잖소. 어디 내놔도 시집 잘 가고 살림도 잘할 것잉께 걱정하덜 마러."

은희가 비문히 알아서 헐틴디 걱정도 팔자라고 핀잔을 준다.

은희 엄니 딸이 이삐고 야무딱지다는 말에 빈말이라도 금세 맴이 누그러졌다.

내려놓은 소쿠리를 집어 주면서 말했다.

"아따매, 먼 놈의 고추가 요로코롬 굵고 영판 실하네!"

"지비는 늦게 숭궈서 아직 덜 영글었제." 올해는 벌거지 하나도 안 묵었당께 한주먹 집어 가라 하고는 집으로 향했다.

다음날 죽을 쒀 종식이네 마당에 들어서자, 종식이 어매 마루에 나와 기신없이 기둥에 기대고 앉아 있었다.

"인자 쪼깐 갱신헐 만허요, 지금도 보대끼요?"

"밭에도 가봐야 쓰것는디, 지금도 일어서믄 어지러워서 이렇게 앉아 있네."

"근디 어찌고 알고 온디야? 어지께 병기 엄니한테 들었어라.

아무데도 말허지 말라고 내동 얘기혔는디…."

●● 장날

　추석이 얼마 남지 않아 은희 엄니는, 혹시 은희 요것이 남자라도 하나 달고 올러나 학수고대하며 읍내로 장 보러 나갔다.
　추석 전 장날이라 그런지, 어디서들 기어 나왔는지 읍내가 차부고 장터고 사람들로 발 디딜 틈이 없이 평소보다 훨씬 붐볐다.
　한참 장바닥을 여기저기 누비다 보니, 경찰서에서 오포 소리가 에애앵 하고 울려 퍼지며 정오를 알린다.
　남편 점심상 준비는 대강 손봐 놓고 오긴 혔는디, 내가 없으면 통 채려 묵을 줄도 모르고, 너새같이 보라꼬만 굶고 있을 게 뻔해 맴이 바빠진다.
　생선도 사고, 쇠개기도 좀 뜨고, 잡채에 들어갈 대야지개기랑 이것저것 골라 담다 보니 두 보퉁이가 빵빵하다.
　하나는 머리에 이고, 하나는 어깨가 축 늘어질 만큼 들고 걷는 모습에서 무게가 상당하다는 걸 알 수 있듯이 돈주머니가 헐렁해졌다.
　반꽁일이라 일찍 학교 파하고 장꾼들 틈새를 요리조리 자전거 타고 오던 병우가, 멀리서 보퉁이를 머리에 이고, 들고 걷는 은영이 엄니를 발견했다.
　병우는 곧장 뽀짝 옆으로 다가가 자전거를 세우고, 무거운 보퉁이 하나를 낚아채 자전거 뒤에 싣고서 "핑" 허니 떠났다.
　오늘따라 은영 엄니 눈에는 병우가 밸라도 더 실겁게 보인다.
　병우가 고맙기도 하고, 한편으로는 딸만 둘이라 짜잔해서 얻다 써 먹을까 싶은 은영이하고 바꿔 불었으면 하는 생각을 몇 번이나 되뇌었는지 모른다.

차라리 애기 때 바꿨으면 몰라도, 이제는 알 것 다 알아 불고, 전씨네가 흔쾌히 들어줄 리도 없고, 그저 쓰잘때기 없는 상상만 할 뿐이었다.

보따리 하나 덜고 나니 한결 개풋하게 차부에 도착했는데, 자리는커녕 탈 수나 있을지 걱정이다.

행선지 표지판 앞에는 보통이들이 줄지어 대기하고 있었다.

버스가 들어오자 '옥과 → 입면'이라고 빨간 글씨로 적힌 종점 표시가 눈에 들어온다.

버스 문이 열리자 줄은 이내 흐트러지고 먼저 올라타려고 엉켜서 입구가 난리 방천이다.

차장이 소재지만 가른 많이 내려붕께 "멀리 가신 양반들은 안쪽으로 들어들 가쑈!" 하고 소락대기를 질러도 듣는 둥 마는 둥 꼼짝도 하지 않는다.

결국 차장이 비집고 들어가 승객들을 뒤에서부터 각단 시럽게 차곡차곡 밀어 넣는다.

출발시간이 지났는데도 기사는 시동만 걸어놓은 채 출발할 생각이 없다.

한 사람이라도 더 태워 저녁 식사 값이라도 벌려는 눈치다.

보다 못한 동네 성깔 있는 준초가 "시방 출발시간이 한참이나 지나 불었는디, 똥차 안 가고 뭐 혀!" 하고 신경질적인 악다구니를 질렀다.

그러자 운전기사는 꿈쩍도 하지 않고 세월이 좀 먹냐는 식으로 차 속이 미어터지게 생겼는데도 "똥이 차야 가지요." 라며 태연하게 받아친다.

승객들은 운전수가 준초 꼬라지가 어떤 놈인지 세상 물정 모르고 건방지게 말대꾸하는 꼴이라며 눈을 똥그랗게 떴다.

준초는 평소 같으면 달려가서 한바탕 일을 벌였을 텐데, 승객 사이에 낑겨서 옴짝달싹 못 한다.

평소 성깔대로 야마가 돌아 분은 못 삭이지 못하고, "너는 오늘 뒤졌어." 콧구멍을 키우며 씩씩거렸다.

마지막 한 무리가 헐레벌떡 뛰어오더니 차에 매달리자 차장은 양팔로 잡아 버티면서 오라이를 외치는데 안에서는 키 작은 사람은 찡겨서 숨도 못 쉬고 참말로 사람 깨져 죽는다고 여기저기서 아우성이다.

문을 닫으려 하지만, 아직 매달린 사람이 있어 문이 닫히질 않는다.

보통이들로 움직일 틈도 없이 옹색한데 운전수가 왼쪽으로 핸들을 확 꺾어 돌자, 찡겨 서 있던 사람들이 자울아 짐서 워 매매 사람 잡네 비명 소리가 터지는 동시에 틈이 생김서 문이 닫힌다.

운전수 문 닫는 솜씨가 능수능란하다.

항시 장날이면 벌어지는 연례행사인데 명절까지 겹쳤으니 오직 허것능가.

버스는 흙먼지를 날리며 출발했고, 얼마 후 소재지 앞에 멈춰 섰다.

준초는 차비도 내지 않고 부리나케 내려가 운전석 문을 두드리며 아까 침에 머시라고 했냐며 눈을 부라리며 소락대기 질러 보지만 운전수는 병신 육갑떨고 있네 하는 식으로 귀머거리처럼 앞만 보며 꿈쩍도 않는다.

'요것 봐라' 준초 이빠이 약이 올랐다.

차장이 아르고 달래봐도, 암디서나 조자룡 헌 칼 휘두르듯 막되 먹은 놈이라고 소문 난데다 마을 사람 앞에서 가오다시 하려는 준초를 괜히 나서서 말게다가 불똥이 본인에게 튀어 나중에 곤조 부릴까 염려도 되고 똥이 무서워서 피하나 더러워서 피하지 하는 마음들이었다.

어느 누구도 나서서 막캥이 준초를 말게려고 하지 않고 강 건너 불구경 하듯 보라꼬만 있었다.
보다 못한 친척 어른이 나서서 말려 보지만 화딱지가 잔뜩 난 준초한 테는 어른이고 머시고 씨알도 안 먹혔다.
하는 수 없이 차비 야그는 꺼내지도 못하고, 차장은 손바닥으로 차벽을 두드리며 오라이를 외쳤다.
버스는 부르릉 소리와 함께 오징어 먹물 핑기며 내빼듯 시커먼 연기를 내뿜으며 떠났다.
화가 덜 풀린 준초 신작로에서 주먹만 한 돌멩이를 집어 힘껏 던졌다.
뒤 유리창이 와장창, 소리를 내며 유리가 부챗살처럼 쫙 갈라졌다.
덩치 큰 차장이 뛰쳐 내려와 준초 골마리를 잡고 땡겼다 밀쳤다 하지만, 누구 하나 나서서 말게지 않았다.
저 새끼 싸가지 없는 것 요번 참에 우새스런 꼴을 한번 크게 당해부렀으면 하는 동네 사람들 한결같은 마음이다.
밀리고 있는 준초가 종로에서 뺨 맞고 한강에서 눈 흘기듯 괜히 말게다 맥읍시 덤터기 쓸까 봐 주저하기 때문이다.
마을 사람들이 보기엔 차장이 덩치로 보나 인상으로 보나 다구지게 생겨서 객지라면 준초는 쨉이 안되게 보였으나 똥개도 집 앞에서는 절반은 먹고 들어간다지 않던가?
준초는 주변에 보는 눈도 있고 여기서 밀리면 그동안 쌓아온 명성이 한순간 무너질 판이라 소락데기 지르며 기고만장이다.
버스 안 승객들은 소재지에서 많이 내린 탓에 여유가 생겨 재미진 싸움 구경을 하느라고 원숭이들처럼 차창 가에 몰려든 눈동자들이 반짝거렸다.

결국 연락을 받고 지서에서 김 순경이 달려와 뜯어말리는데, 평소 성깔 있는 준초를 귀찮게 여기던 터라 김 순경이 준초 편에서 역성을 들었다.
"김 순경님 서운합니다."라는 말을 남기고 시간에 쫓겨 차장이 떠나가는 걸로 봐서 명절 때면 담뱃값이라도 인사치레를 했다는 느낌이 들었다.
은희 엄마는 만원 버스에서 내려, 구경 중 세상 제일 재미난 싸움 구경을 하고 피곤한 몸을 이끌고 집으로 돌아왔다.
마당에 들어서니 병우가 가져다 놓은 보퉁이가 벌써 정개 앞에 놓여 있다.
'저것까지 들고 버스 탔으면 어쩔 뻔했냐' 싶어,
병우가 마치 아들처럼 든든하게 느껴졌다.
저녁 지으려 부엌에 가니 부석에 재가 잔뜩 쌓였다.
당글개로 긁어내 삼태기에 담고, 칙간 구석에 먼지 날릴까 사알 살 쏟아 부었다.
입구가 좁아 사윗감이라도 오면 들어 다니기 불편할 것 같아, 은희 아부지를 불러 지게에 바재기 끼워 밭에 져나르라고 신신당부했다.
오늘은 힘들었응께 장 본 것 정리나 하고, 혹시 은희가 사윗감이라도 달고 올까 싶어, 이불호청 빨래며 방구석 소지는 뒤로 미뤘다.
햇고구마도 캐고, 나물도 다듬고, 텃밭에서 지까심이랑 뻘겋게 익은 고추 따다 밀풀 쑤고 젓갈 찌끌어 학독에 갈아서 버무리다 보니 어느새 내일이 추석이다.
집집마다 음식 만드는 풍경이 담장 너머로 보이고, 고소한 참기름 냄새가 고샅을 덮었다.

●● 조카 정균이를 눈 빠지게 기다리는 양동 댁

　　양동 댁은 내 손으로 키운 작은집 조카 정균이가 고등학교 졸업하자마자 서울로 떠나간 뒤, 명절이면 빠짐없이 마을 앞 정거장에 나와 기다렸다.
　　설이고, 추석이고 "금년에는 오려나…." 하는 기대를 안고 매번 버스를 기다렸지만 번번이 나타나지 않았다.
　　양동 댁 '머시 잘못돼야 부렀는가?' 싶은 걱정을 하고 있을 때, 이장이 지나감서 취직하러 서울 강 거 다 종살이인 거여- 소리에 마음이 더 아프다.
　　'내가 저 키울 때 뭘 잘못해 줬는가?…' 싶은 생각에 넘 부끄럽기도 하고, 속도 모르는 사람들은, "뭔가 서운헌 것이 있응께 오지를 않는 거 아녀?" 하고 말은 안 해도 속으로는 숭보는 것 같아 얼굴을 들 수도 없었다.
　　송신나 죽것길래 이태 동안은 포기하고 아예 배까태를 내다보덜 안 했다.
　　명절에 서울서 댕기러 온 자식들 틈에서 혹시나 정균이 소식이라도 들을까 했지만, 그를 봤다는 사람은 단 한 명도 없었다.
　　객지에 나갔던 자녀들은 말쑥한 옷차림에 선물 보따리를 들고 버스에서 내려, 마중 나온 가족과 반갑게 인사를 나누며 고샅길로 사라졌다.
　　그중엔 빤한 봉급에도 호기롭게 혼자 택시를 타고 와서 고개를 좌우로 빙둘러 보며 가오다시 하는 이도 드물게 있었다.
　　바라보는 사람이 많으면 택시비가 아깝지 않았지만, 보는 이가 적을 땐 괜히 택시를 탔나 싶어 얄팍해진 호주머니가 아쉬웠다.
　　그때였다. 택시에서 내리는 한사람, 말쑥한 양복 차림에 넥타이까지 맨

사내가 양동 댁이 눈 빠지게 기다리던 바로 그 조카, 정균이 아니던가?

서울에 간 지 몇 해가 지나도록 영 소식 없던 그가, 지금 막 택시에서 내려 집을 향해 오고 있다는 전갈을 숨넘어가게 전한 건 둘째 아들 정만이다.

그 소리에 워 매매 전쟁터에 나가 몇 해 동안 소식이 없어 죽은 줄로만 알았던 자식이 살아 돌아온 것마냥 친자식이 온 것보다 더 반가워하며 부엌일 하던 양동 댁은 봉덕이 심부름 가고 없던 참이라, 음식 준비하던 불을 대강 끄고 부리나케 뛰어나가다 대문 앞에서 정균이와 마주쳤다.

"오매오매, 그동안 어칙게 살았냐.

통 소식도 없고 궁금해 복장 터져 죽을 뻔 했그만…."

정균이 손을 덥석 잡은 양동 댁은 그 길로 마당을 가로질러 토방으로 올라, 말라붙은 걸레로 마루를 쓱쓱 훔치더니 자리에 앉아라 권했다.

얼굴을 어루만지며 "오매, 내 새끼 애도로워…." 하며 그동안 키운 정에 복받쳐 붉어진 눈엔 눈물이 고이고 코를 훌쩍거렸다.

정균이는 누구인가?

지그 아부지, 만덕 씨는 정균이 뱃속에 있을 때 인민군 따라 월북해 버렸다.

이별도 하늘 아래 있으면 언젠가 만날 수 있다는 희망이라도 있지만, 남북이 빌어먹을 놈의 38선으로 갈린 뒤로는 오매불망 기다림도 모두 허사가 되고 말았다.

살림이라야 돼기밭 하나뿐인 아래 동서 정균이 엄니는 남편마저 없고, 호구지책으로 날품 팔며 겨우겨우 풀칠하며 살아가는 형편이었다.

그러던 어느 날 저녁, 할매 옆에 잠들은 여섯 달 된 핏덩이를 두고 "찾지 마시라"는 쪽지 한 장에 죄송하다는 마지막 글을 남겨두고 정균이 엄니는 조용히 사라졌다.

'업보인가, 팔자인가.'

양동 댁은 그렇게 남겨진 아이를 친딸 봉덕이는 중학교도 보내지 않고, 정균이한테는 '남자는 더 배워야 쓴다'며 친자식 못지않게 짠하게 생각하며 동정 어린 눈길로 찢어지게 가난한 살림에도 어렵게 고등학교까지 가르쳤다.

졸업하자마자 돈 벌러 서울로 가겠다고 인사하는 정균이를 바라보면서 소도 어덕이 있어야 비빌 텐데 맨사댕이로 떠나가는 정균이가 짜내서 우짜가이 하는 측은한 마음이 가득했다.

남의 집 일로 받은 품삯을 치마를 걷어 올리고 고쟁이 개비 속에 몽땅 꺼내 차비라도 하라며 손에 쥐어줬더니 달구 똥 같은 눈물을 보이며, 서울로 갔다.

그런 놈이 10년 만에 나타난 것이다.

비록 제 배 속에서 낳은 자식은 아니지만, 품에서 키운 정이 어찌 아니 깊으랴. 양동 댁은 한시도 정균이에게서 눈을 떼지 못했다.

정균이 역시 10년 세월에 잔주름이 깊게 팬 큰어머니 품에 안겨 눈물만 훔쳤다.

그 정성에 대한 고마움이 벅차 말도 제대로 잇지 못하고, 소리 없이 눈물을 훔쳤다.

정균이가 10년 만에 찾아왔다는 소식이 퍼지자, 마을 사람들이 하나둘 모여들었다. 김 영감이 앞장섰다.

"정균이, 너는 니 큰 어매 잘 모셔야 헌다.

핏덩이 때부터 땔싹 크더락 어려운 살림에도 지 새끼처럼 키워 주셨응께, 은공 잊지 말거라. 그 은공 모르먼 사람 새끼가 아녀!

봉덕이는 중학교도 안 보내고, 너는 이집 저집 돈 꿔서라도 고등학교까지 보내줬다."

동네 사람들 모두 고개를 끄덕이며 "하먼이라….." 수긍했다.

이장도 나섰다.

"옛날에 우산 귀할 때, 봉덕이는 비료 포대 씌워 보낸 것 알지. 창피시럽다고 학교 안 간다고 울고불고했지만, 너는 찢어졌을 망정 비니루 우산이라도 꼭 씌워 보냈제.

이놈 꼴 싸댕이를 본께 신수 훤하게 성장해 불어 갖고. 지가 아는 체 안 하고 지나가 불면 나는 알아보덜 못 허것네. 청년이 돼서야 나타난 정균이를 다시 한번 위아래로 훑고는 인자부터는 양동 댁은 명절에 차 시간만 되면 밖에 나와 혹시나 하고 모가지 빠지게 기다릴 일 없겠네."

모두들, "자네가 영 소식 없응께 어찍게 잘못돼 불었는갑다" 했는데, 나타났다며, 모두가 반가워했다.

뒤늦게 들어온 종식이 아부지도.

"아따, 야가 죽어분 줄 알았는디 살아 돌아왔네잉!"

하고는 김 영감과 이장 한말을 되풀이한다.

선곤이 아부지는 손사래를 치며,

"앙끗도 모름서 뜬금없이 뻘소리여. 진즉 다 해본 얘기를, 그려! 인자 왔응께 몰랐제." 하면서도,

"근디 자가 학교 다닐 때 우리 밭 오이 따 먹었잖여?"

라고 꺼내려 하자, 바로 제지가 들어왔다.

"아따 먼 구신 씐 나락 까먹는 소리여. 그때 배고파서 안 그런 애기들이

어디 있었간디. 그것도 분위기를 봐감서 말해야제." 모처럼 서울서 왔는디 김밥 옆구리 터지는 소리를 헌가 자네도 큼시롱 안 혔간디.

종식이 아부지 머쓱하게 웃으며 입을 봉했다.

이윽고, 여기저기서 "오늘 저녁은 우리 집에서 먹자"는 말들이 쏟아졌지만, 양동 댁은 단호했다.

"아녀라, 무슨 씨잘때기 없는 소리들 헌당가! 오랜만에 할 말도 많응께, 오늘 저녁은 무조건 우리 집에서 묵어야 쓰겄어!"

그 말에 아무도 토 달지 못했다.

그렇게, 정균이는 돌아왔고 양동 댁의 기다림도 끝이 났다.

●● 사윗감 기다리는 은희 엄니

    은희 엄니는 연한 호박과 솔잎을 썰어 남은 반죽에 맨드라미 잎을 넣고 전을 지지다가 말고, 은영이를 불렀다.
    "너도 시집갈라면 배워야 헝께. 남은 것 매끼면서 되나 케나 지지지 말고 정성 들여라."
    그러곤 대문 밖으로 나가 마을 입구를 벌써 몇 번이나 내다본지 모른다. 이제나 저제나 했는데 텔레파시가 통했던지,
    때마침 택시 한 대가 대그빡을 마을 입구로 돌리더니 멈춰 섰다.
    운전석 옆에 앉았던 병기가 "얼마요?" 하고 묻자,
    운전수 아저씨는 태연하게 "추석이니 바가지요금 오천 원"을 부른다.
    옆에서 꼬나보고 있던 은희가 낯바닥 붉히며 째진 목소리로 반문했다.
    "머시라? 삼천 원이었는디 시방 먼 씨잘때기 없는 소리여!"
    야물딱지게 따지는 은희에게, 기사는 너스레를 떤다.
    "아따 갈 때는 빈 걸로 안 가요.
서울서 돈 번 양반들이 요때 고향에 좀 보태 줘야제."
    하면서 명절잉께로 봐달라는 듯 이양시럽게 능청을 떨었다.
    병기가 "됐어, 됐어." 하며 은희를 말게며, **빳빳한 신권 만 원짜리**를 내민다. 운전수는 거스름돈 사천 원은 손에 들고 나머지 천 원을 찾느라 헤맨다. 병기는 보너스도 받았것다 쿨하게 웃으며 말했다.
    "그냥 천원은 내비두쑈. 추석 잘 쇠시라 했다."

운전수 아저씨는 은희를 보며, "좋은 남편 얻었소." 덕담을 던지고는 메뚜기도 한철이라는 듯 핸들을 꺾어 추석 손님 태우러 부리나케 사라졌다.

둘은 마주 보고 멋쩍게 웃었다.

운전수가 부부로 착각했다는 것을 깨달은 순간이었다.

멀리서 은희 엄니가 택시에서 내리는 둘의 뽄새를 보고는 금세 딸이라는 것을 눈치채고 반가움에 달려 나갈 듯 기세였다.

차에서 내리는 양복쟁이를 보고는 "오매, 사윗감인가?" 싶어,

자빠질 듯 달렸다.

그러나 가까이 가보니, "은희 어머니, 안녕하셨어요. 그간 별고 없으시지라." 고개를 조아리는 이는 찬찬히 쳐다본께 해필이면 병기다.

순간 맥아리가 탁 풀린 은희 엄니는 실망을 감추지 못했다.

그 모습에 병기는 무참했다.

사윗감이 아니라 마땅치 않은 표정으로 "근디 어찌코롬 같이 차를 타고 왔디야?" 따지듯 묻는다.

은희는 부연했다.

"엄니, 서울서 고속버스 탈 때는 몰랐는디, 휴게소에서 여자 화장실 줄이 길게 늘어져 좀 늦게 올라탔소.

통로 지나가는디 병기가 아는 체 허드랑께, 옆자리 아가씨가 나랑 일행인 줄 알고 자릴 바꿔 줘서 같이 앉아 왔어라. 병기 옆자리 앉으니 널널하니 편했지라.

전에 앉았던 자리는 엄청 뚱뚱한 아저씨가 앉아 옹삭했는디 말이여."

집에 도착한 병기는 부모님께 인사드리고 병우에게 어깨를 툭 치며 말했다.

"학교 잘 다니지?"

그러자 병우는 중요한 소식이라도 전하듯 외쳤다.

"형! 아까 정균이 형이 택시 타고 마을에 나타났어!"

병기 엄니는 입을 다물지 못하고, "오매, 가가 객지에 나가서 죽어 분 줄 알았는디…." 하며 놀랬다.

병기가 가져온 선물 보따리는 대강 한피짝으로 치우고, 갑자기 분주해졌다.

병기와 엄니는 부리나케 양동 댁 집으로 발걸음을 돌렸다.

마루에 앉아 있던 정균이와 눈이 마주치자마자,

정균이는 볼펜심 팅기듯 뽈딱 일어나 외쳤다.

"병기 아니냐! 어디서 보면 못 알아볼 뻔했다!"

그는 병기의 두 손을 잡고 오랫동안 놓지 않았다.

병기 엄니도 째간할 때 병기랑 놀던 시절을 회상하며 정균이 등거리를 쓰다듬는다.

"오매오살 썩을 놈아, 그동안 어디서 고생하며 어칙게 살았길래 이제서야 온디야. 아들 대하듯 눈을 붉히더니, 인자 보니까 허우대 좋고 잘생긴 것이 꼭 젊었을 적 지그 아부지 만덕씨 빼다 박았구만."

병기는 웃으며 말했다.

"명절이면 너만 빠지고 없어서 허전했는디, 올 추석은 잔치라도 벌여야 쓰것다! 우리 집 가서 저녁이나 묵자."

병기는 반강제로 정균이를 끌고 나섰고, 양동댁은 사립문 앞까지 따라 나와서 눈을 아심치레하게 뜨고 입가에 웃음기를 머금은 채 멀어지는 뒷모습을 보며 소리쳤다.

"술은 쬐까만 먹고 횡허니 오니라!"

정균이는 뒤돌아보며 손짓했다.

"알았어라! 금방 오께요."

병기 엄니는 양동 댁을 보며 웃는다.

"정균이 돌아왔응께, 성님은 인자 맴이 개안하고 싱간 편허겄소."

양동 댁의 얼굴엔 그동안 애달았던 눈물과 웃음이 뒤섞여, 넝쿨에 맺힌 이슬 맞은 나팔꽃처럼 환하게 피어났다.

병기가 앞장서며 집으로 딜꼬 가며 정균이에게 따지듯 타박했다.

"야 임마, 근다고 어칙게 된 놈이 서울 간 뒤로 연락 한 번 없었냐?"

정균이는 멋쩍게 웃으며 말했다.

"살다 보니 그렇게 돼야 부렀제. 미안허다."

그 말 속엔 용서와 이해를 구하는 마음이 담겨 있었다.

저녁상이 차려지고, 병기 엄니는 정균이에게 말했다.

"이므렁께 아무케나 겡게 났응께, 이해허고 마이 묵어라잉."

●● 10년 만에 모인 불알친구들

정균이는 병기네 집에서 차려 준 저녁 식사를 마친 뒤, 모두 객지로 떠나고 혼자 고향을 지키고 있는 준초네 집으로 향했다.

선곤이랑 너이 모여 술상을 받고 한 명이 빠졌다고 하는데 "호랭이도 지 말 하면 온다더니."

그 말이 무색하게 종식이가 문을 열고 들어서다 멈칫했다.

담배 연기가 꽉 찬 방안을 보더니, "오메 니그들 오소리 잡냐?" 연기 나가라고 문을 활짝 열었다. 그러고는 퉁명스럽게 덧붙였다.

"끄슬름 생긴께 호롱불 심지를 째끔 내려라, 시구가 남아도냐."

늦게 서야 도착한 종식이를 쳐다보고 선곤이가 투덜거렸다.

"아야, 뭔 염빙 지랄허고 자빠졌다, 인자 끼대오냐?"며 면박을 주자

종식이가 째려봄서 받아쳤다. '개코도 모른 것들이.'

"느자구 없는 소리허고 있네, 니미럴 서서 차 타고 오니라고 폭폭혀 죽것는디, 엄니 밥상 차리는 것 보고도 니기들 찾을라고 쩌 아래서부텀 병기 집, 선곤이 집 더터 가꼬 올라왔그만. 성님이 왔는데도 인나서 인사도 안 허고 멋들 허냐, 짜슥들." 하며 혀를 찼다.

정균이를 보고는 반가운 악수를 나누며 말했다.

"하도 안 보이길래 어디 가서 디져불거나 절로 들어간지 알았는디, 살아 있었네." 하며 너스레를 떨었다.

깨복쟁이 친구 다섯이 모이자 자연스레 어린 시절의 추억이 흘러나왔다.

준초가 구슬치기, 딱지치기는 종식이가 질로 잘했고, 병기는 하늘로 날아감서 삐라 뿌리면 서로 많이 주슬라고 논바닥 뛰어댕겼던 시절을 떠올렸다.

보리와 나락 이삭 주스러 다녔던 일, 논고랑에서 우렁을 잡아 고무신에 담아오던 일, 시냇가에서 멱 감고 놀았던 추억도 이어졌다.

정균이가 비온 뒤 물이 불어난 또랑에서 고무신 한 짝 떠내려 보냈던 기억을 꺼냈다.

물살이 빨라 위험해서 건져내지 못했고, 혼날까 봐 큰어머니께 숨기느라 닳아빠진 한 짝을 신고 다니며 한동안 마음고생을 했던 일이었다.

술잔을 주거니 받거니 어려서 추억과 그동안 살아온 이야기 나누느라 시간 가는 줄 몰랐다.

준초 아내는 정균이 이야기는 들었지만, 얼굴은 이날 처음 본다.

준초는 장가들어서 그런지 색시 앞이라 그런지 평소와 달리 말수도 줄고 점잖아졌는데, 이를 본 종식이가 선곤이 귀에 대고 속삭였다.

"우째 저러코롬 변해 불었냐. 맨날 술만 처묵고 개지랄허고 다니드만, 자가 뭘 잘못 묵었는갑다." 하니까 선곤이도 끄덕이며 말했다.

"죽을 때가 되면 사람이 변한 다드만, 때가 되얏는갑다."며 둘은 마주 보고 웃었다.

정균이 대한 이야기로 넘어갔다. 준초가 말했다.

"정균이는 친부모가 아니라 큰어매 밑에서 눈치 보며 자라서 일찌건치 철이 들어 분 거."라고 했다.

종식이도 거들었다.

"은희 고 가시내가 어려서 울덜한테는 먼 말만하면 봉숭아 씨 여물어 터지둣 툭툭거리며 야멸차게 굴었는디, 정균이한테는 꼭 엄니가 애기 바라보듯 했제." 나는 눈치로 알았는디, 니기들 알았냐 몰랐냐, 헌께로 준초는 고개를 끄덕이며 덧붙였다.

정균이 자가 어려서부터 일찍 철든 것맹키로 얌전하게 굴기도 하고 나무랄 데가 없었응께 그랬것제.

"쟈가 놀다가도 큰어매 눈치 보느라 항시 일직건치 집으로 가불고, 나면 은희가 한참을 측은한 눈으로 바라보더랑께, 지금 생각헌께로 그것이 모성애의 발로 아니었는가 모르겄어."

선곤이가 장난스럽게 물었다.

"너그덜 중에 학교 화장실 벽에다 '정균이하고 은희는 신랑 각시라네' 하고 크레용으로 쓴 사람 누구냐?

세월이 지났응께 용서할 팅께, 솔직히 이실직고허라고."

하지만 모두가 서로의 얼굴만 쳐다보며 시치미 뗐다.

준초 아내는 차례상에 올리려고 장만한 음식을 조상님 차례상 차리듯 푸짐하게 내왔다.

상다리가 작신 부러질 정도로 뻑적지근허게 술상을 봐오니 제법 술이 받는 모양이다.

그중에서도 싱건지 국물 맛이 괜찮았던지 특히 인기가 많았다.

제수씨 음식솜씨가 조타며 밑 빠진 독에 물 붓기 마냥 자꾸만 더 달라 하니까 귀찮아서 양판 째 올려놨더니, 종식이 얼릉 추겨들고 건덕지와 찌갱이는 숟꾸락으로 제끼고 몰국만 아예 들고 마셨다.

"싸가지 없는 것아. 찬물도 우아래가 있는 것도 모르냐?" 보고 있던 선곤이 한마디 던졌다.

혀가 꼬인 친구들은 제수씨하며 술을 권했지만,

그녀는 끝내 술은 입에도 못 댄다고 단호히 사양했다.

그래도 선곤이는 제수씨 입본께 술 쪼깨 허것 그만 내숭떨지 마쑈 하며 술병을 들고 쫓아다니며, 술잔 안 받고 지금 멋허냐고 농지거리하지만, 끝끝내 저는 주조장 주짜만 들어도 취하는 사람여라 하며 거절했다.

떠날 기회를 엿보고 있던 선곤이는 분위기 깨질가 싶어, 눈치도 보이고 오밤중 되얏응께 그만들 돌아가자고 핑계 삼아 둘러댔다.

하나둘 마루로 나와 아까침에 여기다 분명이 벗어 놨는디 안 보인다고 한참을 니껏 내껏 오른쪽 왼쪽 신발 찾아 헤매던 찰나, 정만이가 달려 왔다.

빼빽하고 키만 껀정하게 큰 정만이가 "성, 언능 오랑께. 병기 성 집으로 저녁밥 먹으러 갈 때 내동 일찌건치 오라고 말했는디 아직까지 안온다고 초저녁부터 엄니가 방에도 안 들어가고 마당에서 지다리니라고 잠도 안 자고 시방 난리여."

모두 떠나간 자리에 술상만 어지럽게 놓여 있고 옆에는 준초가 맷 자로 뻗어 벌써 코를 골았다.

•• 은희. 엄니 아부지랑 어떻게 만났어

저녁을 먹고, 그동안 비어 있었던 은희 방에 깨끗이 손질한 솜요와 이불을 깔아 주고는 말했다.
"차 타고 오느라 힘들었을 텐데, 어여 들어가 쉬어라."
은희를 방에 들여보내고 부엌일을 마친 뒤, 다시 은희 방으로 들어가 나란히 누웠다. 엄니는 딸의 얼굴을 바라보며 생각했다.
서울 물을 먹어서 그런지 피부도 뽀얗고, 세련미가 철철 넘쳐흘렀다.
우리 야문이를 솔개가 채가듯 낚아채가면 그 집안은 호박 같은 복덩이가 굴러든 것이나 다름없을 텐데, 사내놈들 눈깔이 삐었는 갑다.
"언제쯤 눈에 꽁깍지 씌운 놈이 나타나려나…."
비몽사몽, 눈꺼풀이 스르르 감기려던 찰나.
오랜만에 엄니랑 나란히 누워서인지, 은희는 어릴 적 생각이 났는지 엄니 품으로 파고들었다.
"나, 엄니 보고 자퍼 죽겄드랑께."
엄니도 멀리 떨어져 사는 딸년이 정이 그리웠던지, 뽀짝 와바야 험시로 뜬금없이 애기 때처럼 와락 끌어안았다.
"오매, 와그라요."
서로 얼굴을 뽀짝 맞대고 비빔시롱 다정스레 웃었다.
딸이 크내기가 되어 가슴팍을 파고들었어도 오랜만에 본 탓인지 하나도 징그럽지 않았다.

서울살이가 고생스럽지는 않은지, 몇 년째 혼자 사는 딸을 동네 사람들은 야문이라 부르지만, 엄니 눈에는 늘 애처롭고 짠했다.
　결혼이라도 해 살림을 차렸으면 좋으련만,
　남자 얘기라고는 뻥끗도 하지 않았다.
　혼기 꽉 찬 딸을 생각하며 천장 도배지에 누렇게 변색된 격자무늬와 포리 똥 점들이 흐릿하게 보였다.
　마음이 복잡해 잠이 들지 못하고 뒤척였다.
　그때, 잠든 줄 알았던 은희가 물었다.
　"엄니는 아부지하고 어떻게 결혼했어?"
　그동안 한 번도 묻지 않더니, 오늘따라 생뚱맞게.
　엄니는 말없이 시간을 흘렸다.
　한참 후, 한숨을 쉰 엄니.
　잠이 안 든 걸 알아챈 은희가 엄니 겨드랑이에 손을 넣고 간지럼을 태웠다.
　결국 못 이긴 척, 엄니가 조단조단 이야기를 꺼내기 시작했다.
　"근께 뭐시냐, 니그 아부지 군대 있을 때 만났어야. 친구가 사귀던 남자 면회 간다며, 혼자 가기 부끄럽다, 전방이라 무섭다, 차비 대 준다 해서 따라갔제. 가도 근동에서 내가 젤로 이쁘렁께 나한테 졸라것제."
　편지에 친구랑 같이 간다고 썼던 모양 여, 위병소에서 면회 신청을 하며 나도 이름을 적으라고 했다.
　함께 나오려면 둘 다 신청해야 한다는 거였다.
　별생각 없이 적었는데, 잠시 후 멋진 군복을 입은 군인 둘이 까만 군화를 신고 연병장을 가로질러 오드랑께, 크내기 때라 나도 속으로는 설렜제.

면회 신청서에 적은 이름이 '조성민'이었는데, 유리창 너머로 보니 가슴에 조성민이라고 적혀 있었다. 키도 크고 잘생겼더라.

위병소 병사가 그 사람에게 경례를 하며 말했다.

"조종사님, 이쪽입니다."

우리가 앉아 있는 쪽으로 안내를 하는데 계급도 높은 것 같고, 멋진 모습에 그만 넋이 나가 부렀다.

부대에서 좀 떨어진 번화한 식당에서 고기도 구워 먹고 술도 한잔했다.

병사들이 만나기만 하면 경례를 하고, 말할 땐 늘 '조종사님'이라 불렀다.

나는 속으로 생각했다.

제대하면 대한항공 파일럿이 되어서 비행기도 공짜로 타고 다닐 수 있겠다 싶어 봄눈 녹듯 삭신이 사르르 녹아 불었제.

집으로 돌아오니 내가 더 안달이 났다.

자나 깨나 그 사람 보고 자픈 생각뿐. 밥태기가 입으로 들어간지 코로 들어간지 멍허니 밥맛도 없고, 손에 일이 잡히지도 않더라.

편지를 몇 번 주고받다 병이 날 것 같아, 아예 가방에 옷을 싸 들고 찾아가 방 한 칸에 살림을 차렸더니, 얼마 안 있어, 떡하니 니가 안 생겨 부렀냐.

제대하고 김포공항 근처로 이사 갈 줄 알았는데, 용달차 가는 데로 따라가 보니 니 아부지 고향이더라.

나는 '조종사'는 들어봤어도 '조중사'는 처음 들어봤다.

조중사, 조중사 해도 내 귀엔 계속 조종사로 들리드랑께.

사회에서 김과장 이과장 하듯이 알고 보면 내 귀때기가 중매쟁이 역할을 한 것 이제.

나중에야 성 앞에 계급을 붙여 부른다는 걸 알았다.

김씨면 김중사, 이씨면 이중사… 그런데 하필 조씨라 조중사. 나는 줄곧 조종사로 알아들었당께.

중사가 된 것도 애당초 그럴 생각은 아니었단다.

병기 아부지랑 일반사병으로 훈련소에 함께 들어가 같은 부대, 같은 내무반에서 생활했단다.

휴가도 같이 나왔다가 귀대하던 날, 동서울터미널에서 담배 사러 간다고 하더니 버스 출발 시간이 지나도 영영 나타나지 않더란다.

그때는 전화도 없고, 할 수 없이 다음 막차로 표를 바꿔 기다렸지만 끝내 오지 않아 병기 아부지만 귀대를 했등가벼.

부대가 난리가 났고, 나중에 헌병한테 붙잡혀서 왔드란다.

영창에 보낸다고 헝께 겁은 나고, 하사관 장기복무 신청을 하면 영창 보내진 않는다고 혀서, 그 길로 지원해 중사 계급을 달았던 개벼 그것도 모르고 나는 조종사로만 알아들었응께 바보도 한참 바보였지.

그런데 나는 여전히 조종사로만 알고 있었응께.

어찌 중사라는 계급이 있는 줄이나 알았겄냐?

터미널에서 왜 버스를 안 탔느냐고 물응께, 니 아부지는 이렇게 말하더라.

"군대에서 고생하다가, 돌아가신 니 할매 품에 안겨 사랑 듬뿍 담긴 따뜻한 밥 먹고 늦잠도 자고 하니, 새장 갇힌 새가 창공을 날아다니는 것 같았는데, 다시 새장으로 들어가려니 도살장 끌려가는 것처럼 깝깝하더란다."

니 아부지는 끝까지 숨어서 지켜보다가,

병기 아부지가 버스를 탈 무렵 갈까 말까를 수십 번 고민했단다.

병기 아부지는 두리번거리며 기다리다가,

결국 바퀴가 서서히 굴러가기 시작할 즈음 버스에 올라탔다.

"니 아부지는 걱정과 불안에 용돈을 꺼내 술과 안주를 사 들고 여인숙으로 들어갔다가, 다음날 아침 임 검 나온 헌병에게 붙잡혀 왔더란다.

그래서 조중사가 되었응께.

그렇게 니 아부지와 맺어진 건, 하늘에서 정해 준 인연 아니겠냐.

그때 니 아부지가 귀대만 제때 했더라면, 너는 이 세상에 없었을 것이다.

그때가 엊그제 같은데, 네 나이가 벌써 몇이냐… 속절없이 세월 참 빠르다."

지나간 세월을 아쉬워하며 한숨을 내쉰다.

늦도록 이야기를 나눈 뒤 잠이 들었다.

아침, 늦잠에서 깬 은희가 눈을 비비며 부엌으로 나왔다.

"깨우지 그랬어."

그러자 엄니가 웃으며 말했다.

"버스 타고 오느라 피곤할까 봐, 쫌이라도 더 자라고 그냥 내비뒀다."

●● 정균이 소식을 들은 은희

아침을 먹고 병기가 인사차 마당에 들어오는데, 낯선 사람이 나타나자, 땍까우 두 마리가 꽉꽉거리며 부리나케 쫓아오자 놀란 병기는 토방으로 잽싸게 올라섰다.

다리 짧은 땍까우는 머리만 토방 위로 쳐들고 노려보더니, 땍순이가 "어디서 많이 본 놈 같아." 하니까, 땍돌이는 한참 기억을 더듬더니 "맞아, 맞아, 옆집 큰아들 놈이네. 엊저녁에 술 처먹어서 얼굴이 부어서 언능 알아보지 못한 거지 뭐."

그렇게 뒤뚱뒤뚱 뒤돌아서 꽉꽉거리는 소리는 멀어져갔다.

늦잠 잔 나처럼 병기도 얼굴이 부숭부숭하다.

바라보는 눈초리가 이상했던지 묻지도 않았는데 병기가 먼저 말을 꺼냈다.

"정균이가 10년 만에 고향에 찾아와서 어제저녁 친구들이랑 준초네 집에 모여 술타령했단다."

그 말에 은희는 전류가 갑자기 스파크를 일으키듯 번개 같은 불꽃이 스쳤다. 마치 오래 정지해 있던 필름이 다시 돌아가듯, 잊혀진 옛 기억들이 줄지어 되살아났다.

졸업하자마자 정균이가 고향을 떠나기 전날 밤, 휘파람 신호로 나를 불러내 쪽지 편지를 쥐어 주고 도망치듯 떠나갔던 모습이 퍼뜩 떠오르며, 가슴이 콩 타작하듯 두근거리기 시작했다.

당장 양동 댁네로 달려가 정균이를 만나보고 싶었으나, 둘만의 비밀로 간직했던 사연인지라 병기 앞에서는 반가운 내색도 하지 못했다.

그렇게 궁금하고 보고 싶었던 정균이에게 편지라도 띄워 보내고 싶어 한동안 오매불망 소식을 기다리며 우편배달부를 손꼽아 기다렸건만,

정균이로부터는 끝내 아무런 연락이 없어, 주소를 알 길이 없었다.

처음 한동안은 이별의 가슴 아픈 상처로 가슴앓이를 했지만, 세월이 지나며 아무런 소식도 없자 점차 기억 속에서도 희미하게 멀어져가고 있었다.

그러던 찰나 병기의 한마디가 다시금 마음 한구석에서, 어려운 환경 아래 큰어머니 손에 학창 시절을 보낸 정균이에 대한 연민과 그리움, 모성애 같은 감정이 스멀거리며 꺼져가던 불씨가 되살아나기 시작했다.

은희는 혹시나 정균이도 같은 마음으로 지난 추억을 소중히 간직하며 언젠가는 다시 돌아오겠지 하는 마음을 품었었다.

그동안 변한 정균이의 모습을 상상하며, 문득 혼잣말처럼 중얼거렸다.

"정말, 많이 변했을까… 아니면, 예전 그대로일까…"

●● 할머니 산소를 찾은 정균이 목 놓아 울었다

정균이는 서울로 떠나기 전, 학교 다닐 때 사촌동생 정만이랑 함께 지냈던 방에서 잠들었다.

아침에 깨어보니 정만이는 벌써 일어나 나가고, 윗목에는 빈 물 대접만 덩그러니 놓여 있었다.

큰어머니께서 목마를까 봐 떠 놓으신 물을 중간에 일어나 다 마신 듯했다.

밖으로 나오자, 깨우지 않고 언제 일어날까 기다리셨는지 큰어머니가 우물에서 물을 길어 손에 익은 양은 세숫대야에 바가지로 물을 부어 주며 말했다.

"어여 씻고 밥 먹어야지."

학교 다닐 때 쓰던, 노란 겉면이 닳아 연회색 빛이 드러난 찌그러진 세숫대야를 오랜만에 마주하자,

정균의 가슴 속에 10년 전의 기억이 물밀듯 되살아났다.

대문 옆 담벼락 아래, 봄이면 노란 감꽃이 떨어지던 감나무는 여전히 그 자리에 서 있었다.

지금은 붉은 감을 주렁주렁 매달고 있었고, 외양간 지붕 위로 뻗은 호박 넝쿨에도 누런 호박이 군데군데 달려 있었다.

변치 않은 고향의 풍경이 정균의 마음을 푸근하게 감싸 안았다.

그때 정개에서 밥상을 들고 나오던 낯선 여자 분이 말했다.

"도련님, 어서 씻고 들어오세요."

얼굴에 세숫비누를 묻힌 상태로 익숙하지 않은 목소리에 고개를 갸웃거리자, 큰어머니가 웃으며 말씀하셨다.

"니 형수다."

세수를 마치자 큰어머니가 새 수건을 건네주셨고, 형수는 인사치례를 하며 말했다.

"그동안 어머님과 형님께 이야기 많이 들었어요. 객지에서 고생 많으셨죠."

아랫목 밥상머리에는 큰어머니가 마주 앉고, 옆에는 형수가 맞은편에는 봉덕이가 자리를 잡았다.

명절이라 음식을 푸짐하게 차렸고, 형수는 맛있는 생선과 경계들을 정균 앞으로 밀어 주며 식사를 권했다.

큰어머니는 조심스레 그동안의 집안 사정을 풀어놓기 시작했다.

너 떠나고 이태 만에 할매가 돌아가셨단다.

"정신이 돌아올 때마다 '정균아, 정균아' 니 이름만 되뇌시다가 가셨어."

양동 댁 눈에 눈물이 맺혔다.

"해 넘어갈 때면, 대문에서 너를 기다리셨제. 얼마나 보고 싶으셨으면, 감기 걸려 콜록콜록하시면서도 안 들어가시고… 아무리 말게도 소용이 없었느니라."

섬니 노릇도 안 하시고, 다정다감했던 할매 생각이 나셨는지 그새 또 눈물을 쏟으시고 치맛자락으로 훔치신다.

"할매 생애 나갈 때 니 친구들 숫자가 부족해서 준초가 타 동네 친구들까지 불러다가, 니 친구들이 생애를 매고 갔제.

준초한테 고마움 잊지 말거라."

"니그 성, 정철이는 축협에 취직해 다니다가 재작년에 결혼했는데 아직 애가 없단다. 너그 형수는 군 보건소에 다니고."

정균은 큰아버지와 형님이 보이지 않는 게 궁금해 물었다.

큰어머니는 깊은 한숨을 쉬며 말문을 열었다.

"니그 성이 결혼한 지 두어 달쯤 됐을 때부터 자꾸 소화가 안 된다며, 콜라를 달고 살았다. 나중에는 소화제를 손에서 놓질 않았지.

아무래도 안 되겠다 싶어 정철이가 휴가를 내 대학병원에 모시고 갔는데, 위암 중기라더구나."

"부랴부랴 수술하면서 혹시 퍼질까 봐 위를 반 이상 짤라 낸 분께, 통 묵덜 못하고 기력이 없이 빼빼 몰라 병원에 누워서 인나들 못헌다.

대소변 때문에 정만이가 교대하러 갔응께.

점심 무렵엔 버스 타고 올 거다."

정균은 수저를 내려놓으며 말했다.

"형 오기 전에 시간이 좀 있으니, 할머니 산소 좀 다녀오겠습니다."

"그려라."

설거지는 며느리에게 맡기고, 큰어머니는 과일과 추석 음식 몇 가지를 보자기에 싸서 앞장섰다.

"이거 제가 들게 이리 주세요."

"아니다. 나는 아직 기신이 남았어야."

정균은 도리상 견치 뺏어 들고 뒤를 따랐다.

학교 다닐 적 감자와 고구마, 곡식들을 지게에 져 날랐던 밭머리 위.

할머니 묘는 먼저 돌아가신 할아버지 봉분 옆에 나란히 자리하고 있었다.

추석을 앞두고 벌초를 해 놓은 탓인지, 묘 주변은 말끔했다.

가져온 음식을 보자기 위에 펼치고 절을 두 번 올린 뒤,

정균은 일어서다가 주저앉으며 머리를 잔디 위에 박았다.

살아생전, 부모 없이 자라는 정균이를 짠하게 여기시던 할머니. 밭에서 몰래 따온 먹거리 뒤안으로 불러내 치마 속에서 건네주시던 모습이 떠올랐다.

"할머니… 저 왔어요…."

가슴을 후벼 파듯, 정균은 목 놓아 울었다.

펑펑 울자 양동 댁도 옆에서 울음을 터뜨렸다.

"엄니가 그렇게 보고 싶어서 눈도 못 감으셨는데, 이제야 정균이가 왔구만이라…." 하며 꺼이꺼이 울어 대자 주변 성묘객들의 시선이 그들 쪽으로 쏠렸다.

그때, 철 지난 하얀 나비 한 마리가 주위를 맴돌다, 할머니 봉분 위에 살며시 내려앉았다.

잠시 머무르던 나비는 이내 멀리멀리 날아갔다.

마치 무탈하게 돌아온 정균의 모습을 확인하고, 그동안 떠나지 못하고 구천을 떠돌던 할머니의 혼령마저 하늘나라로 긴 여행을 떠나는 모양이다.

•• 정균이 서울에 자리 잡다

되돌아오는 길에, 큰어머니는 말끔하게 차려입은 정균이의 모습에 안심이 되었다. 하지만 여전히 궁금한 듯 물으셨다.

"너는 돈도 없이 서울 가서 어찍게 지냈냐?"

정균이는 잠시 생각에 잠긴 듯하다가 조심스레 말을 꺼냈다.

"서울역에 도착해 나와 보니까, 그 많은 건물들 사이에서 내가 들어가 잘 곳이라곤 하나도 없고, 오라는 데도 없고, 아는 사람도 없고… 올라올 때는 큰맘 먹고 돈 몽땅 벌어, 큰어머니 앞에 보란 듯이 성공해서 나타나려고 했는데 막상 도착하니까 갈 곳이 없응께 첫날부터 정말 캄캄했어라."

갈 곳은 없고, 대합실 한편에서 웅크려 잠을 잔 뒤 아침에 깨어보니 광장에는 인적이 드물었다.

길도 모르겠고, 서울이라는 곳이 두렵기만 했다.

아직 이른 새벽, 눈을 감고 앞으로 어찌 살아가야 할지 생각하니 깝깝했지라.

우선 당장 먹고 잘 곳을 찾아야겠다는 생각에, 서울역 돌계단을 내려와 무작정 사람들이 많이 가는 방향을 따라 걸었다.

책에서 사진으로만 봤던 국보 1호 숭례문을 지나 도착한 곳이 바로 남대문 시장이었다.

새벽부터 사람들이 북적였고, 시장 골목마다 백열등 불빛이 대낮처럼 환했다.

지게를 진 사람, 리어카를 끄는 사람, 구경하는 사람들로 시장은 활기에 넘쳤다.

생전 처음 보는 풍경에 넋을 잃고 돌아다니다가, 길거리 좌판에서 옷을 펼쳐놓고 손뼉을 치는 상인의 리듬과 제스처에 시선이 끌렸다.

처음으로 마주한 이곳 남대문 시장은 별천지가 따로 없었당께라.

내 눈은 휘둥그레졌다.

넋 나간 사람 맹키로 구경하며 돌아다니는데, 가판 위에 옷을 펼쳐놓고 올라서서 박수를 치는 입담꾼들의 재간에 사람들이 몰려들고 있었다.

"골라, 골라요!"

손뼉을 치며 사람들을 유도하는 그 제스처에는 묘한 리듬이 있었고,

판때기를 발로 쿵쾅거리며 박자에 맞춰 밟아대는 발놀림은 지나가는 이들의 시선을 사로잡았다.

그 소리에 끌려 모여든 인파는 보물찾기하는 것맹키로 옷더미를 헤집었다.

몰려든 인파는 좀체 떠날 줄 모르고, 마음에 드는 옷 건지려 눈빛이 반짝였다.

시장 한 켠에서는 김이 모락모락 피어오르는 노점들이 분주히 먹거리를 만들어 팔고 있었다.

배가 고팠던 정균이는 "싸고 배부른 것이 뭣일까?"

큰어머니께서 주신 개비 속 돈을 만지작거리면서 몬내 몬내하다 천 원짜리 국수 한 그릇을 샀다.

저녁을 굶어서인지 젓가락도 대기 전에 마파람 게 눈 감추듯 술술 넘어가 불고 간에 기별도 안 가서 한 그릇 더 먹고 싶었지만, 가지고 온 돈을

아끼기 위해 꾹 참았다.

"그때는 정말 배고팠어요."

정균의 이야기를 들은 큰어머니는 짠한 표정으로 말했다.

"아이고 요놈아, 한 그릇 더 사 묵제 그랬냐.

아무리 그래도 산 입에 거미줄이야 치겄냐."

시장 이곳저곳을 기웃거리다가 고소한 냄새에 이끌려 땅콩 가게 앞에 섰다. 회색 몸 배 바지를 입은 넙대대한 아주머니가 곁눈질로 날 훑었다.

줄지어 놓인 땅콩봉지를 가리키며 얼마냐고 묻자 못 이긴 듯 일어서며, 살라면 사고 말라면 말란 투로 "오백 원."

양이 작은 거라 반기는 기색도 없었다.

허기가 가시지 않았던 나는 주저 없이 "주세요."하고 말했고, 아주머니는 깔때기 모양 종이봉투에 담긴 땅콩에 덤으로 몇 알을 얹어 건넸다.

땅콩을 까먹으며 고소한 맛에 잠시 허기를 달랠 수 있었고, 끼니와 잠자리 걱정에서도 잠시나마 벗어날 수 있었다.

종로와 을지로를 누비며 반짝이는 액세서리, 공구 등 다양한 점포를 구경했다.

점원들의 호객행위가 이어졌고, 길거리는 사람들로 북적였다.

긴장 탓인지 피곤함이 느껴지지 않았다.

그러다 우연히 '만리장성'이라 적힌 중국집 앞에 도착했다.

유리창에는 짜장면, 짬뽕, 깐풍기 등 메뉴가 붙어 있었다.

가게 앞 리어카에서는 한 중년 남자가 양파와 채소 더미를 안으로 부리나케 옮기고 있었다.

그 모습을 바라보며 문득 생각했다.

'저기서 일하면 굶지는 않겠다'는 생각이 들었다.

조심스럽게 가게 안으로 고개를 내밀며, 작은 목소리로 물었다.

"저기요… 사람 필요하지 않으세요?"

마침 종업원이 아침에 전화로 엊저녁에 술을 많이 퍼먹었는지 목이 잠긴 상태로 오늘 갑자기 못 나오겠다는 전화를 받고 부랴부랴 나와서 음식 재료 나르던 상황이라 사장은 반가운 눈빛으로 말했다.

앞뒤 잴 것도 없이 "밖에 짐 좀 날라 봐."

그 한마디에 정균은 주저 없이 짐을 부지런히 나르기 시작했다.

한참 힘쓸 때라 양손으로 나르다 보니 금세 빈 니아까만 덩그러니 놓였다.

그렇게 해서 중국집에서 일하게 되었다.

그곳은 단순한 홀뿐 아니라 룸도 네 개나 있는 규모 있는 식당이었다. 손님들은 짬뽕이나 짜장면뿐 아니라 비싼 요리도 자주 주문했고,

단체 손님도 받고 장사도 제법 잘 되는 듯 보였다.

점심시간이 한참 지나고, 분주했던 홀은 다소 여유로워졌을 무렵 사장이 말했다.

"젊은 친구, 뭐 먹고 싶나?"

정균이 아무거나 좋다고 하자, 사장은 주방에 대고 말했다.

"짬뽕 둘, 해물 듬뿍 넣어 줘!"

사장님은 마주 앉아 식사하시며 이것저것 물으셨다.

학교 졸업하자마자 기차를 타고 올라와, 어젯밤엔 서울역 대합실에서 밤을 지새웠다는 얘기까지 들은 뒤, 사장은 주방 옆에 있는 방을 내주었다.

"짐이 좀 있긴 해도, 치우면 혼자 지내기엔 충분할 거야."

감지덕지하게도 먹고 자는 문제가 해결되자 정균은 마음이 놓였다. 객지 생활 시작부터 좋은 사람을 만났다는 생각에 안심이 되었다.

사장은 어느새 정균을 '정균아'라 부르기 시작했다.

아들이나 동생처럼 느껴졌던 모양이다.

다음 날 아침, 어제는 보이지 않던 젊은 남자가 들어섰다.

정균을 힐끗힐끗 노려보는 눈빛이 매서웠다.

사장은 그에게 인사조차 받지 않았다. 오히려 정균에게만 이것저것 일을 시키며, 일부러 그자 앞에서 보란 듯이 친근하게 대했다.

정균은 소주병에 보해양조 글씨가 새겨진 앞치마를 두르고 서빙과 주방 일을 동시에 배워 갔다.

그자는 멀뚱멀뚱 서 있다가, 본인 대신 일할 사람이 들어왔다는 것을 눈치챘는지 점심시간이 끝나갈 무렵 조용히 사장에게 말했다.

"다른 데로 옮기겠습니다."

그러고는 봉급을 날짜 계산해 받아 들고, 인사도 없이 당당하게 나가버렸다. 인사하려던 정균에게 사장은 간단히 말했다.

꼴배기 싫었던지 "냅둬 부러."

그렇게 떠나는 뒷모습이 사회 초년생인 정균에겐 왠지 씁쓸했다.

'사람이 살아간다는 게 항상 좋을 수만은 없지. 해도 나고 비도 오고, 눈보라도 치겠지. 그래도 마지막엔 저런 모습은 보이지 말아야지.'

정균은 다짐했다. 떠날 때는 보내는 사람 마음에 아쉬움이 남도록, 어떤 분야에서든 최선을 다하리라.

주방에 셋, 홀에는 서빙 둘이 있었고, 사모님은 카운터 서빙 등 이곳저곳 다니며 도우시고, 사장은 주방과 홀을 오갔고, 정균은 그의 동선을 따라 빠르게 배우며 손이 부족한 곳을 채워나갔다.

　하나를 가르쳐 주면 열을 깨우치듯 열심히 하는 그의 모습에 사장은 점차 마음을 놓고는 친인척 경조사에 참석하고, 친구들 모임도 나가기 시작했다.

　정균이 식당을 맡겨도 무리가 없었기에 가능한 일이었다.

　그렇게 시간이 흐르자,

　여유로움이 묻어나면서 사장님의 차림새와 표정이 밝아졌다.

　몸에서 스며 나오던 짜장면 냄새도 차츰 빠져나갔다.

　반대로 정균은 책임감 무거워졌고 더욱 바빠졌다.

　재료 준비부터 주문 처리, 직원 조율까지 도맡으며 책임감이 커졌다.

　나이 많은 직원들도 그의 열정을 인정하며 순순히 따라줬다.

　혹여 누가 보기엔 사장 행세처럼 보일까 조심스러웠고, 그는 어차피 잠자리가 이곳 식당이라 거리가 먼 직원들을 먼저 보내고 설거지랑 뒤처리를 혼자 마무리하곤 했다.

　사장은 봉급을 올려 주었고, 정균은 은행에 적금을 들며 돈을 모았다.

　방을 얻어 나갈 수도 있었지만, 그는 더 많은 저축과 미래를 위해 창고 방에서 그대로 지냈다.

　그는 고향을 떠나오며 했던 다짐을 가슴에 품었다.

　반드시 성공해서 돌아가리라.

　그 다짐과 함께, 처음 자신을 흔쾌히 받아 준 사장님의 은혜에 보답코자 더욱 열심히 일했다.

　사장은 점차 그에게 의지했고, 단골손님 중에는 주말 회식 예약을 정균에게 직접 부탁하는 이들도 생겨났다.

사장님의 이모부는 금강회사의 가방과 신발 등을 생산하는 제법 큰 하청공장을 운영하고 계셨다.

정균이 식당에 들어오기 전부터, 이모부는 처조카가 운영하는 가게의 매상을 올려줄 겸 월말마다 직원들을 데려와 회식을 하곤 했다.

시간이 흐르며 이모부는 회식 때마다 정균에게 술을 따르며 옆에 앉으라고 권했고, 최종학력 등을 묻기도 했다.

하지만 정균은 늘 술잔을 받아만 놓고 근무 중이라며 마시지는 않았다.

어언 4년이 지날 무렵 회식이 끝난 뒤, 사장과 이모부는 늦도록 대화를 이어가곤 했다.

어느 날, 먼저 퇴근시키고 나만 홀로 남아 뒤치다꺼리를 하고 가시면 문 잠그고 잠자리에 들어야 하는데 룸 안에서 언성이 높아졌다.

정균이 엿듣게 된 그 대화는 충격적이었다.

이모부는 사장에게 반 명령조로 말했다.

"저 친구, 내게 보내."

정균이는 그 소리가 무슨 말인지 전혀 알지 못했다.

사장은 단호하게 거절했다. "정균이 때문에 이제야 사람답게 삽니다."

정균이 없이는 가게 운영을 못 한다고 사정조로 반 울먹이는 목소리다.

이모부는 술기운에 혀가 꼬이고 음성이 늘어졌다.

내가 주변에 누가 있는가? "공장 맡길 놈이 하나도 없어. 점원들이 수차례 바뀌어도 저놈은 이직도 안 해."

그러고는 한마디 덧붙였다.

"대학 나온 우리 조카딸 태숙이도 결혼시켜야지."

술이 많이 취하신 것 같이 문을 열고 비틀거리며 나온다.

택시를 잡아드리며 정균은 못 들은 척했지만, 이모부님의 마지막 말이 귓가에 맴돌았다.

기사 쪽으로 가서 성북동까지 잘 모셔다 드리라고 문을 닫는데 "쓸 만한 놈이야." 소리를 남기고 택시는 꽁무니에서 하얀 연기를 내뱉으며 뒤 트렁크에 새겨진 포니라는 스펠링은 점점 작아지고 희미하게 멀어져갔다.

이후로도 이모부님은 얼레고 달래다가 시간이 지나면서 닦달하는 모습은 계속되었고, 사장은 매번 고개를 저었다. "안 됩니다."

다른 놈 구하면 되잖아 그리고 이 중국집 오픈할 때 이자 하나 받지 않고 내가 밑천 대줬지 않은가 하며 계속되는 거부 의사에 자네가 네게 그거 하나 못 들어줘 하는 식으로 약간 말꼬리가 올라갔다.

1년이 지나자 결국 사장은 두 손을 들었다.

정균은 정확히 5년을 채운 뒤, 이모부가 운영하는 공장으로 자리를 옮겼다. 처음에는 생산직 밑바닥부터 배우며 계장을 거쳐, 5년째인 지금은 과장으로 근무하고 있다.

추석 연휴를 앞두고 사장님은 정균에게 성북동에 한번 들르라고 했다.

일요일, 옷매무새를 다듬고 전화를 드리니 점심에 맞춰 오라고 하셨다.

개통된 지 얼마 안 된 지하철 4호선은 내부가 아늑하고 깨끗했지만, 굴속 기계음은 고막을 찢을 듯 시끄러웠다. 정균은 생각했다.

'땅속으로 기차가 다니다니, 참말로 우리나라 기술도 대단허다.'

하지만 혹여 무너져 내리면 어쩌나 싶은 생각에 간간이 겁도 났다.

그렇게 이런저런 생각을 하다 보니, 삼선교역에 도착했다는 방송이 흘러나왔다.

전철에 내려서 마을버스를 이용도 가능했지만, 정류장에서 한참을 걸어야 했기에 불편을 덜고자 택시를 탔다.

　택시에서 내려 주위를 둘러보니, 전면에는 남산과 시내가 내려다보이고, 길거리는 깨끗하게 단장돼 있었다.

　대부분이 2층짜리 주택이었고, 넓은 정원과 주차장을 갖춘 집들이 눈에 띄었다.

　교통은 불편해 보였지만 자가용에 익숙한 부유층 동네 같았다.

　명함을 꺼내 주소를 대조하며 찾다 보니, 코너에 주차장이 딸린 집 번지수가 일치했고, 이봉의라는 사장님의 문패가 보였다.

　조심스럽게 인터폰을 누르자 중년 여성의 목소리가 들려 왔다.

　"누구세요?" "허정균 과장입니다. 사장님 뵈러 왔습니다."

　멀리서 사장님의 목소리가 들리더니, 인터폰 너머로 "젊은 남자요."라는 말이 들려왔다.

　안쪽에서는 화면으로 나를 보고 있는 모양이다.

　'지잉' 하는 소리와 함께 문이 덜컥 열렸다.

　안으로 들어서니 담장 주변에는 잘 다듬어진 오래된 소나무들이 햇빛을 받아 짙푸르게 반짝이며 자태를 뽐내고 있었다.

　거름기가 충분하다는 듯 가지마다 싱싱한 이파리가 풍성했다.

　잔디가 깔린 현관 앞에서 사장님이 기다렸다는 듯 반갑게 나와 맞아 주셨다.

　단칸방에 살다 이렇게 크고 으리으리한 집에 들어오니 나도 모르게 어깨가 움츠러들고 행동이 조심스러워졌다.

　응접실에는 유럽풍의 묵직한 탁자가 놓여 있었고, 조금 전까지 TV를 시청하셨는지 진공관 텔레비전의 식지 않은 열기가 등 뒤로 전해졌다.

탁자 위에는 0부터 9까지 숫자가 새겨진 다이얼이 달린 고급 전화기가 놓여 있었고, 송수화기는 Y자형 금속 지지대 위에 얌전하게 주인의 부름을 기다리고 있었다.

벽에는 고풍스러운 액자들이 걸려 있었다.

풍경화와 정물화가 섞여 있었고, 거실 정면의 큰 액자에는 철조망이 드리워진 휴전선 너머 초가지붕 마을의 풍경이 걸려 있었다.

아이들이 없어서인지 조용함을 넘어 차량 소음조차 들리지 않았다.

마치 깊은 산속 절간에 들어온 듯 고요함이 느껴졌다.

잠시 후, 유럽풍의 하얀 블라우스에 레이스 달린 긴 치마를 입은 아가씨가 차 두 잔을 쟁반에 받쳐 들고 나와 탁자에 내려놓았다.

조심스럽게 뒷걸음치며 물러서는 그녀를 힐끗 보니, 드러난 목덜미와 얼굴이 백옥같이 하얗다.

행동거지도 단정하고 조신하여 예의 바른 사람이라는 첫인상이 들어왔다.

한편으로는, 전에 술김에 사장님이 언급하신 태숙 씨가 아닐까 하는 생각이 스쳤다.

사장님은 차를 한 모금 마시고는 "어서 들게나" 하시며, 고향이 어디냐고 물으셨다. "담양입니다."

"대나무가 많은 고장 아닌가?" 하시며 아는 체하셨다. "예, 그렇습니다."

이어지는 질문은 부모님에 대한 것이었다.

예상한 질문이었지만 막상 질문을 받고 보니 별별 생각이 다 들었다.

아버지는 6·25 때 인민군 앞잡이 노릇을 하다가 북으로 갔고, 어머니는 핏덩이였던 나를 버리고 어디론가 사라졌다는 말을 차마 할 수 없었다.

그래서 결국, 6·25 때 두 분 다 돌아가셨다는 거짓말이 노래 가사처럼 입에서 새어 나왔다.

그 후, 큰어머니께서 키워 주셨다는 자초지종을 말씀드리자, 사장님은 "응, 그렇구나." 하며 측은한 마음이 드셨는지 혀를 끌끌 차며, "고생 많았겠구먼." 하셨다.

자신도 6·25 때 동생과 함께 내려와 온갖 풍파를 다 겪었다며, 북에 남겨두고 온 가족과 자녀들이 생각나시는지 눈시울이 붉어졌다.

그리운 고향 생각이 나셨던지 한참 뜸을 들이다,

'사귀는 여자는' 하고 물으셨다.

초등학교 시절 반 친구 은희가 떠올랐지만, 연락이 끊긴 지 오래라 "아직은 없습니다." 하고 대답했다.

이내 침묵이 흘렀고, 어색한 분위기를 어떻게 반전시켜야 할지 몰라 찻잔만 만지작거리고 있었다.

그때, 아가씨가 가까이 다가와 "큰아버님, 식사 준비 다 됐습니다." 하며 식탁으로 안내했다.

식탁은 회사 구내식당의 떠들썩한 분위기와 달리 조용하고 정숙했다.

사장님은 아주머니와 태숙 씨도 함께 앉자 하셨고, 태숙 씨는 내 옆에, 아주머니는 사장님 옆에 자리를 잡았다.

식사 중 사장님은 태숙 씨를 가리키며 "애는 내 조카인데, 부모는 외국에서 사업을 해. 교육은 우리나라에서 삼강오륜을 배워야 한다고 내가 붙잡아 키웠다"고 하셨다.

식사 후 응접실로 돌아오자, 사장님은 옆으로 다가와 "가까이 좀 앉게." 하시더니, 마침 과일을 들고 들어오던 태숙 씨에게 "너 거기 앉거라." 하셨다.

이미 귀띔을 해 주셨던지 "네." 하고는 태숙 씨는 다소곳이 앉았고, 사장님은 단도직입적으로 말씀하셨다.

"태숙이는 내가 키운 애다. 내가 보증한다."

"허 과장은, 수년간 지켜봤지만 믿을 수 있는 친구야."

"아무 말 말고, 내가 시키는 대로 해."

그러고는 "연말에 태숙이 부모 귀국하는 일정 맞춰 결혼식을 올리자"며 선언했고, 이어서 "자네는 내년부터 공장장을 맡아줘야겠어."

그 말과 함께 탁자 아래에서 미리 준비한 봉투를 꺼내어 내게 건네셨다.

"추석에 고향 어른들께 인사드려."

사양했다간 혼날 것 같은 분위기에 눌려, 나는 자리에서 벌떡 일어나 두 손으로 봉투를 받으며 감사 인사를 드렸다.

이 자리에 오기 전, 이런 일이 있으리라고 막연히 상상은 해 봤지만, 이렇게 순식간에 모든 것이 정해질 줄은 몰랐다.

나는 그저 "예, 예." 하며 고개만 끄덕였고, 이의를 제기할 분위기도 아니었다.

저렇게 아름다운 아가씨와의 혼담을, 나 같은 처지엔 언감생심 과분했기에, 그저 따르는 것이 순리라 여겼다.

태숙 씨 역시 큰아버지를 부모 이상으로 여겨서인지, 어떤 의사도 표하지 않고 수긍하며 동그란 눈만 깜박이고 있었다.

그간 서울에서 있었던 이야기를 할머니 산소에서 집으로 돌아오는 길에 말씀드리자, 양동 댁은 걸음을 멈추고 내 등을 토닥이며 대견하다는 듯, 이내 눈물을 글썽이셨다.

"오매, 잘했다. 오매, 잘했다"고 수없이 되내이셨다.

서울로 가서 통 소식은 없지 명절이면 너무 새끼들은 오고 가는데 내 뱃속에서 안 나와 그런가 하는 생각도 들었다.

어떤 때는, 내가 저 키울 때 헌다고 허기는 혔는디 한편으론 서운했던 것이 있었나 하는 오만가지 별별 생각이 다 들었다며, 치마폭을 들어 올려 코를 팽하고 푸신다.

명절에 버스 지나갈 때면 '이제나 저제나' 하고 신작로에 나가 몇 해를 기다려도 오지 않아 영영 내 손에서 떠나 부렀는가 싶어 맴이 핀허들 못했다.

최근에는 너무 새끼들만 눈앞에 왔다 갔다 얼쩡거려 싼께 속만 상허고, 차라리 안 봐 분 것만 못혀서 아예 배까테를 내다 보 덜 안 했어야 하신다.

그러면서도 행여라도 야가 뭐시 잘못 되야부렀다냐 한편으론 안 좋은 생각이 들기도 하고 어쩔 때는 가진 것 없이 나가서 살기가 힘들어서 그런가 보다 하는 생각에 짠한 마음이 들기도 했어야.

그동안 말인게 그러제 남의 눈치 봐 가며 가진 것 없이 서울로 갔응게, 고생이야 안 봐도 눈에 선하다.

"니가 원체 심지가 곧고 착실 헝께로, 끝에 가서 좋은 날이 온 것여."
"너는 학교 다닐 때부터 착실하기가 남 달랐제."
"그러니까 사장님 눈에 든 거여."
"니 어매 아부지가 곁에 있었드라면 얼마나 좋아했것냐….”

양동 댁은 반듯하게 성장한 정균이를 바라보며 눈을 떼지 못하신다.

●● 정균이와 은희의 만남

아침에 병기가 인사차 들렀고, 은희도 인사를 드리기 위해 병기네 집으로 가던 길이었다.

마침 산소에 다녀오던 양동 댁을 길에서 마주치고 인사드리던 참이었다.

은희는 이미 병기에게 이야기를 들어, 옆에 서 있는 청년이 바로 그 '정균'임을 알 수 있었다.

그 순간, 서로 눈을 마주치며 발걸음이 굳고, 입술이 얼어붙었다.

한참을 바라보던 두 사람. 정균은 늠름한 신사가 되어 있었고, 숙녀가 된 은희는 세련된 아름다움이 넘쳐흘렀다.

어릴 적 모습과는 너무도 달라져 서로를 알아보지 못할 뻔했다.

정균의 가슴속에는, 서울에서의 분투 속에 묻어두었던 과거의 기억들이 파노라마처럼 되살아났다.

학창 시절 서로 주고받던 눈빛, 서울로 떠나기 전날 밤 은희에게 건넨 쪽지 한 장. 그날의 떨림이 다시 가슴을 파고들었다.

입을 뗀 건 정균이었다.

"오랜만이네. 많이… 예뻐졌네."

은희는 수줍게 웃으며 말했다.

"졸업한 지도 벌써 10년이 넘었는걸요. 솔직히 못 알아볼 뻔했어요."

말은 오갔지만, 감정은 아직 가슴속에 갇혀 있었다.

꿈처럼 그리던 이 순간, 손을 잡고 싶었고, 안아 보고도 싶었다.

그러나 양동 댁이 옆에 계신 탓에 쉽게 다가설 수 없었다.
"언제 서울에서 다시 보게 될까." 마음속으로만 되뇌었다.
은희는 이 짧은 인사마저 꿈같이 느껴졌다.
가슴 깊은 곳에서 다시 피어오르던 설렘은, 그가 다가온 순간, 가을 햇살처럼 따뜻하게 번져왔다.
그토록 고대하던 얼굴, 오매불망 기다렸던 사람이 눈앞에 서 있었지만, 손 하나 내밀 수 없었던 현실이 안타까웠다.
문득, 그날 밤 쪽지 한 장만 남긴 채 떠난 정균의 뒷모습이 떠올랐다.
마음속으로 몇 번을 되뇌고 꾹꾹 눌러 담았던 말들이 목 끝까지 차올랐지만, 옆에 계신 양동 댁의 존재가 모든 감정을 가로막았다.
그녀는 속으로만 중얼거렸다.
"언제 다시 볼 수 있을까…. 서울에서 또 만날 수 있을까…."
두 사람은 그렇게, 수많은 말과 감정을 가슴에 남긴 채, 첫 만남을 마무리할 수밖에 없었다.
그날 밤, 은희는 좀처럼 잠을 이루지 못했다.
창호지 너머로 잔잔히 퍼지던 시골의 밤공기가 유난히 차갑게 느껴졌고, 두꺼운 솜 요에 누운 채 뒤척이다가 끝내 등을 돌리고 말았다.
눈을 감으면 정균의 눈빛이 떠올랐다.
그 눈빛은 단지 오랜만의 반가움이 아닌, 무언가 미처 다 하지 못한 이야기를 품은 듯했다.
'정말 끝난 걸까… 아니면, 아직 시작조차 하지 못한 이야기였던 걸까.'
그녀는 방 한 켠 책상 서랍에 곱게 접어놓은 쪽지를 꺼내 펼쳐보았다.
누렇게 바랜 종이, 그 위에 또렷이 남아 있는 정균의 글씨. 마음속 깊은 곳에서 억눌러왔던 감정이 천천히 고개를 들었다.

'서울에서 또 만날 수 있을까?'라는 속삭임은 이제, '내가 그를 찾아야 하나' 하는 결심으로 바뀌고 있었다.

그날 이후, 은희는 무심코 지나쳤던 거리의 풍경과 사람들의 말에서 정균과의 연결 고리를 찾으려 애썼다.

마치 퍼즐처럼 흩어진 기억과 현재를 하나하나 맞춰 가며, 잃어버린 시간을 되돌릴 방법을 고민했다.

그는 달라져 있었다. 더 단단해지고 믿음직스러워진 모습. 하지만 그녀도 예전의 은희가 아니었다.

기다리기만 하던 소녀가 아니라, 스스로 선택하고 감정을 지켜낼 줄 아는 여인이 되어 있었다.

다시 만나게 된다면, 이번엔 말하리라. 기다렸다고, 그리고 지금도 여전히 마음이 간다고.

은희는 밤하늘을 바라보며 속으로 다짐했다.

"다음엔, 놓치지 않겠어. 내 마음도, 그 사람도."

•• 큰아버지 병문안

다음 날 아침, 정균이는 큰어머니와 가족들과 함께 사립문을 닫고 큰아버지 병문안을 위해 병원으로 향했다.

읍내 택시를 불러 타고 병실에 들어서자, 다인실 침대들 중 맨 끝 창가 자리에 큰아버지가 누워 계셨다.

창문으로는 따뜻한 가을 햇살이 들어오고 있었고, 침상 머리 위에는 투명한 링거병과 주사액 세 개가 매달려 팔뚝에 연결되어 있었다.

위암으로 식사를 제대로 하지 못해서인지, 야윈 얼굴에는 광대뼈만 앙상하고, 창백한 얼굴에는 창으로 들어오는 햇살에 더욱 수척해 보였다.

정균이가 다가가 두 손을 잡자, 큰아버지는 눈을 떼지 못하셨다.

그리움과 반가움, 서러움이 뒤섞여 병환으로 움푹 파인 눈망울엔 눈물이 고였다.

30여 년 가까이 흘렀어도 만나기는커녕 생사도 알 수 없는 북으로 간 동생을 빼닮은 조카 정균이를 보며, 그동안의 회한과 세월이 한꺼번에 밀려왔는지 흐느끼는 어깨가 들썩거렸다.

형수님이 눈물을 닦아 주자 큰아버지는 겨우 목소리를 냈다.

쉰 소리 섞인 울먹인 목소리로 물으셨다.

"서울 가서 그동안 얼마나 고생이 많았냐…."

정균은 건강히 잘 지내고 있었다고, 성공을 위해 바쁘게 지내느라 그동안 연락을 못 드렸던 걸 죄송하게 여긴다고 말씀드렸다.

그리고 안주머니에서 사장님께서 주신 봉투와 자신이 찾아온 돈을 꺼내어, 하나는 병원비로, 하나는 마을 발전 기금으로 써달라며 큰어머니께 드렸다.

큰어머니는 두툼한 봉투를 받아 들고는 말문을 잇지 못하셨다.

"아이고, 무슨 돈을 요로코롬 많이 넣었냐…."

병구완에 넉넉지 못한 살림살이, 종식이 어매와 있었던 오해까지, 그간의 서러운 기억들이 한꺼번에 떠올랐다.

며칠 전, 종식이 어매가 찌웃찌웃 담 너머로 고개를 내밀기에 먼일인가 싶어 나가봤더니 "아 글씨 들에 나가 일허다 온께로 마당에 널어 논 깨가 감쪽같이 사라졌다는 거여 니그 큰아부지 몸이 아파서 여기저기 돈 꾸러 다닌께 맨맞허게 우리 집이 의심스러웠던 것이제."

알고 보니 몸이 불편한 종식이 할매가 날 굿을 라고 헝께로 엉덩이로 마당을 쓸고 댕기면서 깨를 조금씩 담아 도장 차댕이에 담아 두었던 것이었다. 그 일로 상처받았던 기억이 떠올라, 큰어머니는 봉투에 떨어지는 눈물을 감추지 못하셨다.

그 봉투엔 사장님께서 만년필로 직접 적어 주신 문구가 있었다.

"풍성한 한가위를 맞아 가정이 평안하시기를 빕니다."

글씨는 눈물방울에 번지고 있었다.

정균은 정철이 형, 형수님, 정만이, 봉덕이 모두에게 큰아버님 병구완하시느라 그동안 고생 많으셨다고 감사 인사를 전하며, 머지않아 결혼한다고 큰아버님 쾌차하셔서서 꼭 결혼식에 오시라는 말씀을 드렸다.

가족들은 하루 더 머물고 가기를 권했지만, 정균은 사장님 댁에도 인사 드려야 한다고 말씀드리자.

큰어머니는 그 은혜를 알고 계셨기에 고개를 끄덕이며 말씀하셨다.
"그래야지, 당연한 일이지."

●● 추석 이후의 마음

　은희는 병기네 집에 인사드리고, 마을 고샅마다 다니며 시집가서 친정에 다니러 온 친구들과 수다를 떨며 하루를 금세 보냈다.
　점숙이, 앵순이, 광임이, 영례와의 오랜만의 만남은 그 자체로 위로였다.
　어려서 함께 뛰놀던 코흘리개들이 자녀를 둔 어엿한 아주머니가 되어 있었다.
　다음날, 병기와 은희는 부모님이 챙겨 준 추석 음식과 밑반찬을 보자기에 싸 들고 서울로 향했다.
　버스 안, 나란히 앉은 두 사람 사이로 어색한 침묵이 흘렀다.
　분위기를 바꾸려는 듯 병기가 주머니에서 휴대폰을 꺼내 들었다.
　"너 휴대폰 샀구나?"
　우리 회사 내에는 전무님이랑 임원 외에는 대부분 가지고 있지 않았다.
　"응. 우리 직원 중 아버지가 대리점을 운영해서서 단체로 구입했어."
　병기는 아직 고향엔 기지국이 없어서 사용하지도 못했다며, 수첩 한 장을 찢어 전화번호를 적어 건넸다.
　이야기 도중 병기가 물었다.
　"너 결혼 안 해?"
　"너는?" 하고 은희가 되물었다.
　병기는 여유롭게 웃으며 아직은 이르다고 답했다.
　그러다 은희는 어머니와 나눴던 대화를 떠올렸다.

어젯밤 잠자리에서 사귀는 남자 있냐며 떠보던 어머니, 빨리 좋은 사람 데려오라는 눈빛. 서로 결혼에 대한 솔직한 생각을 나누다 보니 어느새 버스는 서울 터미널에 도착했다.

다섯 시간 넘게 달려왔지만, 소꿉놀이 친구라서 속속들이 서로를 알고 있어 내숭 떨 일도 없이 이야기 나누느라 피곤한 줄 몰랐다.

각자의 짐을 챙겨 시내버스를 타고 헤어진 뒤, 직장생활의 바쁨 속에 둘은 연락이 끊겼다.

추석을 보내고 썰물처럼 빠져나간 마을은 언제 그랬냐는 듯 조용해졌다.

은희의 방을 정리하고 나오는 어머니의 가슴엔 든든하면서도 허전한 감정이 교차했다.

은희는 여러 사람을 소개받았지만, 쉽게 마음이 움직이지 않았다.

학창 시절 친구인 병기와 정균의 기억이 자꾸 비교되어 떠오르곤 했다.

한두 번 만났다고 속내를 가늠하기도 어려웠으며, 무엇보다 정균이의 쪽지 편지는 여전히 기억 속에 또렷했다.

서울로 돌아온 후 정균에게 연락하고 싶었지만 전화번호가 없어 명함이라도 한 장 받아둘 걸 하는 후회가 됐다.

병기에게 물어보는 것, 양동 댁을 통해 알아보는 것, 여자가 먼저 오지랖 넓게 나서는 것도 자존심이 허락하지 않았다.

고향에 다녀온 후 보름쯤 지나, 안부 인사차 집에 전화를 걸었다.

엄니 왈, "우리 논 나락은 아직 푸르기만 한디, 준초네는 동네서 제일 먼저 숭거가꼬 벌써 다 영글었당께, 참새들이 와글와글 몰려들어서 귀찮으니께 나락 먼저 벨라고 하드라."

놉 얻으러 온 준초 엄니 며느리한테, "내일은 놉들도 많응께 밥은 쪼까 낙낙하게 짓그라." 하고 당부했단다.

나도 닐 준초네 일 간다.

"너무 심들게 하지 마시고, 몸 애껴가며 요령껏 사알살허셔요."

"그래도 정도 껏은 해야 제. 너무 일이라고 꾀부리먼 꼴배기 싫어야."

그때였다. 좀 떨어진 아랫목 쪽에서 들려온 아버지 목소리가 갑자기 분위기를 바꿨다.

"니 동창 정균이, 이번 시한에 다니는 회사 사장님네 조카딸하고 결혼한다더라. 그 소식 들었냐?"

정곡을 찌르는 그 한마디는 마치 냉수를 끼얹듯 은희의 가슴은 철렁 내려앉았고. 정신이 멍해졌다.

순간, 망치로 얻어맞은 것맹키로 들고 있던 수화기를 떨어뜨릴 뻔했다.

겨우 수화기를 전화기 위에 올려놓았지만, 가슴은 무너진 듯 텅 비어버렸다.

얼마 전, 고샅길에서 마주쳤던 정균이 모습이 떠올랐다.

새 생명력을 불어넣는 산소처럼 내 안에 불꽃을 지폈던 그 눈빛과 미소, 그 모든 것이 무너지고 말았다.

공연히 헛물켰구나 싶었다. 허탈했다.

멍한 정신으로 한참을 앉아 있었고, 마음은 속절없이 가라앉았다.

그날 이후로도 회사에서, 잠자리에서, 문득문득 떠오르는 정균이 얼굴은 지워지지 않았지만, 그가 결혼한다는 아버지 말 한마디는 은희의 마음을 와르르 무너뜨렸다.

정균의 결혼 청첩장과 은희와 병기의 결혼식

●● 정균이 결혼식 청첩장을 받아 든 은희

시간이 흘러 하얀 눈이 내려앉은 12월, 정균은 그가 다니는 회사 사장님 조카딸과 혼례를 치르는 날이다.

양동 댁은 물론 이장님과 친구 준초를 비롯한 마을 사람들을 버스에 가득 싣고 예식장에 도착했다.

식장 입구에 사람들이 우르르 들어서던 순간, 병기 엄니는 건물 사이로 황급히 달아나 숨는 여인을 발견했다.

"워매, 저 여자 정균이 어매 아녀?"

주변에서도 이구동성 비슷한 말이 흘러나왔다.

여그까지 왔으면 들어오제 왜 숨어 하니까 양동 댁은 부아가 나서 말했다.

"벼룩이도 낯짝이 있다는데, 여기가 어딘 줄 알고! 속창아리 없이 납뿌닥 들고 찾아와!"

"순옥이 엄니 어떻게 알고 온 거여?"

"양동 댁 정균이 외가 쪽을 통해 소식을 들어것제."

며칠 전, 은희는 병기를 통해 청첩장을 받았다. 손끝이 떨렸다.

가슴 한 켠에 배신감이 일었지만, 동시에 그를 진심으로 사랑했던 시간이 떠올랐다. 그는 자신의 첫사랑이었다.

그 마음을 지워 내고 싶어 아침부터 목욕탕에 들렀고, 미장원에도 다녀

왔다.

정성스레 화장을 하느라, 태숙 씨보다 예쁘게 보이고 싶어 거울 앞에 평소보다 오랫동안 앉아 있었다.

지금 눈앞에 닥친 현실이 꿈이라면, 혹은 시간을 고등학교 시절로 되돌릴 수만 있다면 얼마나 좋을까.

하지만 아무리 과거를 되짚고 기억을 되살린다 해도, 되돌릴 수 없다는 걸 은희는 알고 있었다.

초연해지려 몇 번이고 다짐했지만, 마음속 깊숙이 뿌리박힌 미련은 쉽사리 사라지지 않았다.

정균은 부모 없는 가난한 환경에서 맨몸으로 상경해 고난과 시련을 이겨 내고 가진 것이라고는 오직 성실함 하나로 이 자리에까지 올라왔다.

그런 그에게 은희는 박수를 보내야 했다.

하지만 마음속 한구석에서는 여전히 정균이의 선택이 잘못됐다는 걸 증명해 주고 싶었다.

질투심은 미련 속에 고개를 들고 일어났다.

형식적인 웃음 뒤에 진심 없는 축하를 얹으며, 은희의 마음 한구석엔 지워지지 않는 미움이 가증스럽게 스며들었다.

그 감정은 가슴 깊은 곳에 웅크린 채 좀처럼 떠나지 않았다.

은희는 단지 여자라는 이유로 소극적이거나 소심하지 않았다.

마음을 숨긴 채 두려워한 적도 없었다.

정균이를 향한 사랑도, 그리움도, 늘 또렷하게 가슴속에 품고 있었다. 하지만 그가 서울로 떠난 뒤, 아무런 소식도 들려오지 않았다.

정균이 소식을 양동 댁도 모르고 애만 태웠듯이, 은희 자신도 역시 연락을 취할 방법이 없어 표현조차 못했노라고 말하고 싶었다.

은희는 자신이 아직 정균을 사랑하고 있다는 사실을 인정할 수밖에 없었다.

"다음 생에 다시 만난다면, 널 포기하지 않을 거야."

은희는 속으로 이렇게 되뇌었다.

너로 인해 시작된 첫사랑은 나의 고통으로 남아 있다고 그동안 무소식이 희소식으로 다가올 너를 마음속에 담아두었던 것이 바보 같은 짓이었다고 소리치고 싶었다.

결혼식장에는 신부 측 부모님이 귀국해 참석했고, 신랑 측 부모님 자리는 양동 댁과 큰아버지 대신 정철이 형이 자리했다.

사투리와 촌스러운 옷차림이 신랑 측 하객 자리엔 가득했지만, 신부 측은 정제된 차림과 고급스러운 분위기로 대조를 이루었다.

주례사는 신랑의 자라온 과정을 소개하며, 신부의 큰아버지께서 그의 됨됨이에 반해 결혼을 주선한 사연을 덧붙였다.

의아한 눈초리로 바라보던 신부 측 하객들도 그제야 고개를 끄덕였다.

신부 입장 때, 하얀 드레스를 입고 단상으로 오르는 그녀의 모습은 하늘에서 내려온 날개 달린 천사 같았다.

은희는 무대 위를 걷고 있는 신부 모습에 자신을 덧입혀 잠시 눈을 감고 그 자리에 선 자신을 그려 보았다.

속절없이 흘러버린 시간 좀 더 일찍 용기 냈더라면, 그 자리에 설 수 있었을까?

이상과 동경의 꿈을 키우며 간직했던 퇴적층처럼 차곡차곡 쌓여 있던 사랑의 감정과 미련을 쉽게 떨쳐버리지 못하고, 별처럼 아름다웠던 과거의 학창 시절 교실 뒤 창가에서 눈빛만으로 주고받았던 감정과, 마지막 쪽지를 남기고 떠난 정균의 모습이 아른거렸다.

누구나 한 번쯤은 지워버리고 싶은 과거가 있겠지.

그런 기억쯤 털어 내고 나면 인생이 훨씬 편하잖아, 스스로 달래 보지만 손 한번 잡아 보지 못하고 여태껏 마음속 서랍에 고이 간직한 좋았던 감정들이 질투의 화신에 둘러싸여 쉽게 떨어지지 않고 그림자처럼 나를 감쌌다.

하객들 속에 섞여 신랑 입장을 지켜보던 은희는, 정균이 뒤돌아 하객들에게 인사하던 찰나 눈이 마주쳤다.

박수를 보내며 웃었지만, 허전함과 서운함이 동시에 묻어났다.

마음 한 켠 깊숙이 묻어 두었던 감정들이 다시금 들끓었고, 그녀는 과거의 사랑이 쉽게 지워지지 않는다는 걸 깨달았다.

정균이의 선택이 옳았다고 박수를 보내면서 과거를 지워야만 했다.

가족사진 촬영이 끝나고 친구들이 무대 앞으로 불려 나갔다.

종식, 병기, 준초, 선곤이 순으로 신랑 옆에 섰고, 은희는 늦게 서야 이쪽저쪽 망설이다 남자들만 서 있는 곳에 홀로 서서 사진 촬영이 어색했던지 신부 측에 서서 사진을 찍었다.

폐백 후, 신랑 신부가 식사 자리를 돌며 인사할 때, 친구들은 진심으로 축하를 해줬고 호화스런 결혼식에 사장님 집안으로 장가들은 것에 대해 마을 사람들 모두가 부러움과 칭찬이 자자했다.

정균은 은희와 눈이 마주치자 미소를 지으며 고개를 약간 숙였다.

하지만 그 안에는 미안함과 아련함이 섞여 있었다.

은희 역시 그런 눈빛을 놓치지 않았다.

정균이는 사장님을 큰어머니 좌석 쪽으로 모시고 가 소개 인사를 드리자 큰어머니께서 벌떡 일어나서 결혼식에 모든 비용을 제공하신 사장님께 허리를 깊이 숙이고는 몸 둘 바를 몰라 어려워하시자 사장님은 오히려 이렇게 훌륭하게 키워 주셔서 감사하다고 말씀하셨다.

순옥이 엄마 옆에 준초 마느래가 나란히 자리 잡고 식사하는데 자꾸만 팔이 부딪혀서 왜 근가 하고 쳐다본께로 샤시가 외악 손잡이였다.

성가시라서 하는 수 없이 의자를 옆으로 당겨서 좀 떨어져 앉았다.

예식이 끝나자, 정균이 엄마는 식장 안에도 들어오지 못하고 추운 골목에서 뛰쳐나와, 차에 오르려는 양동 댁에게 다가가 머리를 들지 못하고 두 손을 꼭 붙잡았다.

숨죽여 울먹이는 목소리로, 엄니에 대한 안부를 물으며 용서를 빌었다.

"진작 돌아가신 양반을 멋허게 들먹이냐…."

양동 댁은 핏덩이 떠넘기고 간 괘씸한 생각에 부아가 치밀 듯 손을 뿌리치려 했으나 백배 사죄하려는 듯 꽉 잡은 손은 떨어지지 않았다.

"은희 엄마 옆에서 아따 정균이 엄마가 시방 성님한테 잘못했다고 빌그만 무참시럽게 왜 그요.

당시 핏덩어리 띠 놓고 갈 때 정균이 엄마 맴도 오직 했것오."

어려운 시절 그런 상황이었다면 나도 그랬을 거라며 양동 댁을 달겠다.

은희 엄마는 정균이 어매를 봄서 아이고 매 춘디 당아 안 가고 여태껏 찬바람 부는 골목에서 떨고 있었냐며 짠한 마음에 돈을 쥐어 주며 "밥 한 그릇이라도 사 먹어요" 했다.

정균이 엄마는 그제야 지난 세월의 설움이 북받쳐 엉엉 울기 시작했다.

사람들은 그녀를 '팔자 고쳐 잘살 것이라고 달아난 년'은 행색이 저 모양이고 내팽개쳐진 핏덩어리는 부잣집으로 장가들어 출세했으니 시상은 뒤웅박 팔자라고 비웃었다.

　정균이 어매 추위에 떤 모습이 역력한데다 형편이 피지 않은 듯 얼굴은 핏기 하나 없이 남루하고 장갑도 끼지 않은 손은 얼음장이었으나, 말 한마디 못 하고 눈물만 뚝뚝 떨어트렸다.

　양동 댁은 처음엔 손을 뿌리치려 했지만, 그녀의 진심이 느껴져 결국 그 손을 놓지 않았다.

　주위 사람들도 그 모습에 마음이 찡했다.

　신랑 신부는 여유가 있어서인지 신혼여행을 설악산이나 경주가 아닌 따뜻한 남녘땅 제주도로 신혼여행을 떠났고, 이어서 마을 사람들은 버스에 올라 예식장을 뒤로하고 멀어져 갔다.

　모두 떠난 후 정균이 엄니는 홀로 찬바람을 맞으며 우두커니 서서 시야에서 사라진 버스 꽁무니쪽을 하염없이 바라보고 있었다.

　뒷굽이 높은 삐딱 구두 신은 세련된 은희와 신사처럼 의젓한 병기 예식장을 벗어나 나란히 걸었다.

　추운 날씨에 서로 옷깃을 여미며, 예식장에서 멀어지는 둘의 모습은 마치 새로운 미래를 향해 걸어가는 한 쌍의 잉꼬처럼 다정해 보였다.

●● 정균이와 태숙 씨 할머니 산소에 다녀갔다

바쁜 직장생활에 오랫동안 묻혀 지내다 보니 설 명절이 코앞으로 다가왔다. 은희는 병기가 적어 준 전화번호로 전화를 걸어 고향에 어떻게 내려갈 예정인지 물었다.

병기는 여느 때처럼 고속버스를 타고 갈 참이라며 자기 표와 함께 두 장 예매하겠다고 했다.

하지만 수화기 너머로 들려온 은희의 목소리는 예상과 달랐다.

"그럴 필요 없어."

목소리가 카랑카랑했다.

병기는 혹시 은희에게 새로운 동행이 생긴 건가 싶어 귀를 의심했다.

이번에는 고향에 가지 않는 건가 싶어 망설이던 찰나, 은희가 덧붙였다.

"회사에서 지역별로 버스를 배정해 줘. 몇 자리 남아 있응께 너도 같이 타."

회사에서 제공한 버스 안에서는 간식이 나왔고, 내릴 때는 한과 선물 보따리까지 손에 쥐어줬다.

덕분에 교통비도 절약되고, 편안하게 고향에 도착, 병기는 은희에게 진 빚을 마음속으로 되새겼다.

집에 도착하자 엄마는 은희 곁을 맴돌며 눈치를 살폈다.

다음엔 병기 대신 딴 남자랑 오면 좋겠다는 속내를 은근히 드러냈다.

조씨는 초조해하는 부인을 보며, "제 눈에 안경이라. 때 되면 나타날 팅께." 하고는 너털웃음을 지었다.

하지만 그 느긋한 태도가 오히려 부인을 더 애타게 만들었다.

마을에는 설 명절의 정취가 가득했다.

떡방아 찧는 소리, 암반에 떡 매질하는 소리, 굴뚝마다 피어오르는 연기. 아이들은 모처럼 이발도 하고, 장에서 사 온 새 옷을 입고 재기차기 하다가, 객지에 나간 형이나 누나가 마을 입구로 들어오는 걸 보고는 반가운 마음에 편 갈라 놀던 걸 팽개치고 달려갔다.

어른들은 윷놀이에 열을 올렸고, 큰 애기들은 널뛰기를 하며 하늘을 날았다. 마을 어귀는 북적이고 활기찼다.

늘 그랬듯 이번 설에도 준초네 집에 모두 모였으나 정균이만 빠졌다.

며칠 전, 정균이는 신혼여행 다녀와서 사장님이 기사를 딸려 보낸 차량에 태숙 씨와 함께 미리 다녀갔다.

고급 자가용 타고 온 놈은 우리 마을 생기고 정균이가 처음일 거라며 운전수가 따로 있드랑께… 아따 가가 우리 마을에서 젤로 출세한 것이나 다름없다며 그날 상황을 준초가 자세하게 설명을 시작했다.

고샅이 좁아서 동각 앞에 차를 세워두고, 정균이 양동 댁을 앞세우고 태숙 씨와 함께 할아버지, 할머니 산소를 찾아가 결혼 후 첫인사를 드렸다.

정균이 타고 온 자가용은 광나고 번쩍거려서 포리가 미끄러져 졸도허게 생겼드만 운전수 양반은 계속해서 차 딱니라고 쉴 틈이 없드랑께.

마을 사람들은 마지막으로 차에 오르기 전, 동각 앞에 모여 부러운 눈으로 정균 부부와 인사를 나눴다.

준초와 정균은 서로 아내를 소개했고, 두 여인은 반갑게 손을 맞잡았다.

잠깐의 만남이었지만 다시 만날 것을 약속하며 아쉬움을 표했다.

누군가 정균이 샥시가 "피부도 흐커고 징허니 이쁘다고 헝께로."
순옥이 엄니 준초 마느래도 "도시에 살았으면 더 이뻘랑가 몰라."
준초는 자동으로 열리고 닫히는 사이드미러를 보고 깜짝 놀랐다. 손도 안 댔는데 스르륵 열리는 창문과 사이드미러는 그에겐 처음 보는 광경이었다.
그 차는 신기하게도 고급스러워 보였다.
조용히 미끄러지듯 차가 사라진 후에도, 칭찬이 이어졌다.
"될성부른 나무는 떡잎부터 다르다더니 자는 클 때부터 영판 수말 시럽고 어른 가타당게. 긍께 오죽 했으면 사장님 눈에 들었겠어."
김 영감은 "개천에서 용 났다"고 했고,
"양동 댁이 조카 키우느라 고생한 보람이 있구먼.
정균이가 장가를 잘 가서 산게로 암암리에 쫌이라도 보태 주것제.
인자 양동 댁은 고생한 보람으로 신수가 펴 등 따듯하고 발 쭉 뻗고 자게 생겼네."
차가 떠난 뒤에도 한동안 사람들은 동각 앞을 떠나지 못했다.
누추한 집에 이브자리도 션찮고, 정균이 가는 괜찮은디 서울의 부자동네 대궐 같은 집에 사는 조카 마느래를 어치코롬 재울 것인지 걱정스러워, 간다고 나서는 것을 억지로 붙잡질 못했다고 양동 댁 은근히 자랑질 했다며
며칠 전, 정균이 금의환향해 다녀간 소식을 준초가 화면에 보인 것처럼 생생하게 전했다.
이야기를 듣고서 병기는 아 그래서 좀 전에 고샅에서 만난 정만이가 이번 설에는 정균이 형은 오지 않는다고 했구나! 오늘은 우리 너이가 다 모

인 거네.

평소에도 뽀시락 장난을 잘하던 선곤이.

워매! 정균이가 댕겨 가 부렸다고야 니미럴 결혼식 때 못 다룬 것, 오늘 저녁에 다리 메달아 놓고 며칠 먹을 술값 좀 뜯어 불라고 몽그렸는디 재수 좋은 놈이네, 유효기간이 이번 설까지라며, 기회를 놓친 것에 대한 아쉬움을 토했다.

설 연휴가 끝나고 병기와 은희는 다시 서울로 향했다.

조씨네, 전씨네 신작로까지 배웅 나와서 혼기 꽉 찬 자식들 걱정은 동병상련이지만, 딸을 둔 은희 엄마의 얼굴빛은 유독 더 초조해 보였다.

겨울바람 탓도 있었겠지만, 한 살 더 먹는 딸 때문에 어깨가 움츠러들었다.

정월이 가면 봄이 온다고들 하지만, 은희 엄마의 마음은 아직 한 겨울이다.

노래 가사처럼 '최진사댁 칠복이' 같은 팔자 좋은 사윗감이, 일곱 가지 복까지는 바라지도 않고 한두 개 복이라도 품에 안고, 산신령처럼 평 하고 나타나 주기를, 그녀는 간절히 바라고 또 바랐다.

하나둘 떠나간 마을에는, 겨울이라 해가 짧아 날이 일찍 저물었다.

그믐달 뜬 하늘에는 별빛만 반짝였다.

신작로 전등이 깜빡이듯, 은희 엄마 가슴에도 희미한 그림자가 드리워졌다.

그 밤, 엄니는 텅 빈 은희 방에 앉아 있었다.

바늘구멍처럼 희미한 희망을 꿰매듯, 작은 한숨이 방 안에 가득 퍼졌다.

서울로 떠난 버스의 꼬리는 이미 사라졌지만, 그녀 마음 한 켠에는 아직도 묵직한 체증이 남아 있었다.

•• 기우제를 지내다

　겨울이 지나 봄을 알리던 진달래랑 벚꽃이 지고, 모내기 철이 다가왔지만 두어 달 이상 비 한 방울 내리지 않아 봄 가뭄이 길어졌다.
　전씨네 다랑논은 조씨가 진즉 쟁기질을 마쳐 옹달샘 물로 겨우 채워 써레질만 하면 모내기를 할 수 있는 형편이었다.
　하지만 전씨의 부탁에도 조씨는 이 핑계 저 핑계 함흥차사였다.
　전씨가 위쪽 다랑논만 개간하지 않았더라면 조씨네는 벌써 모내기를 끝냈을 판이었다.
　말라붙은 논바닥을 보면 울화가 치밀어, 써레질해 줄 마음이 도통 내키지 않았던 것이다.
　조씨도 마음은 편치 않았다.
　친구라 얼굴 마주하기도 어색하고, 남자로서 속 좁게 굴고 싶진 않았다.
　그래서 소를 외양간에서 살짝 끌어내 보려 하지만, 그럴 때마다 속상한 마누라 눈총이 날아왔다.
　'내 코가 석 잔다' "당신은 속도 좋소! 지금 우리 논에는 물 한 방울도 없는디 아무리 친구라 해도 그렇지, 친구가 밥 멕여 주간디?"
　핏발 선 눈으로 레이저 쏘듯 남편을 흘기며 오기 부리는 판이다.
　"지기나 나나 피차 농사 못 짓는 거여."
　병기 엄마 아칙에 시암에서 또가리 받쳐 물동우 이고 물 길러 가던 은희 엄마가 다른 때 같았으면 "물 뜨러 왔냐?"며 큰소리로 반갑게 인사말을 건

넬 텐데, 본척만척 눈길 한번 주지 않고 쌩하니 지나가는 것을 보곤 눈치 챘다.

"저거 봐, 틀림없이 물이 없어 모내기도 못 하니까, 비우짱 틀어졌구먼."

집에 돌아와 남편에게 조금 전 상황을 조잘조잘 살을 붙여서 씨부렁거렸다.

은희 엄마가 뒤뜰 장꽝에 나오기라도 하면 마당에 있던 병기 엄마는 못 본 척 고개를 돌리고는 정개로 핑 들어갔고, 병기 엄마 장꽝에 일을 보러 나오면 은희 엄마는 슬그머니 피했다.

서로 볼쌍시러워, 상호 마주치는 일조차 싫었던 것이다.

가뭄이 길어질수록 두 집 사이의 관계는 이간질하듯 점점 서먹서먹한 감정의 구렁텅이로 빠져들어 갔다.

보리타작이 끝난 들판은 이미 모가 파릇파릇해야 할 철이건만, 가뭄에 저수지 바닥까지 보타불어 황량하기만 했다.

논바닥은 물을 붓는 족족, 스펀지처럼 빨아들여 흔적도 없고, 거북이 등딱지마냥 갈라진 논바닥만 아가리를 벌리고 있다.

시냇물은 보타서 모래 바닥에는 물고기들이 배통아지를 드러낸 채 말라붙어 여기저기 하얀 비늘만 번쩍거린다.

그나마 남은 물웅덩이에는 물고기들이 숨을 몰아쉬며 퍼덕이고 있었다.

유난히 더운 유월의 뙤약볕을 피해 정자나무 아래 모여든 마을 어른들, 물이 없어 말라 죽어가는 물고기마냥 속이 타들어 가듯 한숨만 내쉰다.

"내일이라도 깃대봉에 올라 기우제를 지내야 쓰것다!" 이장이 벌떡 일어나 하늘을 노려보며 "하나님 똥구멍을 작대기라도 콱 쑤셔 불러야 헐랑가," 하고 분풀이 섞인 농담에는 진심도 녹아있었다.

다음날 아침, 마을 스피커에서 삐~ 삐~ 거슬리는 소리에 동네 소, 대야지, 닭 등 가축들이 귀를 쫑긋 세우고 좌우로 예민하게 움직인다.

잠시 후, 이장의 맑고 힘 있는 목소리가 흘러나왔다.

"삶은 대야지 머리 읍내 가서 사왔응께, 아짐씨들은 한 분도 빠짐없이 호멩이 들고 깃대봉으로 올라가야 헝께로 모두 동각으로 나오쑈."

아침 8시 반까지 모이라는 말에, 토방 그늘에 엎드려 있던 누렁이만 눈을 껌벅거린다.

낭랑한 여유 있는 말솜씨는 마이크를 많이 잡아 본 솜씨로, 이장으로 마을 일을 오랫동안 봐온 티가 난다.

허나 속사정을 알 만한 사람들은 알았다.

이장이 반거충이마냥 집안일은 내팽개치고 마을 일만 쫓아다니니, 집안일은 죄다 아내 차지였다.

고생에 찌든 이장 아내 얼굴은, 시집올 때 곱던 모습은 온데간데없고, 남편보다 주름살이 더 많이 늘어 갔으리란 건 안 봐도 비디오다.

시간이 되자, 이장을 선두로 동네 아낙들이 줄줄이 논두렁을 지나 밭둑길을 따라 오르막길을 걷는다.

몇 걸음 떼지 않아 뙤약볕에 벌써 땀이 등줄기를 타고 흐르고, 이마에도 송알송알 땀방울이 맺히기 시작했다.

아짐씨들 멀리 바라다보이는 깃대봉은 구름 한 점 없고, 저기까지 언제 올라갈까 생각하니 벌써부터 다리가 무거워졌다.

기우제 지낼 음식을 지게에 지고 먼저 길을 나섰던, 이장 내 머슴이 담배 연기 내뿜으며 숨을 고르고 있다가, 아낙들 올라오는 것을 보고는 뒤처지지 않으려는 듯 수건으로 땀을 훔치더니 이내 지게에 받혀진 작대기를 빼고는 어차피 자신 몫이라 여기고 다시 한번 으쌰 하며 일어나 길을 나선다.

호멩이만 손에 쥔 채 한량 노름하듯 할래할래 산에 오르던 아낙들, 이 더위에 무거운 짐을 짊어지고, 산을 오르는 이장 내 머슴 한걸음 한걸음이 천근만근이라, 옆을 지날 때 모두들 애쓴다고 말을 건네면서도 힘들다는 소리는 뻥끗도 하지 못하고, 거북바위와 마당바위를 지나 경사진 깔끄막 길을 오르느라 가쁜 숨을 몰아쉬었다.

더운 날씨에 숨을 헉헉대며 올라와 나무 그늘에서 숨을 돌리는 순간, 병기 엄니 잘 다듬어진 대막대기를 지팡이 삼아 심들게 뒤쳐져 올라오는 것이 눈에 들어왔다.

순옥이 엄니 "아따매, 내가 주렁 대신 지프고 올라오다 띵겨분 거 주서 갔고 오네. 그려, 인자 내가 임잰께 도라고 허지 마." 하며 그늘을 찾았다.

한참 후, 돼지 머리와 음식을 짊어지고 이장네 머슴이 헉헉대며 써빠지게 올라온다.

단추를 풀어 헤쳤는데도 옷이 땀으로 흠뻑 젖었고, 이마에선 비 오듯 땀이 흐르고 가슴팍에서는 때 꼽작 물이 줄줄 흐른다.

배꼽까지 드러나 남사스러울 정도였다.

그늘 아래에서 빤히 쳐다보는 동네 아줌씨들에게 "힘들고 벼가 나서 뭘 보라꼬 있어!" 소락대기 지르며 무참을 줬다.

그 모습을 본 이장은 얼른 일어나 "자네가 질로 욕보네." 하며 지게를 받아 작대기로 받쳐 세워 주자, 머슴은 바닥에 털썩 주저앉으며 "어지께까지만 해도 살만 허드만, 오늘은 햇빛이 요로코롬 징상스럽게 뜨겁다며, 살이 다 익어 갖고 껍닥이 벗겨질 판이여." 하고 헉헉대며 숨을 몰아쉬었다.

"목말라 환장허고, 디질 것 같어." 하며 히말탱이 없이 발라당 누워 버린다. 이장이 "얼릉 거시기 갖고 와!" 하자, 선곤이 아부지가 시원한 물 가져오라는 소리라는 것을 알아채고 잽싸게 주전자를 들고 왔다.

양재기에 시원한 물을 따라 주자, 기신이 빠진 머슴은 누운 채 심 파여서 돼야 죽것는지 머리만 들고 연거푸 양재기 두 그릇을 벌컥벌컥 들이켰다. 땀으로 빠져나간 수분을 보충하듯 숨도 안 쉬고 들이켠 뒤, 고개를 뒤로 젖히고 하늘을 바라봤다.

"뱅글뱅글 돌아…." 머슴은 눈을 감았다.

'부모 잘못 만나 가난한 집에 태어나 남들처럼 배우지도 못하고, 가진 것도 없으니 이 고생이지. 세상이 원망스럽다.'

잠시 후, 이장이 일어나 "자, 숨들 돌렸는가?" 하고 기우제 준비를 재촉하자,

히마리 없이 누워있던 머슴 귀에는 그 소리가 마귀 속삭임처럼 거슬렸다.

몸은 천근만근이라 일어날 힘조차 없었고, 눈엔 하늘에 두둥실 떠가는 흰 구름만 아른거렸다.

저 구름처럼 유유자적 자유롭게 날아가고 싶은 갈망만 가슴속에 차올랐다.

기우제를 지내기 위해 깃대봉에 펼쳐진 자리는 준비한 음식들이 놓였고, 한가운데에는 죽어 가면서도 웃음기를 머금은 대야지 머리가 자리를 잡았다.

이장이 막걸리 한 잔을 따르고 지갑에서 오천 원짜리 지폐 두 장을 꺼내 하나씩 돌돌 말아 돼지 코에 꽂았다.

그리고 절을 올린 뒤, 옆에 있는 김 영감님에게 행사 진행을 권했다.

김 영감님 마음속에는 준비돼 있으면서 한차례 튕긴다.

자네가 하소. "무슨 말씀이세요. 구관이 명관 아니요."

이장이 "영감님 빼고 이런 중대사를 맡을 사람이 마을에 누가 있간디요?"

추켜세우면서 옷소매를 끌어당기자, 영감님은 못 이긴 척 일어나 잔에 막걸리를 붓고 절을 올린 뒤, 안주머니에서 적어 온 종우때기를 꺼냈다.

펼치더니, 마치 제사 때 축문을 읽듯, 음의 높낮이를 살리며 노랫가락처럼 리듬을 타며 엄숙하게 낭독했다.

뭔 말인지 도통 알아 묵던 못했지만 대강 함축해 보면, 내용은 삼국지에 나오는 제갈량이 적벽대전 승리를 위해 동남풍을 불게 하듯, 비를 내리게 해달라고 미신적, 주술적 행위로 신에게 간절히 빌었음직한 내용이었으리라.

그 낭독을 듣는 동네 아주머니들은 매똥 주변에 조용히 서서 묵묵히 기도하듯 보라꼬 있었다.

그사이 이장이 남은 막걸리를 매똥 주변에 골고루 찌클었다.

김 영감은 낭송을 마치고 복깨트에서 초록색 라이터 하나를 꺼냈다.

라이터엔 '양지다방' 로고가 선명하게 박혀 있었다.

마을 사람들 눈엔 그저 불붙이는 도구였지만, 읍내 드나드는 사람들은 단박에 알아보았다.

읍내 차부 건물 2층에 있는 양지다방은 한복 차림의 예쁘장한 마담과 레지 셋이 있는, 유지들의 발길이 끊이지 않는 일대서 꽤 이름난 집이다.

김 영감이 그곳에서 쌍화차 한 잔은 맛봤다는, 은근한 자랑이 묻어나는 손놀림이었다.

그중 납뿌닥이 반질거리는 '이양'은 손님들 옆자리에 앉아 아양을 떨며 차 한 잔 얻어 마시러 여기저기 옮겨 다니며 매상 올리기에 바빴다.

산림조합장, 극장 사장, 우체국장 등 유지들의 들락거리며 쌍화차 한 잔 시켜놓곤, 업무 때문이라기보다는 마담 옆에 앉아 한마디 말이라도 섞어 보고, 손목이라도 만지작거리며 시야까시해 보려는 속내가 다분했다.

읍내 유지들은 점잖은 척 호박씨 까며 마담을 기다리는데도 딴청만 피우며 곁에 오지 않자, 떫은 땡감 씹은 표정들이다.

지체 높다 하던 이들이 마담의 관심을 끌기 위해 괜한 허세와 거만을 떨었고, 그들의 유치한 모습이 같잖아 꼴싸댕이 보기 싫어 마담은 자신의 줏가도 올리고 골탕 맥이는 중이다.

다방엔 전화벨이 자주 울렸다.

차 배달 주문보단 누굴 찾는 전화가 많았다.

"박 사장님 전화 받으세요!"

마담의 외침에 박씨 성을 가진 두 명이 동시에 일어나는 일도 흔했다.

전화 내용이 별것 없으면 조용히 앉았고, "군수님 전화요!" 소리에 당당하게 나가 받고 나서 군수님이 점심때 쪼까 보잖다고 위세를 떨었다.

'지가 밥 살 거면서'

그중 자주 불리는 이름이 있으면 그 사람은 자연히 어깨에 힘이 들어가고, 빚 독촉 전화엔 목소리가 쥐 죽은 듯 작아지고, 사채업자 노릇할 땐 다방이 떠나가도록 목청을 높였다.

잠시 후 울리는 전화는 등기소에서 쌍화차 몇 잔, 커피 몇 잔을 주문을 공책에 받아 적는 것은 매상 올라가는 소리에 반가운 목소리로 김 양을 찾는 것은 어서 배달 준비하라는 뜻이다.

김 영감이 양지다방에 본인 용무로 갈 일은 택도 없는 소리고, 아마 맞선 자리에 궁합이나 봐줬을 성싶다.

영감님 2층 다방 계단을 내려올 땐, 차부 입구에서 누군가 마을 사람이라도 마주치길 기대하듯 느릿느릿 걸으며 뚤레뚤레거렸다.

누군가 봐줘야 '우리도 잘 안 가는 다방을 김 영감이 출입 허드랑께' 하고 동네에 소문이 날 것인디 하는 속내가 숨겨져 있었다.

그 라이터를 꺼내 불을 붙이는 순간, 김 영감은 마치 읍내 유지들과 어깨를 나란히 한 듯, 자존심이 한껏 치솟았다.

불꽃이 종우때기 모서리에 붙었다.

빨리 태워버리려고 불붙은 쪽을 아래로 향했는데, 열기와 불꽃이 손목을 타고 올라오자 깜짝 놀라 팔을 위로 뻗으며 하늘을 향해 손을 놨다.

그 순간, 김 영감의 마음속엔 이 불꽃이 하늘로 올라가 비를 머금은 먹구름이 되어 온 마을에 단비를 내려 주길 바라는 간절한 소망이 실려 있었다.

그런데 타다 만 종우때기가 날아가 떨어진 곳이 하필이면 가뭄에 말라비틀어진 풀숲이었다.

순식간에 불이 붙고, 때마침 불어온 바람결에 불꽃은 사방으로 번졌다.

놀란 마을 사람들은 솔가지를 꺾어 불을 두드렸다.

그러나 불꽃은 튀어 여기저기 번지고, 기우제를 제안했던 이장과 불씨를 제공한 김 영감은 책임감에 몸 사리지 않고 뛰어다니며 불길을 잡느라 정신이 없고, 모두가 나서서 땀을 뻘뻘 흘리며 간신히 불길을 잡았다.

다행히 큰불로 번지지는 않았지만, 바람이 조금만 더 세게 불었으면 큰일 날 뻔했다.

이장은 놀란 가슴을 쓸어내리며 말했다.

"어르신, 불을 붙였으면 어느 정도 타들어 간 뒤에 손을 놔야지, 붙자마자 확 놔 분께 앙 그라요. 한바트면 지서에 불려 갈 뻔했구먼." 하고 타박했다.

이에 김씨 어르신은 발끈했다.

"잘되면 제 탓, 못되면 조상 탓이라더니 자네가 그 꼴이구먼. 나이 먹어서 써빠지게 땀 흘리며 여기까지 올라와 기우제 참석한 것만도 고맙게 생각혀야제. 그럴라면 앞으로는 동네일 부탁하덜 말어!"

그러더니 자신이 너무했나 싶었는지 다시 말끝을 흐리며, "날도 덥고, 열기에 손이 뜨거워 좀 일찍 놔 불었다고, 미안혀."

매똥 주변은, 여자분들만 남아서 호멩이로 긁는 시늉만 하고, 깐닥깐닥 내려오라. 하고는 신의 노여움을 달래기라도 하듯, 나머지분들은 얼렁얼렁 내려가라고 팔을 휘휘 저었다.

그때서야 헉헉대며 깐닥깐닥 올라오는 이는, 종식이 아부지다.

김 영감이 놀리듯 말했다.

"자네는 무달라고 인자사 올라온당가? 다 끝내고 내려가는구먼. 기우제를 어치고헌가 한번 볼라고 올라왔어라. 근디 다 끝나 불었다. 고라. 구경도 못 하고 허탕 쳤구먼." 하며 쓴웃음을 지으며 발길을 돌렸다.

은희 엄마 "아따 여그까지 왔웅께 막걸리 한 잔 목이나 축이고 가쑈." 하며 주전자를 들고 내려왔다.

순옥이 엄니는 안주 접시를 들고 뒤따랐다.

"그것 한잔 묵으면 열만 더 날 틴디, 물이나 한잔 주쑈." 했으나, 기어이 한 대접을 채워 내밀었다.

"영감님, 근디 이 매똥은 누구네 것이 다요?"

"내가 어려서 나무하러 다닐 때도 이미 있었응께, 나도 모르제."

"관리가 안 된 걸로 봐선 마을과 연관 없는 외지인 매똥이거나, 아니면 손이 끊긴 집안 것 같혀."

그새 이장네 머슴은 땀 흘리며 짐 지고 올라온 에너지를 보충하려는 듯 껄떡배기 맹키로 차려놓은 음식을 한 주먹 개비에 넣고 또 왕건이 하나를 집어 마파람에 게 눈 감추듯 볼태기가 며지게 욱여넣고 있었다.

그걸 보던 아주머니들이 "시방 허천병 났는갑다."며 기우제 지낼라고 채려 놓은 음식에 손대면 부정 탈까 봐 저 손목대기 보라며 막 소락대기 지르는디 은희 엄니는 "지게질 허니께 배고플 것잉께. 내비둬." 하고 말리면서, 머슴보고 짜구 나것다며 천천히 묵으라고 했다.

누군가는 "이장네가 밥을 지대로 안 준 갑다."며 속닥였다.

정자나무 아래에 모인 남정네들은 깃대봉 쪽으로 눈길을 보내며, 불 끄느라 이리 뛰고 저리 뛰던 모습을 멀리서 보고는 특이한 몸동작으로 춤추는 걸로 착각, "근래엔 가뭄이 없어서 기우제 안 지내 봤응께, 그것도 행사 중 하나인갑다." 하고 여겼다.

학교에서 돌아오던 아이들은 정자나무 아래 책보를 던져 놓고, 어른들 걱정은 뒷전으로 한 채 흙을 파고 정자나무 껍질로 집을 지어 개미를 잡아넣으며 놀기에 정신이 팔렸다.

저녁이 되자, 마을 초입 넓은 길 가상에 준초가 덕석을 어깨에 메고 등장한 것은 하루 이틀이 아니다.

"오메, 더와서 디져불것네, 디져불것어!" 하며 거리와 각을 재어 땅에 내던지자, 둥글게 말린 덕석이 또르륵 굴러 펼쳐졌다.

설거지를 마친 아낙네들은 부채질을 하며 하나둘 모여들었다.

"오늘 저녁은 밸라도 끕끕하고 덥디야." 하며 짜증 섞인 손놀림으로 부채질을 해대며 덕석 위에 앉아 두런두런 이야기를 나눴다.

누군가 논바닥에 쌓여 있던 보릿대 처진 거리를 가져다 모깃불을 놓자 연기가 피어올랐다.

엄마 따라 깨댕이를 홀딱 벗고 나온 째깐한 아이들은 모구 물릴까 봐 부채질하는 엄마 품에서 벗어나지 못하고, 쪼까 큰 아그들은 맨사댕이로 주변을 맴돌며 장난치며 뛰어다니다 자빠지고 울고불고 티격태격했다.

종수 할매는 푹푹 찧는 찜통더위를 못 참고 저고리를 벗어던지고, 납작한 젖통을 드러낸 채 부채질을 하고 있었다.

때마침 손자가 넘어져 울자 "이놈자식들, 맥없시 잘 노는 애기를 미클고 지랄이냐!"며 손자 역성을 들자, 할매 가슴으로 파고들면서 손자는 더욱 더 큰소리로 꺼이꺼이 울어 댔다.

이때 흐건 코가 곧 떨어질 듯 하다가도 훌쩍일 때마다 빠르게 동굴 속으로 들락거리기를 반복했다.

상대 손자의 할매는 얼척 없다는 듯 "야가 가만 있었는디, 쯔단시 건들었겄소? 서로 장난치며 놀다 본께 자빠진 것을 가지고 맨 맞허게 우리 손자만 혼구녕낼 일이요?" 하며 투덜거렸다.

아까 본께로 지비 손자가 더 지양시럽게 꺼덜거리등만 그런다며 한피짝에 앙거있그라이 하며 나대지 말라고 손자 팔뚝을 끌어당겼다.

화난 종수 할매는 같이 놀던 아이를 쥐어박을 듯 째려보며, 맥없는 부채만 싸납게 흔들었다.

하늘에는 먹구름이 별빛을 가렸고, 간간이 구멍 난 듯 별이 하나둘 구름 사이로 빼꼼히 얼굴을 내밀었다가 금세 사라지기를 반복했다.

바람 한 점 없는 땅과 달리, 하늘에는 바람이 부는지 먹구름이 빠르게 지나갔다.

은희 엄니가 "점드락 햇빛에 땅바닥이 달궈져서 공기를 밀어 올리니까 그런 것"이라 설명했지만, 뭔 소린지 아는 사람은 아무도 없었다.

"똑똑한 은희 엄니 말인께, 맞는갑다." 하고 그저 고개를 끄덕일 뿐이다.

푹푹 찌는 날씨에 곧 소나기라도 쏟아질 것 같은 기운. 모기는 윙윙거렸지만, 그나마 사방간디가 트여 바람이 살랑거리는 길가 덕석을 떠나긴 싫었다. 낮 동안 달궈진 방 안에 들어가 봐야, 문살에 붙은 모기장으론 쉽게 잠들기 어렵다는 걸 모두 알고 있었다.

●● 소낙비에 들판은 푸르름을 찾았다

잠든 아이들이 모기에 물릴까 연신 부채질해대던 무렵, 기우제 덕분인지 오늘 저녁은 유난히 후덥지근하더니, 결국 먹구름이 무게를 견디지 못하고 물풍선이 터지듯 소낙비가 우두두둑 쏟아지기 시작했다.

모두들 집을 향해 뛰어가고, 막 잠든 아이를 들쳐 업은 아주머니들까지 호랭이한테 쫓기듯 순식간에 사라졌다.

그 사이 비에 덕석이 젖을까 봐 준초는 서둘러 덕석을 말아 어깨에 메고 마지막으로 뛰었다.

김 영감님 기도발이 제대로 먹혔는지, 제갈량 반열에라도 오른 것을 증명이라도 하는 듯, 비가 그치지 않고 솔찬히 쏟아졌다.

천지신명이 가뭄에 시달린 농민들과 대지의 생명을 불어넣듯, 죄 많은 중생들을 용서하듯 대지를 흠뻑 적셔 주는 단비였다.

그동안 땅속 깊이 웅크리고 있던 깨구락지들이 나와 들판에서 개굴개굴 합창을 시작했고, 초가지붕에서는 집시랑 물 떨어지는 소리가 자장가처럼 더위를 식혀 주며 깊은 잠을 유도했다.

마당에는 빗방울이 우두둑 우두둑 떨어지고, 몰아치는 비바람에 토방의 신발들은 흠뻑 젖었다.

앞산 너머로 번개가 대낮보다 환하게 빛을 뿌리고, 뒤따라온 뇌성은 온 마을을 울릴 듯 천지를 뒤흔들었다.

누렁이는 놀라 짖지도 못하고 끙끙대며 마루 밑 깊숙이 기어들었다.

이 정도 비면 가뭄 끝에 내린 단비치고는 꽤 많은 양이다.

조씨는 담배를 피우며 처마 밑에서 고개를 내밀고 하늘을 올려다보며 비가 얼마나 더 내릴지 가늠해 본다.

어제 저녁부터 내린 비는 밤새 그칠 줄을 몰랐고, 그동안 부족분을 보충하려는 듯 새벽녘까지도 굵은 빗줄기가 이어졌다.

동이 틀 무렵, 조씨는 슬그머니 일어나서 밀짚모자를 쓰고 써레를 지고 소를 몰아 살짝 집을 나선다.

조씨 아내, 전씨네 논으로 간다는 걸 알면서도 이웃 간의 다툼이 성가셔서 모른 체 눈을 감는다.

아침이 지나고 조씨는 써레질을 마치고 전씨네 대문 앞에서 소를 멈추고 지게를 진 채로 부른다.

"여보게, 친구!" 목소리가 예전보다 당당하고 맑았다.

대문 밖 조씨 목소리에 전씨는 시큰둥하게 방문을 열고 마루에 나오더니 무슨 일 있느냐는 식으로 빤히 대문을 바라본다.

흠뻑 젖은 옷차림에 소를 끌고 지게를 진 조씨 모습이 대문 사이로 보인다.

이전 같으면 비 맞지 말고 들어오라고 했을 텐데, 요즘 서먹한 분위기 탓에 평소처럼 입발림 소리가 얼른 나오지 않는다.

"다른 게 아니고, 써레질 다 해놨응께, 아침 먹고 모내기하더라고."

조씨의 말에 전씨는 고마움과 미안함이 왈칵 북받쳐 오고,

급히 맨발로 마루에서 토방으로 내려선다.

"워메, 고맙네 그려!"

아침 식사라도 말이 떨어지기가 무섭게 이미 조씨는 소여물부터 줘야

한다며 뒤돌아서 소고삐를 당기고 있었다.

  조씨 부인은 쫄딱 비에 젖어 들어온 남편에게 새 옷을 빼다지에서 꺼내 놓고, 시장허것오 밥상을 챙긴다.

  멍친 옷은 대충 비누칠해 주물주물하더니 뽈깡 짜서 널자,

  무게에 느슨한 빨랫줄이 팽팽해지며 진동이 오자 거미가 놀라 서까래 틈으로 부리나케 도망쳐 숨었다.

  전씨 부부는 아침을 먹는 둥 마는 둥, 비료 포대를 머리와 양팔이 나오게 가위로 둥글게 오려내 우비 삼아 입었다.

  병기 엄니는 품이랑 지럭지가 낭낙허고 괜찮헌디,

  병기 아부지는 키가 큰께로 지럭지가 짤룹다.

  하는 수 없이 허리 아래 엉덩이가 젖을 것 같아 비료 포대 하나를 가위로 잘라 바늘로 듬성듬성 덧대어 꿰매 주었더니 병기 아부지 동냥치 같다고 투덜거리며, 밀짚모자를 눌러쓰고 논으로 향한다.

  논에는 물이 충분히 차 있어, 물길을 조씨네 논으로 돌린 후 모내기를 시작했다.

  날이 밝아오자, 자기네 논부터 써레질 먼저 해 달라고 조씨를 찾느라 질펵해진 마당에 찍힌 무수히 많은 발자국들이 뒤늦은 모내기 시작을 알리고 있었다.

  배가 불러오는 조씨네 암소는 입덧할 틈도 없이 새벽부터 여기저기서 부르는 곳이 많아 가쁜 숨을 몰아쉬었다.

  설거지를 마친 은희 엄니 경물을 꾸정물 통에 붓자 넘친 구정물이 빗물과 함께 수챗구녁으로 빨려 들어간다.

  비료 포대를 덮어쓰고 부리나케 논으로 향한다.

전씨네 물꼬는 막혀 있고, 자신의 논으로 옹달샘 물과 빗물이 섞여 콸콸 흘러드는 것을 보고는 흡족한 얼굴로 쓰봉을 물팍까지 걷어 올리고 전씨네 논에 발을 담근다.

모를 한 줌 쥐고 못줄 가까이 다가가자 병기 엄니가 깜짝 놀라며, "워매, 우짜스까?

바쁠 틴디… 둘이 싸목싸목 숭굴라고 했는디 멋 헐라고 여기까지 왔데."

은희 엄니 아따 "여기 숭구고, 낭참에 우리 논도 숭궈 줘야제!" 하며 모처럼 하얀 이를 드러내고 소리 내어 웃었다.

그동안 쌓인 감정들이 맹물에 사탕가리 녹듯 순간 스르르 녹았다.

며칠 후 들판은 거지반 모 숭구기를 다하고, 얼마 남지 않은 논을 향해 써레질하러 조씨 소를 몰았다.

소죽도 양신 먹었는데도, 여러 날 논갈이에 지친 임신한 암소라 심들고 삭신이 노곤했던 모양이다.

조씨가 이랴 이랴 하고 코뚜레에 매달린 끈으로 뱃대지를 후리쳐도,

모처럼 빗물에 파릇파릇 자라난 길가 풀포기에 머리를 처박고 혀를 놀리느라 계속해서 해찰하며 삐댄다.

논에 발을 한번 담그면 점드락 논을 휘젓고 다녀야 하는 힘든 세상,

소는 정작 사람들처럼 속을 알아 주는 이 하나 없음을 원망하는 듯했다.

들판 천지에 새 풀이 돋아나 푸른 먹잇감이 쌨는데도 바쁘다는 핑계로 작년 추수 때 말라비틀어진 영양가는커녕 맛탱이도 없는 지푸라기뿐인데, 그저 배만 채우면 장땡이라는 조씨 심사가 암소 눈에 상처를 입혔다.

조씨 눈에는 지금 들판에 무성히 자란 초록의 싱싱한 풀들이 보이지도 않는단 말인가. 소는 속으로 환장할 노릇이라 투덜거렸다.

사람이 이 정도 들판을 누비고 다녔으면, 욕봤다고 고깃국이라도 끓여 줄 텐데, 주인은 일 시켜 먹을 궁리만 한다.

그러니 소 입장에서는 벼가 나서 이틀 일하고 하루는 쉬게, 3부재 노동법 개정을 요구하고 있는 것 맹키로 떵깡을 부린다.

조씨도 소가 걷는 것만큼 따라댕겼으니 다리에 태옥이 날만도 헌디 워낙 이골이 나서 전디는 것이고, 메뚜기도 한철이라 앙거서 쉬고 싶어도 가뭄 때문에 모 숭굴 철이 한참이나 지나서 어쩔 수가 없었다.

누렁 소는 일한 만큼 당장의 보수를 바라며 버티고 있었고, 조씨는 들판에 드문드문 이빨 빠진 것 마냥 남은 논바닥 갈아엎을 생각에 마음이 조급하기만 했다.

이장네 머슴은 놉 얻어 놨응께 시딱 앞질러 일 처리를 해야 놉들도 따라서 일을 할 틴디 아무리 입 아프게 씨부렁거려 봐도 우이독경, 새 꺼리만 나오면 퍼질러 앉아서 허천뱅이 맹키로 퍼묵니라고 정신이 없었다.

인날줄 모르고 꾸무적 대는 꼴을 보고 이장 복장이 뒤집어졌다.

"저녀러 작것, 디질나게 말도 안드러 쳐묵어! 새경이 아깝다."

속이 터져 눈치를 주는데, 지켜보던 선곤이 아부지 "뭐니 뭐니 해도 잘 먹고 죽은 귀신은 저승 가서도 부킹이 잘 된다."라며 역부러 이장 속을 긁었다.

눈치 없는 머슴 수염이 열 자라도 먹어야 양반이라며 막걸리 한 사발을 들이켜며 "이것은 나하고 평생 동무여! 안 마시면 잠이 오덜 안 헌 당께."

허세 섞인 소리에 이장은 혀를 차고, 선곤이 아부지는 껄껄 웃었다.

이번 비에 잿빛 들판이 며칠 사이 생기를 되찾아 녹색으로 물들었고, 마을 사람들은 황금 들판을 꿈꾸며 날마다 논둑을 살피고 물꼬를 지켰다.

모두들 모내기를 마쳤으나, 다시 비가 오지 않자 논이 서서히 말라가기 시작했다.

●● 물 때문에 조씨, 전씨 웬수지간이 되었다

　전씨네 논은 그나마 옹달샘에서 내려오는 물로 넉넉지는 않아도 논바닥이 촉촉해 모가 자리를 잡고 파릇파릇 포기를 키워가고 있었다.
　반면 조씨네 논은 포도시 물을 잡아 꽂은 모가 뿌랭기를 지대로 내리지 못허고 누렇게 꼬실라져 가고 있었다.
　자식새끼 몸져누운 것마냥 애간장이 타들어 간다.
　물꼬를 돌리자니 싸움은 불 보듯 뻔하고, 말라가는 모를 보고만 있자니 속에서 천불이 나고, 전씨네 논에 고인 물을 보고만 있자니 미치고 환장할 노릇이었다.
　그동안 아무리 가물어도 암시랑토 않게 잘 지어왔던 농사였는데,
　자기네 산 옹달샘에서 나오는 물을 본인 논에 대겠다는데 어쩔 것인가 금년뿐 아니라 매년 반복될 문제라 걱정이 태산이다.
　그렇다고 웃 배미 전씨도 마음이 편치만은 않았다.
　내 논은 시퍼렇게 잘 자라고 있는데, 아래 조씨네 논은 누렇게 말라 가고 있으니 이웃으로서 어디 맴이 편하겠는가?
　앵간하면 물꼬를 터 주고 싶었지만, 한나절만 물이 끊겨도 논바닥이 금세 마를 정도로 뙤약볕이 강했다.
　아래 논 말라가는 것을 보면서도 어찌지 못하고, 조씨와 마주칠까 봐 먼 길로 돌아가던 중 전씨는 종식이 아부지를 만났다.
　"어지께까지만 해도 논바닥에 물기가 있었는디, 먼 놈의 날이 대긋박 비

꺼지게 뜨건지, 오늘 둘러본게 하루 사이에 논이 바짝 몰라 부렀당께."

 그 말이 전씨 귀에는 조씨네 논을 간접적으로 들먹이는 것처럼 들려 마음 한구석이 찔렸다.

 한편 조씨는 모내기한 논이 뿌랭기도 제대로 뻗지 못하고 말라가는 모 생각에 잠이 오지 않아, 구름 한 점 없이 별빛이 반짝반짝거리는 마당에 나와 담배를 물고 있었다.

 손가락에 감각도 없이 쥐고 있던 담배 연기만 날리며 타들어 가던 길게 달린 긴 재가 중력을 견디지 못하고 힘없이 툭 떨어질 때까지, 속만 타들어 갔다.

 작대기로 논둑을 콱 쑤셔서 물을 우리 논으로 빼 불고 싶었지만 전씨가 눈치챌까 두려웠다.

 혹시 비얌이나 들쥐라도 논둑에 구멍이라도 내주면 야차운 우리 논으로 물이 쭉 빠져 좋으련만, 예전에 집사람이 논둑에서 비얌을 보고 질겁하던 모습에 그만 때려죽인 것이 새삼 후회가 될 줄 몰랐다.

 전씨 모르게 우리 논으로 물을 끌어오는 방도가 없으니 속수무책이었다.

 누워 잠든 줄 알았던 아내가 나 맹키로 걱정이 됐던지 하품을 하며 나오면서 말했다.

 "수수방관만 하고 있을 것이 아니라 밤중에 올라가서 물꼬 우리 논으로 돌려 부쑈. 숨이라도 붙어 있어야지." 비가 오면 뿌랭기라도 내릴 것 아니오.

 누구는 그런 생각이 없것는가? 근다고 워쩔 것이여 냅 둬야제.

 "이제 겨우 사이가 쪼깨 풀어졌는디 달리 뭔 수가 있간디!"

 "유재 살면서 웬수같이 지내기 실웅께 그라제."

 "참말로 요래 갖고는 못 살것소, 몰라가는 모를 생각허면 잠이 안 온당께."

"정 그러면 내가 삽 들고 가서 터불라요."

"어쩔 거요, 이판사판이제!"

"몰라, 디져뿐 뒤에 비가 온들 무슨 소용이 있겠소!" 대문을 열고 나간다.

여자가 밤에 어딜 하면서도 적극 말리지 않는 것은 체면 때문이다.

당장 전씨네랑 얼굴 붉힐 일도 직접 당사자가 아니라고 한발 뺄 요량이다.

어두운 밤에 아내 혼자 보내놓고 맴이 선찬혀서, 멀찍이 거리를 두고 살금살금 뒤따라가다 지켜본다.

별빛만 반짝이고 초승달만 걸린 밤.

사방천지가 어스름한데 시집와서 스무 해 넘게 농사지으며 오르내린 익숙해진 논둑길을 눈대중으로 걸어갔다.

그때 전씨네 산에서는 짝을 찾는 소쩍새 울음소리가 일정한 간격을 두고 처량하게 들려왔다.

지금쯤이면 수많은 개똥벌레들이 군무를 이룰 철이지만,

가뭄 탓에 그 수가 확 줄어들었다.

그래도 끈질긴 생명력을 자랑이라도 하듯 반딧불이 몇 마리가 도깨비춤추듯 요리저리 빛을 흩뿌렸다.

모내기한 논 누렇게 말라 죽어가는 안타까운 마음이 앞서, 은희 엄마 무서움도 잊고 성큼성큼 걸음을 옮겼다.

조종사한테 결혼하고 싶어 내게 시집왔는디, 잘못 짚은 거제 농사꾼 따라왔으니 측은하기도 하고 이 밤중에 억척 갔지만 한편으론 물러 터진 것보다 야물어서, 새삼스럽게 조씨는 당찬 마누라가 대견해 보인다.

물꼬를 돌리고는 소쩍새 울음소리를 뒤로하고 정신없이 서둘러 내려오는 아내 놀랠까 봐 기다리던 조씨가 여기 기다리고 있다는 것을 알리기 위해 인기척으로 기침을 했다.

그때서야 흐릿하게 보이는 남편을 향해 내려오는 걸음걸이가 여유를 찾는다.

이틀 후, 여전히 논으로 물이 잘 들어가려니 하고 둘러보러 갔던 전씨가 보타븐 자기네 논과 조씨네 아래 논으로 물이 흘러 들어가는 것을 보고는 눈깔이 뒤집혔다.

조씨네 집을 향해 발걸음이 빨라진 것이 보이기만 하면 패 죽일 태세이 니, 한바탕 전쟁을 치를 모양이다.

조씨네 대문을 발길로 걷어차고 들어서자마자, 와기를 벗어 마당에 패 대기치면서 "어이 조성민, 나와 보드라고." 악을 쓰며 씩씩거리는 말투가 스페인 투우경기장에 나온 뿌사리 마냥 보이기만 하면 들이받을 태세다.

정개 안에서 듣고 있던 은희 엄마 가슴이 콩 복 듯 콩딱콩딱 뛰었다.

드디어 올 것이 왔구나 싶어 정개 문을 밀치고 나오며 은희 아부지는 앙 끗도 모릉께 나하고 야그합시다.

"병기 아부지, 들어보쑈.

거두절미하고 단도직입적으로다가 내가 솔직허니 이실직고 헐라요.

내가 앵간하면 사이좋게 지낼라고 참따 참따 전디다 못혀 가꼬 우리 논 모심어 놓은 것 다 말라 죽어 가는 것 보고만 있자니,

가슴속에 천불이나서 우리 논으로 물꼬를 쪼깐 돌려 부렀오.

말이 낳응께 하는 말인디 물이라는 것이 나눠서 써야제 병기네 모는 새 파랗게 잘 자라고 우리 모는 누렇게 말라 죽어 간다보고만 있어라 하이고 맘보를 좋게 쓰쑈, 오지겠으면 내가 물꼬를 돌려껬오."

암디나 사방간디 가서 누가 옳고 그른지 명약관하허게 한번 물어보자

며 뎁대 큰소리치며 쎄게 나오자 틀린 말도 아닌지라 전씨 움찔하며 되래 말문이 막힌다.

들어올 때는 조씨 멱살이라도 움켜쥘 기세였다.

허나 상대가 여자라는 걸 깨닫고, 어쩌지 못하고 얼척없다는 듯 피식 웃었다.

그리곤 다가오는 은희 엄니를 향해 주먹을 내지르려다 한주먹 가심도 안 돼 가소롭다는 듯 가심아데기를 밀쳐버렸다.

아무리 강골이라도 여자라 어쩌지 못하고 조씨의 힘에 밀려 마당으로 발라당 뒤로 자빠졌다.

치마 위로 발목이 솟으며 고무신이 허공으로 날았다.

마당에 튀어나온 돌부리에 찧었던지 얼굴빛이 금세 히놀놀해졌다.

쉽게 인나지 못하고 한참을 고통스런 모습으로 낑낑대자 전씨 속으로 워매 두고두고 골칫가심 생겨 분거 아닌가 걱정시러서 머리가 복잡할 때 힘겹게 땅을 짚고 일어나려 했다.

한 손은 허리를 부여잡고 히마리 없이 용케 몸을 일으키며 몹시 아픈 얼굴을 찡그렸다.

납뿌닥이 히놀놀하기 그지없었다.

병기 아부지 순간 "내가 참었어야 허는디…." 머리가 복잡해졌다.

은희 엄니 오매 내가 시피 보인 갑네 하며 힘겹게 용을 쓰며 겨우 일어나며 쨰려본다.

병기 아부지가 근다고 나를 미크러 부러 잘하면 인자 치것네 하며 독 오른 독사마냥 꼬누고 쨰려본다.

병기 아부지 오매 잘못 건들었는가 싶어 가슴이 뜨끔했다.

울타리 너머로 남편한테 은희 엄니가 소락대기 지르며 대드는 소리가 들렸다.
　병기 엄니는 '저놈의 여편네가 우리를 몰캉하게 보고 덤빈다' 싶어, 후다닥 소매를 걷어붙였다.
　"우리 산에서 나오는 물, 우리 논에 댄다는디."
　적반하장으로 큰소리치네 하며 고래고래 악따구 쓰며 들이닥친다.
　동네 사람들이 모여들어 구경을 하며 보라고 있는 가운데 몇몇은 뜯어 말리면서 누군가 병기 엄니 순헌지 알았그만 보기 보다 당차네 했다.
　은희 엄니는 둘이 덤벼도 가소롭다는 듯 당당하게 마당에 서서 어깨에 힘을 주고 흥분된 상태로 삼각진 눈을 치켜뜨고 괭이 쥐 잡듯 노려본다.
　조씨는 소란스럿 소리에 뒤 안에서 느릿느릿 걸어 나오는데 땍가우도 뒤따라온다.
　조씨는 은희 엄니 혼자도 너끈하다는 믿음에 꿔다 놓은 보릿자루마냥 허새비처럼 우두커니 서서 바라만 봤다.
　동네 사람들이 말렸으니 망정이지 은희 엄니에 비하면 병기 엄니는 새 발의 피다.
　땍가우가 나와서 소란스런 분위기를 살피더니 이내 상황 파악을 하고는 전씨 부부를 향해 두 마리가 달려들자 놀래서 마당에 있는 와기도 팽개치고 뱅기처럼 빠르게 걸음아 나 살려라 전씨네는 허겁지겁 배까태로 내뺐다.
　뒤로 전씨 와기는 조씨네 행랑채 기둥에 한동안 주인을 기다리고 있었다.
　들일 나갈 때마다 걸쳤던 와기가 없어 불편해진 전씨는 조씨 집 동정을 살피며 둘이 들일 나가는 것을 보고는 슬그머니 대문을 밀었으나 땍가우가 전씨 와기를 지키기라도 하듯 노려보고 있어 들여놓던 발을 살그머니 빼냈다.

저놈의 땍가우 쥐약이라도 먹고 콱 디져 부러야 헐 틴디 와기 꺼내올 방법은 없고 들에 입고 나갈 와기가 마땅찮아 성가시룹다.

뒤로 두 집 사이는 휴전선에 철조망 친 것 맹키로 길거리에서 만나도 소 닭 보듯 닭 소 보듯 철 천지 웬수지간이 되었다.

동네 사람들도 편이 갈렸다.

아무리 그래도 그렇지 물을 나눠 대야한다고 조씨네 쪽으로 자울아진 편이 더 많았다.

이유는 두 가지다.

아무래도 은희 엄니가 드시고 야물 딱 진대다 거기에다 말발까지 쎄다. 말 한마디 잘못했다가는 불똥이 혹시나 자기네한테 튈까 하는 걱정이 첫째고 둘째는 농사일하려면 쟁기질할 소가 필요하기 때문이다.

가재는 게편, 초록은 동색이라고 전씨네 편은 종친과 사촌들뿐이다.

종식이 아부지 피는 물보다 진하고 팔은 안으로 굽는 것이제 하는데 전씨 사촌들이 걸어오는 것을 보고는 쉿! 하며 선곤이 아부지 손꾸락으로 입 지퍼 시늉을 했다.

사건 이후 은희 엄니 몸에서는 마당에 넘어져 돌부리에 찧은 탓인지 한동안 신신파스 냄새가 가시지 않았다.

순옥이 엄니 병원에 가보제 그려.

그대찮허요. 독에 좀 찐거가꼬 한동네서-

전씨는 그나마 은희 엄니가 허리잡고 댕기면서도 암시랑토 안 헌 것 맹키로 내색도 안 하고 지서로 달려가지 않은 것이 천만다행으로 여겼다.

딴사람 같으면 병원에 가네 마네 엑스레이를 찍네 마네 난리칠 턴디 은희 엄니의 태평양같이 넓은 마음씨, 통 큰 성정에 은근히 고마움을 느꼈다.

둘째 병우와 은영이는 요즘 두 집 돌아가는 분위기를 파악하고는 부모님 눈치를 보느라 동정을 살피며 불똥이 엄한대로 떨어질까 봐 만남을 자제하고 몸을 사렸다.

그래도 둘은 눈에 콩깍지가 씌운 듯 마을만 벗어나면 여전히 오누이처럼 오빠라고 부르며 따랐고 병우는 그런 은영이를 태우고는 신나게 자전거 페달을 밟았다.

한시라도 떨어지기를 아쉬워하면서 어른들 싸움하고는 상관없이 이전보다 더 사이가 돈독해졌으니 부모님이 아신다면 속 창시 없는 연놈들이라고 지청구 들을 게 뻔했으나 아랑곳하지 않고 밤에도 몰래 나와 고샅에 숨어서 속삭임은 계속되었다.

그 후 병우는 대학생이 되어 도시에서 자취를 시작했다.

자전거 태워줄 사람도 없고, 일요일 외엔 만날 기회도 적었다.

은영이는 하루빨리 대학생이 되어 병우를 따라 도시로 나가고 싶다는 생각뿐이다.

●● 병기와 은희 연인 사이로 발전했다

서울에서는 은희네 회사 자금을 맡아 오던 주거래은행 지점장이 새로 부임해서 은희 회사에 인사차 찾아왔다.

회사자금을 여전히 자기네 은행에 변함없이 맡겨 달라는 속내가 담겨 있었다.

사장님 사무실에서 차를 대접받고 여기로 발령받아 오기 전에는 어디서 근무했으며, 고향과 학교, 요즘 경제 상황 등으로 담소를 나눴다.

사장님이 갑자기 우리 회사와 지점장님 은행에 미혼인 자들을 모아 미팅을 주선해서 둘이 중매쟁이가 되어 좋은 일 한번 해 보자고 제안을 했다.

그러자, 비위 거슬리면 주거래은행 다른 곳으로 옮겨갈까 봐 지점장은 비위를 맞추기 급급한 저자세로 곧바로 좋지요 하면서 맞장구친다.

"쇠뿔도 단김에 빼랬다고 이번 주 일요일로 합시다."

사장님은 성격이 급하고 화통한 것 같다.

장소는 사장님이 가끔 들리는 미사리 쪽 식당인데 나무와 꽃이 어우러져 분위기도 좋고 널찍한 마당에 야외테이블도 갖추고 있어 안성맞춤이란다.

토요일 일찍 건치 퇴근하면서 지점장님은 내일은 선남선녀들 미팅하는 날인께 예쁘게들 꾸미고 오란다.

은희네 회사 게시판에는 미혼인 직원들 한 사람도 빠짐없이 참석하라는 공지가 며칠 전부터 나붙어 있었다.

출근하지 않는 일요일이어서인지 양측 미혼 직원들이 평소보다 예쁘게 꽃단장을 하고 하나둘씩 식당으로 모여들었다.

입구에는 행사를 알리는 팻말에 화살표가 방향을 가리키며 세워져 있었다.

사장님이 미리 주문을 했던지 야외 테이블에는 갖가지 꽃 장식으로 분위기에 어울리게 꾸며져 있고 행사 진행자로는 텔레비전에 봤던 말빨 좋은 당대 배추머리 인기 개그맨 김병조까지 부른 걸로 봐서 돈도 돈이지만 꽤나 신경 쓰신 것 같았다.

김병조 씨가 브라운관에서 인기 절정기 때 이런 개인 행사까지 온 것은 사장님이 가오다시하려고, 사정했거나 아니면 절친이거나 학교 후배로서 선배님 부탁이니 울며 겨자 먹기로 왔을 성싶다.

때는 바야흐로 봄이 무르익은 계절답게 나뭇가지마다 막 돋아난 이파리들이 푸르름을 뽐내듯, 정원은 짙은 녹음으로 운치를 더했다.

은은하게 울려 퍼지는 피아노 건반 소리가 스피커를 통해 분위기를 띄운다.

오는 순서대로 둘러앉은 청춘 남녀들은 조심스럽게 서로를 알아가려는 듯, 옆 사람과 미리 자기소개를 하고 취미 이야기도 나눈다.

곁눈질로 서로를 염탐하듯 속내를 숨기고, 점수를 따려는 듯 미소를 놓지 않았다.

웃음을 지을 때는 손바닥으로 입을 가려 내숭을 떨었다.

모두들 자리를 잡은 가운데,

맨 나중에 시간이 임박해서야 한 남자가 쫓기듯 들어섰다.

늦어서 미안하다는 듯 허리를 반쯤 숙여 사방을 향해 인사를 하고는 빈

자리를 찾았다.

그 순간, 은희가 깜짝 놀라며 무심결에 소리쳤다.

"병기야!"

고개를 든 병기는 어안이 벙벙한 표정이다.

"네가 여기에 어떻게?"

두 사람은 서로를 마주 본 채 놀란 얼굴로 입을 다물지 못했다.

은희는 그를 보는 순간 어딘가에서 '딸깍'하고 맞아떨어지는 소리를 들었다.

바쁘게 살아가느라 잊고 지내던 고향과 고샅길, 병기와 함께 소꿉놀이 하던 기억이 스르르 되살아났다.

학교 다니며 삐비랑 때알 따먹던 시간들도 뒤를 이어 머릿속을 스쳤다.

"서울에서 그것도 이런 장소에서 만나게 될 줄이야…."

은희는 속으로 가슴 한 켠이 저릿해졌다.

병기의 얼굴엔 당황과 반가움이 동시에 묻어났고, 은희의 눈동자엔 순간 정균이 모습이 스쳤다.

은희는 자기네 회사 주거래은행이 병기가 근무하는 곳인지 전혀 몰랐다.

은희네 회사 남자 직원들 중에는 인기 짱인 은희를 두고 보이지 않는 경쟁 관계를 형성했었는데 뜻밖에 복병을 만나게 된 셈이다.

목표물 하나를 두고 경쟁률이 더 높아져서 제2의 선택을 고민하던 차였는데 사장님 한마디에 쉽게 결정이 나버렸다.

사장님이 둘은 이미 끝났다는 듯 제스처를 취하자 지점장님도 고개를 끄덕거린 것은 둘의 관계를 암묵적으로 인정한 것이다.

둘은 좌석이 따로 마련되었다.

"이렇게 서울에서 만나다니, 신기하기만 했다."

시간이 흐르면서 둘 사이엔 자연스런 눈빛 교환과 말 없는 동의가 오갔다.

앞에서는 게임이랑 장기자랑 등을 펼쳐지고 있었지만, 미팅 당사자가 아니라 이미 맺어진 짝이라도 되는 듯,

진행 과정을 여유롭게 지켜보며 즐거운 시간을 보냈다.

개그맨 진행 솜씨도 좋아 보였고 게임 도중 벌써 눈빛으로 추파를 던지더니 명함을 주고받는 모습이 눈에 띄었다.

어떤 이는 호기롭게 모두에게 명함을 나눠 주기도 했다.

줄 곳 은희를 향한 일편단심으로 시야까시 했던 남자 직원 한 명은 병기랑 나란히 앉아 있는 꼬락서니가 눈꼴 시렸던지 흥미를 잃고 행사 도중 슬그머니 자취를 감추고 말았다.

행사가 끝나고 양측 직원들은 삼삼오오 흩어지기 시작했다.

뒤로 사장님은 은행에 볼일 있을 때면 가끔 은희를 데리고 나타났다.

은행과 은희네 사무실 안에서는 이미 둘은 그렇고 그런 사이라는 소문이 파다했다.

그래서인지 병기에게 친근하게 다가오던 이들의 추파가 눈에 띄게 사라졌다.

은행 미혼 여직원들 중 병기에 조금이라도 관심을 보이던 이들은 아예 눈길을 돌려 버렸다. 은희네 회사 남직원들 또한 마찬가지였다.

예전 같으면 뭘 찾거나 물을 때마다 직접 찾아 건네주며 친절을 베풀고 은근히 호감을 드러냈지만, 이제는 그 친절마저 사라졌다.

손가락으로 캐비닛 방향만 가리키며 '저쪽에 있다'는 식으로 무심하게

응대할 뿐이었다.
　그런데 병기와 은희는 몰랐다. 가뭄으로 물싸움이 벌어져 두 집이 원수처럼 으르렁거리고 있다는 사실을.

•• 경운기, 들판을 휘젓다

병기 엄니 잠자리에 누워 남편에게 툭 던지듯 말했다.

"조씨네 소 쟁기질 눈치 보느라 마을 사람들 모두 조씨 편을 드는데 피곤허요." 이번 참에 경운기 하나 장만하자고 뽐뿌질한다.

그라믄 농사짓는데 조씨 눈치 볼 일도 없고, 퇴비나 거둔 곡식도 후딱후딱 실어 나를 수 있응께, 지게질서 벗어날 수 있다고 설득하니께 전씨도 은근히 마음이 동했다.

전씨는 다음 날 아침, 세숫대야에 고양이 세수를 하고는 머리카락에 물을 찍어 대충 훑었다.

배람박에 걸린 식경을 보며 검은 때가 잔뜩 낀 플라스틱 빗으로 머리를 빗고는 농협으로 향했다.

정부 보조금 신청과 함께 경운기 구입 서류를 작성하고 돌아오는 발걸음은 가벼웠다.

"신청 잘 했소?" "응."

"언제 나온대요?" "보름쯤 걸린다고 하드만."

그날부터 부부는 일손이 잡히지 않았다. 보름이 꼭 1년처럼 길게 느껴졌다.

병기 엄니는 속으로 웃었다.

'조씨네 소, 지까징 것 낭중에 보라지. 경운기 마을 앞 누비고 다니면 조씨 코 납작해질 생각에 콧노래가 절로 나온다.'

전씨는 한 번도 경운기를 만져본 경험이나 상식이 없었기에 막상 경운기가 나오면 어찍게 해야 할지 걱정을 하며 농협 주변을 맴돌았다.

보름 지나서 드디어 경운기가 읍내 대리점에 도착했다는 연락과 함께 직접 찾아가야 한단다.

전씨 아내더러 같이 갈랑가, 헝께로 운전도 서툰 양반이 나까정 매똥에 같이 데꼬 들어 가 불라고 그라요.

당신이나 혼자 댕겨 오쑈 애기들도 여워야 허고, 혼자 남아서 존 시상 한번 살아 볼랑께.

'조심히 댕겨오라'는 병기 엄니 말을 뒤로허고 읍내로 향했다.

자전거나 니아까만 몰아 봤는디 차보다는 속도는 느리다 해도,

처음 잡아보는 운전대라 두근거리는 긴장 속에 출발했다.

대동농기계 대리점 마당에는 유난히도 반짝거리는 빨간 경운기가 트레일러를 매단 채 서 있었다.

엔진 옆에는 대동공업주식회사라는 회사명이 까맣게 새겨진 플라스틱 표찰이 붙어 있고, 타이어에는 밑바닥에만 흙먼지가 살짝 묻어있고,

옆면에 금호타이어라고 새겨진 곳에서는 새 타이어 특유의 고무 냄새가 풍겼다.

인수인계서에 서명을 마친 뒤, 대리점 기사가 여기저기 조작 방법을 설명했다.

전씨는 몇 번이나 되묻고, 반복해 설명을 듣고도 불안한 기색을 감추지 못하자, 기사 왈.

"자전거는 두발이라 넘어져도 경운기는 네발이라 넘어질 일이 전혀 없다니까요. 걱정 말고 시동 걸어 보쑈."

그는 직접 시동 거는 법, 각종 부속품의 조작법을 알려 주고는 직접 시동도 걸어보고 몰아보란다.

전씨는 긴장 속에 핸들을 잡았다.

시동을 걸자 요란한 엔진 음이 마당을 흔들었다.

기어를 1단에 놓고 천천히 앞으로 나아갔다.

옆에서 기사가 큰 소리로 외쳤다.

"그대로 천천히! 속도 내지 말고 그냥 가면 된다구요!"

멀어져가는 경운기를 한참 바라보던 기사는 손을 흔들고 이내 발길을 돌렸다.

처음엔 요란한 엔진 소리에 당황했지만 점차 감이 잡히기 시작했다.

기어를 2단을 넘어 3단으로 바꾸고 가속기를 늦춰도 속도는 빨라지고 엔진 소음은 잦아들었다.

왠지 자신감이 붙었다. 반듯한 길에 들어서자 오른쪽 손잡이에 달린 액셀러레이터를 살짝 당겨 보니 속도가 점점 빨라졌다.

들판 시선이 자신에게 쏠려있는 듯하여, 전씨는 어깨가 으쓱해졌다.

신작로에서 속도를 늦춰 털털거리며 마을 어귀로 들어서자 사람들의 눈길이 일제히 그에게 쏠렸다.

"아니 저게 누구야 어메, 전씨 경운기 몰고 오는 거 봐!"

그동안 경운기에 대해 아무에게도 말하지 않았기에 언제 구입했디야 다들 눈들이 휘둥그레진다.

요란한 기계소음에 조씨가 고개를 내밀었다. 그런데 전씨가 경운기 몰고 오는 모습이 눈에 띄자, 얼른 고개를 당기고 대문을 닫아 버렸다.

조씨 집 대문을 지나오는 경운기의 '털털'거리는 소리는 온 마을을 흔들었다.

 광풍이 몰아치듯 진동하는 기계음에 온 동네 소와 돼지, 닭과 개들이 깜짝 놀라 먹이통에서 주둥이를 빼 들고는 처음 들어 보는 낯선 소리에 눈동자는 커지고, 귀를 쫑긋 세웠다.

 조씨네 암소는, 이 요란한 소리가 앞으로 자신을 힘든 노동에서 구해 줄 소리라는 걸 알기나 한 걸까.

 귀하게 대접받던 시절이 지나 가치 떨어질 줄도 모르고, 넋 놓고 되새김질하며 여전히 입만 바쁘게 놀려댔다.

 병기 엄니 남편 혼자 경운기 찾으러 읍내 갈 때, 핑 갔다 오라고 보내놓고는 선찮했는디, 아무 탈 없이, 낙하산 타고 안전하게 착륙한 것처럼 무사히 경운기 몰고 돌아오는 남편이 벤츠 타는 사장님보다, 가마 타고 행차하는 임금님보다도 더 대견하고 자랑스러워 보였다.

 남편이 그토록 멋져 보일 수가 없었다.

 환한 얼굴로 대문을 끝까지 열고, 달려오는 경운기 속도에 맞춰 돌멩이를 괴고 맞이하느라 이리 뛰고 저리 뛰느라 부산했다.

 동네 사람들 어른 아이 할 것 없이 몰려 들어와 마당 가득 시동 꺼진 경운기 주변을 신기하다는 듯 에워싸고 부러운 눈으로 여기저기 샅샅이 살펴본다.

 전씨는 마치 비행기를 몰고 활주로에 착륙한 조종사라도 된 듯 뿌듯했다.

 병기 엄니는 혹시 기스라도 날까 봐 뽀짝 에워싼 인파에 신경이 쓰이고 한쪽에서는 인자 조씨 쟁기질 일감 줄겠다고 쑥덕거렸다.

 조씨는 눈에 띄지 않았다.

마당 구석 대야지 막에서는 6·25 때 대포 소리마냥 요란한 진동 소리에 가슴이 벌렁벌렁했다.

그런데 자동차만 한 기계가 굴러들어 오고, 마당에는 사람들로 꽉 차 있었다. 전씨네 대야지는 먼일인지 명사도 모르고 판자 틈새 사이로 눈만 껌벅거렸다.

혹시 저게 나를 태우고 도살장에 실어 가는 도구는 아닐까, 아니면 그냥 농사용 도구일까.

대야지는 신경 쓰였지만, "팔자소관이려니 내 목숨 천지신명님께 맡기고 에라 모르겠다."

그저 부어 주는 구정물에서 건대기만 찾아 헤맸다.

병기 엄마는 경운기 운전하고 오니라고 고생했다는 마음에 손님 오면 급할 때 반찬하려고 소금단지 안에 넣어뒀던, 조구 한 마리를 꺼내 부석안 화기가 남아 있는 숯을 당그래로 잡아당겼다.

다음 날부터 전씨 경운기가 들판을 휘젓고 다녔다.

전씨 경운기로 논갈이할 때 조씨도 소를 몰고 한피짝에서 이랴 이랴 하는 외침 소리가 경운기 소리에 묻혀 어쩐지 외롭고 처량하게 들렸다.

그동안 조씨는 소가 있어 아그들 키울 때 학교도 보내고 살림 밑천으로 요긴했었는데 쟁기질감이 줄어든 조씨 호주머니는 얇아졌다.

멀리서 전씨가 털털거리며 논갈이하는 모습을 흘깃 바라봤다.

그날 이후, 들판을 누비는 경운기 소리가 마을의 새로운 풍경이 되었다.

조씨는 소를 몰며 이랴, 이랴 외쳤지만, 엔진 소리에 묻혔다.

그는 속으로 경운기 가격과 자신의 통장 잔고를 맞춰 보고 있었다.

●● 순창 강천사로 여행 떠나던 날

벼 이삭이 고개를 내밀고 농약도 마친 잠시 한가한 틈을 이용,
동네 사람들은 순창 강천사 계곡으로 친목 여행을 떠나는 날이다.
정균이가 마을 발전 기금으로 대절한 관광버스가 마을 입구에서 아침 일찍 시동을 건 채 동네 사람들을 기다리고 있다.
전씨 부부가 차에 오르자, 앞좌석에 이미 조씨 부부가 앉아 있었다.
비우짱 틀어진 사이라 두 집은 눈치를 보며 서로를 피하느라,
전씨네는 뒷자리에 자리를 잡는다.
예전 같으면 바늘에 실가듯 자석처럼 두 집이 붙어 다니던 사이였건만,
이제는 버스 안마저도 찬바람 불 듯 냉랭했다.
두 집의 분위기 탓인지 차 안의 음악 장치는 커질 줄 모르고, 선반 위에 놓인 마이크는 내려올 줄 몰랐다.
마을 사람들도 어느 한쪽하고도 상대편 눈치 살피느라 희희낙락거리기는커녕 조용히 눈치만 살폈다.
이장은 여러 번 중재를 시도했지만 감정의 골은 쉽게 메워지지 않았다.
서로 자존심 세우느라 먼저 사과하기를 꺼려서 획기적인 사건이 일어나지 않는다면 예전 모습으로 돌아오기란 상당한 시일이 걸릴 것 같다.
이장은 장난스레 인원파악하며 "한 놈, 두 놈, 두시기, 석삼, 너구리, 오징어, 육개장…" 분위기를 띄워 보려 했다.
아직 두 명이 빈다며. "나타나면 박수로 놀려 먹자"고 제안했다.

그때 버스를 향해 멀리서 손을 꼭 잡고 뛰어오는 이는 준초 부부다.

"앗따, 바쁜디 손이나 놓고 달리제, 행여 자빠지께미 그런가 눈꼴시러 못 보겠네!" 누군가 큰소리로 외치자 웃음이 터졌다.

시구 한 방울도 안 나온 나라에서 차가 시동 걸고 비싼 기름때고 있는디, 아랑곳하지 않고 차에 오르기 전,

각시가 준초 옷매무새를 다듬느라 에리도 빤듯하게 까고 만지고 털고 하는디 요즘 젊은것들은 우리 때하고는 영판 달라 분당께.

그 모습을 본, 차속 아낙네들은 속으로 부러워하며 한마디씩 보탰다.

"오매, 사삭스러운 것 보소. 우리는 헛시상 살았구먼."

순옥이 엄니 병기 엄니더러 집이는 시집와서 글 안 혔간디.

준초 차에 오르자 "젊은 것들이 엊저녁에 뭣혀간디 꾸무적 대고 인자사 끼대오냐!"며 핀잔과 함께 박수가 쏟아졌다.

뒷자리에서 "저 집은 올해 깨 안심어도 되것네!" 하고 농을 던졌다.

한가락 하는 준초도 군중심리에 눌려서 몸 둘 바를 모르고 늦게 온께로 각시랑 자리가 떨어졌다.

순옥이 엄니가 일어나면서 준초 이리와 각시랑 앉아 가라고 자리를 비켜 주려는데 뒤에서 누군가 옷자락을 잡아당기며 말했다.

"엊저녁 내 붙어 있었응께 내비둬 불어."

그 소리에 여기저기서 "맞아, 맞아" 동조하는 소리가 들리고, 준초는 일어서다 말고 멋쩍은 듯 다시 자리에 주저앉았다.

뒷자리에서는 아낙네들이 조용히 수군댔다.

"준초가 장개를 참말로 잘 갔당께."

요새 주막에도 안 가고 집에만 붙어 있다고 하자. 누군가 옆에서 아니

해가 서쪽에서 뜨겄네, 지 버릇 개 주간디. 덧붙여서 선곤이 아부지 "호박에 줄 긋는다고 수박 되것어" 하니까 종식이 아부지 옆에서 준초 듣것소! 하며 손가락으로 입 지퍼 시늉을 했다.

"내가 들은 바로는 각시가 찢어지게 가난헌 데서 시집왔는디, 이삐고 야물딱져, 종우때기에다 앞으로 살아갈 계획서를 몇 자 써가꼬 조건 걸었당께." 마주 앉아 준초한테 조목조목 설명을 했디야.

첫째, 술이 웬순께 꼭 필요할 때만 몇 잔 이내로 마실 것.
둘째, 동네 어른들 만나면 고분고분 인사도 잘할 것.
셋째, 애기들 태어나면 최소한 고등학교는 보내야 한다.

그럴라먼 돈을 모타야 된다고 지금 같이 목표도 목적도 없이 어영부영 살아 불면 애기들도 커서 우리들처럼 촌구석에 배켜 살아야 된다고 설명하니까 수긍했던가 약속을 지키기로 손도장을 찍었등가벼 글고는, "요새 주막에도 발 끊어 불고 개과천선혀서 완전 딴사람 돼야 부렀당께 그러네."

"오매 인자 주조장 망허게 생겼네잉."

"근디 어칙게 만났디야?"

긍께 지기 여동생이 방직공장에 폴세부터 안 다녔등개벼, 거그서 처지가 비슷한 아가씨가 있길래 쉬는 날 우리 집에 놀러 가자고 헌께로 그냥 따라 왔등개벼, 가만 보면 어느 정도 맘이 있었응께 따라왔것제.

글고 말여, 준초 여동생이 어디 내놔도 낫낫허고 싹싹허등가벼, 긍께 동생보고 넘어갔을 것여, 따라온 아가씨는 준초가 마을에서 맨날 술만 처묵고 개지랄 발광허고 다닌 줄 몰랐것제.

버스에 내려서 점방 앞에 서 있던 동창 정만이한테 언능 우리 집에 가서 여자 하나 델꼬 왔응께 깨갓이허고 있으라고 심바람을 보내놓고, 시간 끄니 라고 점방에서 입 다실 것 좀 사서 천천히 집에 온게, 일이 될라고 그랬던가 마치 그날은 술도 안 묵고 얌전하게 만나 봉께 논마지기나 있고 굶던 안 허게 생겼웅께, 그길로 가서 사표 내고 득달같이 결혼식을 올려 부렀다드만. "그려, 인자 동네 시끄러울 일 없겠네."

"장개가기 전에는 꼬락서니가 사람 되긴 틀려 처먹었다 싶었는디 완전 딴사람 되야 부렀당게 그러네."

모다들 "준초 마느래가 똑똑하고 은희 못지않게 야무지게 생겼다고," 이구동성이다.

준초 마느래 시집와서 본께로 시압씨는 술병에 진즉 돌아가시고, 시엄씨는 며느리 들어온 뒤로는 준초가 술도 안 묵고 속 차려 붕께로 준초 어매 얼굴에 화색이 돌고 며느리한테 섬니 노릇은커녕 '금이야 옥이야' 뒤따라 다님시롱 '불먼 꺼질까 쥐면 터질까' 행여 뭐시 잘못 될까 봐 눈치를 살핀다고 이웃집 순옥이 어매가 담 너머로 본 이야기를 전했다.

글고 목숨 줄이나 다름없는 곡간 쇳대를 며느리한테 진작 줘 불어디야.

오후 늦게 돌아오는 버스 안, 이장은 한마디 덧붙였다.

오늘 푸짐허게 잘 먹고 참말로 오진 구경허고 재미지게 놀다 온 것은 훌륭하게 정균이를 잘 키운 양동 댁 덕분이라고 추켜세웠다.

●● 기다려지는 일요일

그런데 마을 분위기와 달리, 서울에 병기와 은희는 회사 내 소문이 부추기기라도 하듯. 부레끼 고장 난 것처럼 급속히 연인 사이로 발전했다.

어느 날은 천연기념물로 지정된, 수령이 천년을 넘긴 은행나무가 있는 양평 용문사 절에 구경 갔다.

간 김에 오후에는 북한강과 남한강이 합류하여 넓은 호수 같은 두물머리에서 사진사로부터 기념사진도 찍었다.

오전부터 꾸물거리던 하늘이, 반환점을 돌아올 무렵 이내 이슬비를 뿌리기 시작했다.

병기는 은희 어깨를 감싸고 입구에 있는 메밀국수 집까지 한참을 뛰어가 출출한 뱃속을 달래고, 시간에 맞춰 정류장까지 걸어 버스에 올랐는데 날씨 탓인지 빈자리가 많았다.

중간쯤 병기는 통로 은희는 창가에 앉아 습도가 높은 탓에 김이 서린 유리를 닦으며, 이슬비 내리는 한강 줄기의 흐릿한 전경을 바라보며 되돌아왔다.

뒤로는 꾸무럭거리는 주말이면 야외는 포기하고 아예 영화감상을 했고, 음악다방에서는 디제이에게 목소리가 허스키한 루비나의 '만날 때와 헤어질 때' 그리고 '헤어질 순 없어요.' 두 곡을 신청하고 커피잔을 사이에 두고 서로의 내면의 세계를 들여다보았다.

음악 한 소절이라도 놓칠세라 더듬이를 곤두세우고 몰입하듯 무드에 빠졌다.

  차 한 잔에 너무 오랜 시간 머무른 자리가 미안해 눈치를 보며 자리를 떴고, 이번에는 제과점으로 자리를 옮겨 수다를 떨었다.

  헤어지면 서로가 또 보고 싶었고, 무슨 할 말이 그리도 많았던지 또다시 찾아올 일요일을 손꼽아 기다렸다.

  은희는 정균이와 이루지 못한 사랑의 상처 딱지를 떼어 버리기라도 하듯, 병기에게 빠져들었고 정균이에 대한 이야기는 뻥끗도 안 했다.

  그렇게 정균이와 은희의 오랫동안 마음속에 간직했던 둘만의 이야기는 점점 기억 저편으로 잊혀 갔다.

  어쩌면 먼 훗날, 홀로 남은 이브자리 꿈속에서나 잠시 스쳐 갈지도 모를, 그런 사연으로 남게 되었다.

  그런 서울의 일상 속에서 은희는 병기가 서서히 마음에 스며들었고, 정균의 기억은 깊은 우물 바닥 깊숙이 가라앉았다.

  어느 날, 출근한 은희는 책상 위에 놓인 우편 한 통을 발견했다.

  투박한 손 글씨로 적힌 주소와 '무정초등학교 동창회 안내'라는 문구.

  은희는 무심코 봉투를 뜯었다.

  한 장의 사진과 함께 연초에 있었던 고향마을의 풍경과, 정균이 귀향했다는 소식, 마을 어른들의 근황이 담겨 있었다.

  사진 속에는 옹달샘 옆에서 마을 어르신들과 함께 선 정균이 모습도 담겨 있었다.

  단정한 정장 차림, 변함없는 미소.

  은희는 엷은 미소를 지었다.

한참을 바라보다가, 문득 손끝이 따뜻해지는 느낌에 놀라 엽서를 내려놓았다.

마음이 흔들린 건 아니었다.

그저 아주 오랜만에 본, 이름 없이도 마음이 반응하는 누군가의 얼굴이었을 뿐이었다.

그날 저녁, 병기와 만나기로 한 약속 장소로 향하며
은희는 스카프를 조심스럽게 고쳐 매고 거울 속 자신의 얼굴을 다시 한 번 들여다봤다.
지금 내 옆에 있는 사람에게 더 잘하고 싶다는 생각이
어느새 머릿속을 채우고 있었다.

그렇게 그녀는, 스쳐 간 마음을 조용히 접고
일요일이 오기만을 또 기다리게 되었다.

●● 씨암탉

 어느덧 들판의 나락들이 서서히 여물어 누렇게 물들어 가고, 추석이 다 가오려면 다음 장날이 한 차례 더 남아 있었다.
 은희 엄니 속으로 사윗감이라도 데려오면 맛있는 음식 뭘 해 줄까 궁리하다가, 미리 먹거리 염탐할 요량으로 장에 나갔다.
 소전머리 한피짝에는 대야지 새끼며 갱아지, 멤생이, 퇴깽이와 달구 새끼들까지 아저씨부터 할매들까지 집에서 키우던 가축들을 들고나와 팔고 있었다.
 전부 모둑가려 값을 쳐봐야 소 한 마리 값도 안 될 텐데도, 정성껏 기른 가축들을 내놓은 건 다 자식들 맛있는 음식 준비에 보탬이 될까 해서다.
 그중 눈에 띄는 건 당골 할매였다.
 닭발을 하나씩 사내키로 묶어 망태에 담아 장 구르마에 싣고 와서는 도망가지 못하게 대여섯 마리를 붙잡고 있었다.
 눈은 애처롭게 지나가는 사람만 바라보고 있었다.
 은희 엄니 눈에도 그 모습이 들어왔다.
 마치 사위 씨암탉 잡아줄 요량으로 온 걸 눈치채기라도 한 듯,
 할매는 올봄에 깐 뼝아리를 키운 거라며 제일 실한 걸로 날갯죽지를 잡고 추켜들었다.
 닭은 두 발을 허공에서 자전거 타듯이 생지랄 발버둥을 쳤다.
 나머지 닭들은 발에 묶인 사내키를 발로 꾹 밟고 있어 꼼짝 못 하고 있

었다.

 그중 제일 살이 올라 튼실한 '꼬순이'는 정작 은희 엄니가 사윗감 오면 보신용으로 잡아 멕이려는 속셈도 모르고, "모시만 많이 주면 알을 매일 낳아드리리라"는 마음으로 얌전히 기다리고 있었다.

 은희 엄니는 바로 달겨들면 가격 후려치기 어려울 것 같아 눈도장만 찍어놓고 관심 없는 척 지나쳤다.

 장 구경을 마치고 우시장 소전머리를 돌아오는 길에 다시 그 자리를 지났다.

 할매는 또 닭을 들어 보이며 아까와 똑같은 행동으로 나에게 손짓을 했다.

 그새 제일 큰놈은 팔려 갔는지, 할매는 남은 놈 중 가장 덩치 큰 닭을 추켜들었다.

 은희 엄니가 "아까침에 본께로 더 큰놈도 있드만 하자."

 지나가던 영감이 "그놈 씨암탉 할란다고 벌써 사 갔어라."

 그랑께 이놈이라도 놓치지 말라는 듯 감언이설을 늘어놓는다.

 은희 엄니 가격을 깎아 볼 속셈으로 "묽은 닭 아니여?" 흘리듯 던지자, 할매는 깜짝 놀란 듯 눈을 부릅뜨고 역성을 냈다.

 "올봄에 간 뼁아리 키운 것이 당께, 이제 막 알 깔라고 자리 보러 다니는디 뭔 소리여!" 목청을 높이며 입 가상엔 흐건 침이 고였다.

 배통아지를 본께로 털이 희끗희끗 빠진 곳 없이 꽉 찬 걸로 봐 은희 엄니는 묽은 닭이 아니라는 걸 알았고, 글먼 질 싼 놈은 얼마요.

 옥신각신 흥정이 시작됐다.

 꼬순이는 덩치로 봐서 '이번엔 내 차례로구나' 싶어, 형제간들과 생이별할 때라는 걸 느낀 듯 홍정을 지켜보고 있었다.

'꼬순이'는 속으로 인심이 넉넉해서 모시를 많이 줄 주인인지 살폈다.

가격이 채 정해지지 않은 상황에서 가져갈 도구도 마땅치 않아 값을 후려쳐 보려고 내력 없이 비싸다며 은희 엄니가 망설이자, 손님 놓칠까 봐 할매는 얼른 깔고 앉아 있었던 비닐 포대를 펼쳐 마구잡이로 꼬순이를 대그박부터 인정사정없이 쑤셔 넣었다.

"아이고, 아짐씨. 가져가서 키워봐요. 후회 안 혀."

꼬순이는 비닐 포대 안에서 푸드덕거렸지만 발이 묶여 있었고, 시야도 가려서 불안하기만 했다.

어느 부잣집 인심이 후덕해서 모시를 많이 주는 마님네 씨암탉이 될지, 아니면 어느 놈 뱃대지에 기름기 채워 주려고 불귀의 객이 될지 알 길이 없었다.

꼬순이는 마냥 불안한 가운데 일단 얌전히 기다리며 목숨을 연장할 방법을 찾느라 궁리에 몰두했다.

잠시라도 목숨을 더 부지하려는 속셈에, 주인의 성질머리 돋구지 않으려고 얌전히 앉아 있자니 발이 묶여 있어 옹색하고 발이 저렸다.

은희 엄니는 추석에 사윗감 오면 잡아 멕일 요량이었지,

두엄자리 파헤치고 마당에 널어놓은 곡식 휘젓고 여기저기 다니며 똥 싸재낄까 봐 성가셔서 닭을 기를 생각은 추호도 없었다.

장 본 것 머리에 이고 닭 푸대를 들고 저만치 가는 동네 사람들 보고는 부지런히 뒤따라 차부로 향하던 중, 뒤에서 보퉁이를 당기는 손길에 깜짝 놀라 뒤돌아본께로 병우다.

병우는 쉿 하는 시늉을 하며 조용히 동네 사람들 볼까 봐, 보퉁이를 뺏

어 자전거에 싣고 눈길을 피해 장꾼들 틈으로 사라졌다.

병우는 동네 사람들 가운데 은영이 엄니 보퉁이만 살짝 뺏어 자전거에 싣고 달아난 것은, 담을 마주하고 유재 사는 원인도 있지만, 언제나 마음 한피짝에 살갑게 따르는 은영이가 자리 잡고 있기 때문이다.

딸밖에 없는 은영이 엄니는 어려서부터 병우를 아들같이 여기며 예뻐했던 탓도 있다.

은영이 엄니는 닭이 닮긴 비료 포대만 들고서 홀가분하게 동네 사람들이랑 이야기 나누며 차부로 향했다.

은영이 엄니 집에 오니 장 보퉁이가 정개 앞에 먼저 도착해 있었다.

닭을 꺼내려 비닐 포대를 열자, 꼬순이는 오랫동안 묶인 다리가 저렸던지 푸드덕거리며 옆으로 쓰러졌다.

'꼬순이'는 누워서 낯선 타관 풍경과 집 주변을 살폈다.

전에 살던 당골 할매 집보다 훨씬 마당이 넓고 망옷도 호쿠로 퍼 올려 두엄 자리도 정갈해서 파헤쳤다가는 날아오는 부지깽이에 맞아 다리가 성하지 못할 것 같았다.

당골 할매 집은 초가지붕에 너저분했는데, 은희네 지붕은 슬레이트에다 외양간에는 소도 한 마리 있고, 먹고 살 만한 집으로 보였다.

주인이 부지런한 탓인지 아니면 추석맞이 대청소 때문인지 깨끗하게 마당도 쓸어져 있어 식사하는데 위생 상태는 걱정이 없어 보였다.

이 광경을 마당에서 지켜보고 있던 '땍까우' 두 마리가 어깨에 힘을 주고 엉덩이를 씰룩대며 꽉꽉 소리를 냈다.

마치 불량배가 껌 씹듯 거들먹거리며 꼬순이 쪽으로 성큼성큼 다가왔다.

"이거 어디서 굴러온 놈이여?" 하는 눈빛으로 꼬순이를 훑어보던 땍가우는, 시비 걸 듯 대가리를 툭 쪼며 간을 본다.

꼬순이는 대항은커녕 도망칠 힘도 없고, 덩치를 보고 간이 콩알만 해지고, 겁이나 줘 터지기 전에 미리 눈을 깔았다.

생김새가 두 발에 날개가 있고 먼 사돈네 팔촌 같아 안심은 됐지만 덩치가 코끼리 같아 오금이 저렸다.

숨죽이고 카만히 있응께, 어디서 굴러온 개뼈다귀냐는 듯 요리저리 훑어보더니 한볼 태기 감도 안 된다 싶어 발걸음을 돌렸다.

추석에 사위가 올 때 까지는 살찌워야 될 것 같아 마당에 꺼내놓고 다리에 묶인 사내키를 상처 날까 봐 조심스럽게 칼로 잘랐다.

피가 돌기 시작하며 다리가 풀려 겨우 일어나 몇 걸음 술 취한 것처럼 빙빙 돌며 비틀거렸는데 점차 다리에 피가 돌며 안정된 자세를 찾았다.

사윗감이라도 나타나면 언제 모가지를 360도 비틀릴지 아니면 모가지가 댕강 짤려 선지피를 흘리며 숨통이 끊어질지 모르는 신세다.

'꼬순이'는 아침부터 장에 나와 한나절 내 굶었더니 배가 고파 연신 꼬르륵거리는 소리, 살찌우려고 뿌려 준 곡식를 정신없이 쪼아 먹었다.

배가 부르자 배속에서 똥이 나오려는지 이상한 느낌이 든다.

그러나 오늘은 다른 날과 느낌이 사뭇 달랐다.

알을 낳고 싶은 본능이었다.

어른이 된 징조 아닐까? 맘이 급해 알자리를 찾아 여기저기 다녀 봐도 마땅한 자리가 보이지 않는다.

위를 올려다보니 외양간 위에 짚 다발이 올려진 더그매가 눈에 띄었으나 높아서 망설여졌다.

곧 나올 것만 같아 급해서 커다란 쇠죽 끓이는 가마솥 소드랑뚜껑 위로 올라, 한 번에 날개 짓하여 튀어 올라 자리를 잡고 처음으로 알을 낳았다.

똥구멍이 찢어질 듯 아팠다.

뒤돌아보니 하얀 껍질에 한 줄기 피가 묻어 있었다.

어느덧 내 몸에서 저렇게 큰 알이 나오다니 엄마를 졸래졸래 따라다니던 뼝아리 때가 엊그제 같은데 감회가 새롭고, 보고 자픈 엄마와 다른 형제들은 어디서 어떻게 지낼까?

살았는지 죽었는지 소식을 알 수도 없고, 영영 이산가족으로 살아야 되는지 엄마 뒤를 졸래졸래 따라다니던 때가 그리워 눈물이 날려고 한다.

꼬꼬댁 꼭 하며 알 낳았는데 나를 잡아먹을겨 큰소리치며 날아 마당에 내려서서 어깨에 힘을 주고 둘러봤다.

소리를 듣고 달려온 조씨가 소 구시를 밟고 깐치발로, 더그매에 고개를 내밀고, 손을 뻗어 따뜻한 알을 꺼냈다.

어이 보드라고 하며 은희 엄니를 불렀다.

정개 안에서 무슨 일인가 하며 나오던 집사람에게 달걀을 건네자 "오매 추석에 사윗감 오면 잡아 멕일라고 사 왔는데 오자마자 먼 일이다냐." 기뻐하며 잡기는 아까워하는 표정을 꼬순이는 똑똑히 보았다.

죽음의 기로에선 꼬순이는 다음날도 더그매에 알을 낳고는 내려오면서, 연거푸 '꼬꼬댁 꼭 꼬꼬댁 꼭' 어제보다 더 큰소리치며 자랑스럽게 내려왔다.

내일도 모래도 매일 알을 낳아 줄 텐데, 어느 것이 살림에 보탬이 되는지 조씨에게 주판알을 튕겨보라며 자신감을 보인 것은 죽이지 말라는 간절한 의사 표현이 담겨 있었다.

남편이 모시를 뿌려 줬는데 모르고 은희 엄니 밥바구리에 붙은 밥태기를 긁어 양판에 부어 주는데 제법 사람이 먹어도 될 정도로 상태가 촉촉하지만 귀한 달걀 얻은 것에 비하면 어쩐지 아깝지가 않았다.

땍까우가 먹이를 보고 부리나케 달려오는데 은희 엄마 무질게 가로막고 발길질로 저리 가라고 쫓았다.

거기에다 꼬순이가 다 먹도록 지키고 서서 접근을 막고 있으니 눈앞에 보이는 먹이 때문에 땍가우는 미치고 환장할 일이었다.

땍가우 꽉꽉거리며 다 먹지 말고 남기라고, 꼬순이에게 맞아 뒤질래 하며 과과꽉 협박성 멘트와 함께 눈을 치켜떴다.

해석이 안 된 꼬순이 눈치 없이 거지반 먹어 치웠다.

땍가우 다시 한번 과과꽉 과과꽉거렸다.

저 정도 화내는 것 보면 눈치로 알아들을 만한데도 꼬순이 외국어는 못 알아듣는다고 눙치고 있으니 분통이 터졌다.

꼬순이가 온 뒤로는 이쁨을 독차지하자, 개밥에 도토리마냥 찬밥 신세가 된 땍가우 전씨네랑 싸울 때 달려들어 죽을 둥 살 둥 도망치게 도와줬는데 알아주지는 못할망정 꼬순이만 감싸고도니 서운하기 그지없었다.

들일 나가고 아무도 없을 때 꼬순이를 손봐 주자고 꽉꽉거렸으나 꼬순이는 언어가 달라 통 먼 말인지 알아 묵덜 못한 척하니 땍가우는 답답했다.

꼬순이는 눈치로는 알고 불안했지만 숫제 알아듣지 못한 척했다.

꼬순이는 귀한 목숨 줄이 달려 있기에 다소 몸이 축 나드래도 어떻게든 추석을 잘 넘기려면 매일 달걀을 낳는 방법밖에 없었다.

은희 엄마 저녁 밥할 때 밥그릇에 달걀을 풀어 물과 소금을 조금 넣고 섞어 저어서 얹었더니 찜 계란이 부풀어 올라 저녁 식사와 함께 먹으니 부드러운 맛이 감칠 났다.

새벽이 되자 꼬돌이 우는 소리가 어디선가 꼬끼오하고 마을 사방으로 울려 퍼지며 아침잠을 깨웠다.

꼬순이는 꼬돌이가 금방 소리 내어 울었던 병우네 집 울타리 가까이 다가가서 꼭 꼭 꼭하며 신호를 보냈다.

신호를 듣고는 꼬돌이가 달려와 꼬옥 꼭하며 응답을 하지만 울타리에 가려 서로 얼굴을 볼 수가 없어 답답했다.

아침을 먹고 날이 밝을 때 조씨 집으로 쭉 뻗은 감나무 가지위로 꼬돌이가 내 모습이 궁금했던지 힘차게 날아올라 꼬옥 꼭 나를 찾는다.

마당에서 올려다본 꼬돌이는 늠름하고도 쭉 뻗은 몸매와 브라질 축제에 나오는 카니발 무용수처럼 호화스럽게 치장한 스타일이 내 마음을 사로잡았다.

타관에서 온 내가 맘에 들었던지 꼬돌이는 그 후로도 시간만 나면 감나무 가지 위로 올라와 나를 찾았으나 땍까우가 지키고 있어 넘어오지는 못해 서로 만나서 사랑을 나누지는 못하고 애만 태웠다.

날마다 한 개씩 알을 낳았지만 조씨네는 추석에 은희 오면 반찬 만들어 줄라고 먹지 않고 서숙이 담긴 오가리 안에 깨질세라 신줏단지 모시듯 하나씩 가져다 모았으나 꼬돌이를 만날 수 없으니 당연히 무정란이다.

꼬순이가 매일 같이 달걀을 낳아 대자 주인 눈치도 보이고 찬밥신세가 된 암컷 땍가우가 질투하듯 숫컷 땍가우 귀에 대고 어쭈구리 제법인데 허스키한 목소리로 곽곽거렸다.

은희 엄마 꼬순이를 향해서 모시를 한 주먹 던져 주는데 눈꼴시려 배가 아팠으나 본인은 개량이 덜되 생리상 매일 알을 낳을 수 없는 처지지만 그래도 집 지키는 데는 자신이 최고라는 자부심은 살아 있었다.

●● 백년손님 맞으려 대청소했으나

열두 달이 한눈에 보이는 배람박에 붙여놓은 한 장짜리 달력은 농협에서 이장을 통해 나눠준 것이다.

하단에는 굵은 글씨로 농약 광고가 눈에 띄고 9월 말부터 10월 초로 이어진 추석 연휴가 표시된 빨간 숫자가 선명하다.

은희 방 이불호청 손질할 날짜를 손꼽아 보니, 오후에라도 빨래를 해야 될 것 같았다.

추석을 앞두고 들썩이는 동네. 집집마다 청소와 음식 준비에 바쁘고, 황금물결 들판은 덩달아 춤을 춘다.

오랜만에 찾아올 자식들 만날 생각에 마음이 풍선마냥 부풀어 올랐다.

사윗감이라도 데려올지 모른다는 은희 엄마 지금 집 꼬라지가 머여?

닭달에 조씨는 칙간 재를 밭으로 져 나르고 두엄자리 가상이랑 각단 시럽게 호꾸로 퍼 올리고 대빗지락으로 집 안팎을 깨끗하게 쓸고 있을 때, 선곤이 아부지 지나감서 큰소리로 "아따매, 누가 오간디 요로코롬 깨까시 씰고 난리여!" 소리에, 조씨 깜짝 놀란다.

뒤돌아보는 조씨에게 "아따 누가 죽이깨미 놀래기는 죄진 것 있간디? 나가서 나랑 한 잔 혀!"

비찌락 떤져 불고 시딱 나오라는 소리는 주막에 가서 한잔 걸치자는 말이다.

그러는 동안 은영이도 엄마가 시켜서 해기 비찌락으로 이방 저방 쓸고

닦니라고 부산하다.

  은희 엄마 칙간부터 시작혀서 마당이고 방이고 깨깟이 소지해분께 10년 묵은 체증이 싹 내려간 것처럼 개안하니 아침부터 찡그렸던 미간이 펴졌다.

  "이번엔 꼭 사윗감 달고 왔으면 시펐다." 혼자만의 속내다.

  마을엔 객지에 나갔던 자식들이 속속 도착한다.

  양손에 선물 보따리 바리바리 들고 하나둘 나타나자 고샅마다 오가는 인사 소리에 오랜만에 활기 넘치는 마을 분위기다.

  양동댁네도 정균이가 새색씨랑 들이닥칠까 봐 음식 장만과 봉덕이는 집안 청소에 분주하다.

  하라부지 함무니를 외치며 달려오는 손주들, 오매 내 새끼들 왔는가?

  볼에 뽀뽀하고 으스러지게 보듬어 안고 비비며 웃음이 끊이질 않는다.

  병기도 은희도 도착 백화점 쇼핑백에 선물을 가득 채워 각자 집으로 향했다.

  은희만 혼자 마당에 들어서는 것을 보고, 꼬순이는 "이제 살았구나." 십년감수 헝 것 맹키로 꼬돌이게 달려가 꼬꼬댁 꼭꼭하며 소식을 알린다.

  꼬돌이 소식을 듣고 울타리 아래서 감격의 날갯짓으로 단번에 감나무 위로 올라왔다.

  만나자마자, 그동안 생이별할 뻔했던 걱정이 눈 녹듯 사라졌다.

  땍가우가 한눈판 틈을 타, 꼬돌이는 살그머니 감나무에서 내려왔다.

  한쪽 다리를 뻗으며 날개를 펴고 꼬순이를 빙빙 돌았다.

  이윽고 꼬순이 등에 올라타, 봄날 약속한 둥지 짓는 흉내를 내며 애틋한 몸짓으로 교감을 나눴다.

따뜻한 봄이 오면 병아리를 길러보자고 약속했다.

그 모습을 지켜보던 땍까우가 눈꼴시려서 못 보겠네 하며 빠른 속력으로 작은 날개를 펴고 곽곽 소리 내며 달려온다.

마치 운동회 때 발목을 묶고 뛰듯이 나란히 뒤뚱뒤뚱 달려오자, 꼬돌이는 맞아 뒤질까미 황급히 날개 짓하여 감나무 가지 위로 날아올랐다.

땍가우는 덩치에 비해 날개가 작아 날 수가 없으니, 닭 쫓던 개 지붕 쳐다보듯 올려다보며 잽피기만 하면 뒤질 줄 알라고 눈을 부라리며 약이 올라 발만 동동 굴렀다.

꼬순이 땍가우 때문에 불편하다고 하소연하자

꼬돌이, 땍가우가 있어 솔개와 쌀가지가 얼씬거리지 않아 꼬순이 너는 보디가디가 있는 것이나 다름없다고 달겠으며, 꼬순이는 밤이 되면 쌀가지가 무서워서 땍까우 옆에서 잠을 청했다.

저녁을 먹자마자 은영이는 서울에서 언니가 왔음에도 아랑곳하지 않고 숟꾸락 내려놓기가 바쁘게 눈치를 살피며 슬그머니 고샅으로 사라진다.

엄니는 알면서도 모른 척, 눈을 감았던 것은 아들처럼 든든하게 여기던 병우 때문에 나간다는 걸 알고 있었다.

꼬순이는 눈치채고 병우네 울타리로 달려가 "은영이 나갔다"고 꼭 꼭 꼭 신호를 보내자, 꼬돌이도 병우도 나갔다고 꼬옥 꼭거린다.

숨어서 사랑을 나누는 것은 우리랑 처지가 비슷하다고 꼭꼭거렸다.

은희는 엄니랑 설거지한 그릇을 살강에 엎어놓고 바람 쐬러 나와 골목을 걷다가 병우와 은영이가 어깨동무하고 다정히 속삭이는 모습이 눈에 들어왔다.

숨어서 한참을 지켜보는데 헤어질 기미를 보이기는커녕 보통 사이가 아니라는 걸 알 수 있었다.

고등학생이 공부는 안 하고 연애에 빠져선 안 되지, 당장 불러서 집으로 끌고 데려가고 싶은 충동을 억제하고 못 본 척하고 되돌아섰다.

어쩌면 이미 내 몸속에 병기와 사이에서 잉태되어 꿈틀대는 변화와 심리 상태를 숨기고 싶은 마음에서 공부와 고등학생을 연관 지은 것 아닐까?

정작 내 몸속에서 움직이는 생명의 존재를 감추기 위한 변명일지도 모른다는 생각이 들자, 내면의 갈등과 혼란으로 발걸음이 더욱 무거웠다.

휘영청 밝은 달빛에 황금물결의 들판이 멀리까지 어스름하게 보일 정도로 구름 한 점 없이 보름달이 비추고 있었다.

대목을 보느라 뒤늦게 고향을 찾은 손님을 태우고 읍내에서 달려온 택시가 마을 입구에 내려놓고, 헤드라이트 밝은 빛줄기가 마을을 180도 비추며 오던 길로 되돌아 나갈 때, 은희는 잠시 눈이 부셔 일순간 아무것도 보이지 않았다.

서늘해진 기온 탓인지 모기들은 맥을 못 추고, 이름 모를 풀벌레 소리와 귀뚜라미 소리만 다가올 겨울 걱정이라도 하듯 슬프게 장단을 맞춘다.

옷을 얇게 입고 나온 은희는 밤이 깊어 가면서 차가워진 바람결에 한기를 느끼며 대문 앞에서 한참을 서성이며 기다렸어도 은영이는 끝내 나타나지 않았다.

쌀랑한 저녁 바람에 겉옷을 하나 포개 입고 나올 것인디 후회하며 가슴팍에 팔짱을 끼고 움츠리고 기다리다 지쳐 방에 들어가니, 지난해 추석처럼 풀 먹여 고슬고슬하고 깨끗한 이불호청을 꿰맨 두툼한 소캐 요와 이불이 펼쳐져 있었다.

엄니는 마실 나가고 안방에는 텔레비전 화면의 그림자만 문살 창호지에 어른거리며 노랫소리만 문밖으로 새어 나온다.

아부지께서 매주 빼놓지 않고 시청하시는 KBS 가요무대 김동건 아나운서의 소개에 이어 이나영이 부른 '목포에 눈물' 색소폰 반주에 김연자 가수 목소리가 간드러졌다.

평소 같으면 은희냐 하고 불렀을 텐데 인기척이 없는 걸로 봐서 아부지는 테레비는 켜놓고 배람박에 지대고 아마 자울고 계시는 것 같다.

은희는 깨끗하게 손질된, 푹신한 이브자리에 누워, 깍지 낀 손을 베개 삼아 머리에 괴고, 천장에 연한 물결의 격자무늬를 바라보았다.

그 무늬 위에 서울에서 병기와 나날, 그리고 병우와 은영이의 얼굴을 겹쳐 그렸다가 지우기를 반복했다.

헝클어진 실타래를 어떻게 풀어 나갈까 고심 중이다.

병기와의 관계를 어떻게 말을 꺼내야 할지, 부모님은 어떤 반응을 보이실지 머릿속으로 그려 보다가 눈꺼풀 무게를 이기지 못하고 깜박 잠이 들었다.

깨어나 보니 머리 무게에 눌렸던 손이 저렸다.

언제 들어왔는지, 은영이 방에서 불빛이 문틈 사이로 가늘게 새어 나왔다.

방문을 똑똑 두드리고 들어서자, 모처럼 서울서 왔다고 손님 대접하느라 엄니가 내방은 온돌을 지펴둔 탓에 땃땃허드만, 배깥 바람이 솔찬히 쌀쌀한데 은영이 방은 아랫목만 맨작지근할 뿐 공기가 썰렁했다.

은영이는 조금 전까지 병우랑 함께 있었을 텐데, 아무 일 없었다는 듯 태연한 얼굴로 앉아 있었다.

모니터 불빛이 점점 밝아지는 걸 보니 방금 들어와 컴퓨터를 켠 모양이다. 폴세 들어온 것처럼 시치미 떼고, 시큰둥하게 언니하며 아는 체했다.

은희는 모니터 불빛에 반사된 얼굴 표정을 살피며, 골목에서 본 장면을 떠올렸다.

"너 병우 좋아하니?"

뜻밖의 질문에 은영은 화들짝한 기색을 감추지 못하며, "왜?" 하고 쏘아 붙였다.

괜한 말을 꺼냈나 싶어 은희는 "그냥…" 하고 말끝을 흐렸다.

은영은 간섭이라도 받는 듯 의아한 눈빛을 보냈다.

표면적으로는 "요즘 취직이 얼마나 힘든데, 너희 때는 공부를 해야 된다"며 선배처럼 충고했지만, 속으로는 임신 사실과 다급한 내 처지가 드러날까 두려워 멋쩍게 방문을 닫고 나왔다.

마루에 서니 중천에 둥근달이 걸려 있었다.

처마 끝에 대롱대롱 매달린 달은, 마치 모든 비밀을 알고 있다는 듯, 얼굴을 내밀고 입꼬리를 올리고 있었다.

달은 오래전부터 마을 위를 떠다니며 사람들의 웃음과 울음을 다 보았을 것이다.

병기와의 관계를 부모님께 어떻게 말씀드려야 할지를 달님에게서 해답을 찾을까? 한 점 떠 있는 구름에게 물을까?

그때 마당 한쪽 구석에서 쥐 한 마리가 불쑥 튀어나왔다.

대낮같이 훤한 마당을 가로질러 담벼락 구멍 속으로 사라졌다.

마치 내 가슴속으로 뛰어 들어와 심란한 마음을 헤집는 것 같다.

안방에 아부지는 자울다 깬 듯 텔레비전을 끄고 잠자리에 아주 누우셨는지 들어올 때 켜졌던 화면은 꺼져있고 조도가 낮은 5촉짜리 작은 전구만 엄니를 기다리느라 희미한 빛을 발하고 있다.
 방으로 들어와 다시 누웠으나 조금 전 잠깐 눈을 붙인 탓인지 눈이 말똥말똥 감기지 않는다.
 병기와의 관계를 어떻게 말을 꺼내야 할지, 엄니 표정이 자꾸 떠올라 가슴이 저릿했다.
 초조하게 기다리는 밤은 점점 깊어만 가고, 고민과 함께 마음에는 보이지 않는 그림자가 서서히 내려앉았다.

●● 두 집, 극적으로 화해를 하게 됐다

평상시 같으면 모두 잠들어 귀뚜라미 소리만 들려올 늦은 밤인데, 추석 명절이라 그런지 이집 저집 모여 이야기꽃을 피운 동네 사람들 헤어지는 소리가 고샅에서 웅성웅성 들려왔다.

그 속에 섞인 순옥이 엄마의 조심히 '살펴 가쏘' 하는 정다운 인사가 고요한 저녁 공기를 갈랐다.

귀에 익숙한 엄니 목소리도 멀리서 스미듯 들려왔다.

잠시 후, 삐그더더덕 대문 미는 소리다.

이어 덜그럭 문고리 잠그는 소리가 울렸다.

마루에 올라선 엄니가 내 방 쪽으로 걸어오는지, 오래되어 뒤틀린 마루에서 삐걱대는 소리가 점점 가까워졌다.

문고리를 잡아당기며 방문을 열고 들어오신 엄니는,

"배깥 바람이 솔찬히 맹고름허다," 하시더니 이불 속으로 발을 집어넣었다.

"아직 안 잤냐?"

"어디서 여태껏 놀다 와." "응."

"너보다 두 살 적은 순옥이가 신랑감을 데려왔다고 몇몇이 가서 맛난 것도 얻어먹고, 신랑감도 보고 칭찬이 자자하니께 순옥이 엄마가 입이 귀에 걸려 갖고 과일이랑 못 보던 귀한 것을 푸지게 내놓더라.

전에 같으면 꼬꼽쟁이가 지기들 묵을 것 감쳐 두고 쪼깨 밖에 안 내놀

턴디, 사위 자랑헐라고 몽땅 쏟아붓드랑께. 신랑감도 낙낙허니 처음 온 사람 같지 않게, 이므르케 말도 잘허고 웃음 띤 얼굴, 그만허면 내 눈에는 사윗감으로 권있고 괜찮허등만, 다른 사람들은 어쩔랑가 모르제."

"순옥이가 그란혀도 은희 언니는 사람 없냐고 묻길래, 갸는 아직 없는 것 같더라 했더니, '야무딱지고 눈이 높아서 고르니라고 그러제라' 하더라."

"너는 순옥이보다 나이가 작냐, 키가 작냐, 인물이 못허냐… 아이고, 내 팔자야. 언제까지 이불호청 풀 멕여야 헐랑가 모르겄다." 하시며 애통 터진지 한숨을 내쉰다.

기회는 요때다 싶어 놓치지 않고 "엄니 나 임신했어."

엄니 놀래 자빠짐서 "오메 어찌야 쓰까? 잉, 남자가 누구냐?" 어디 사는 사람인지, 뭐 하는 사람인지, 나이까지 실에 구슬 꿰듯 연달아 묻는다.

머뭇거리다 병기여라 하자, "오메, 엇찌까, 하이고 큰일 나부렀네. 얼마나 돼얏냐?" 다급하게 묻는다.

"두 달."

엄니 곧바로 인나서 안방으로 건너가더니, 은희 아부지 인나 보쑈 흔들어 깨우는 소리가 들린다.

전씨네랑 비우짱 틀어진 것을 걱정하며 저녁 내내 안방에서 두런거리는 소리에 은희는 잠들었다 깼다를 반복하다 새벽녘에야 깊은 잠에 빠져들었다 일어나보니 엄니는 이미 아침상을 차리고 있었다.

아침을 먹고 아부지는 마당에서 담배 연기를 하늘로 내뿜으며, 계절 탓에 푸르던 철쭉나무 잎들이 노랗게 물들어 떨어질 날을 기다리고 있는, 가느다란 가지를 맥없시 톡톡 분지르며 한참을 서성이다가 한숨을 쉬며 말없이 밖으로 나갔다.

틀림없이 딸이 임신 2개월이란 말에, 소리 소문 없이 빨리 전씨랑 담판을 짓고 어떻게 하면 결혼식을 빨리 치를까 하는 고민을 하시다 발걸음을 병기 집으로 향한 것이다.

그 시각, 병기도 아침 밥상머리에서 부모님 눈치를 살펴 가며 밥 숟구락을 떼작거리더니 어렵게 말을 꺼낸다.

아부지 저~어 하면서 무슨 사고라도 친 것 맹키로 말을 길게 잡아 빼더니 "저… 결혼할라요."

듣던 중 반가운 소리라 옆에 있던 병기엄니 "어매-" 하며 눈을 똥그라케 뜨고 눈과 귀를 병기 쪽으로 향해서 밥상 앞으로 뽀짝 땡겨 앉으며 "어디 사는 어떤 색시 감인지, 몇 살 묵었는지, 이쁜지…."까지 거미 똥구멍에서 거미줄 나오듯 숨 넘어가게 질문이 쏟아졌다.

고개를 숙인 채, 밥이 입안에 들어있는지라 국그릇에서 몰국을 한 숟구락 떠 묵고 오물거려 이내 목구녕으로 넘기고는 어렵게 "은희여라."

순간, 병기 부모는 서로 얼굴을 마주한 체 "오메, 오메, 우짜까이? 해필이면 은희냐?" 놀란 듯 벌린 입을 다물지 못한다.

그 말을 들은 동생 병우는 젓가락으로 막 집었던 반찬이 바닥으로 떨어진 줄도 모르고 멍하니 형과 부모님의 표정을 살폈다.

병기는 반쯤 먹고 남은 밥을 냉기고, 무슨 죽을 죄라도 진 듯 슬그머니 방문을 열고 마루로 나갔다.

요즘 조씨네랑 사이 안 좋은 것도 문제지만, 그것도 한마을에서, 밥상 벌려 놓은 채로 설거지할 생각도 잊고 멍하니 병기가 나간 문만 바라보았다.

"윗물이 맑아야 아랫물도 맑다 했거늘, 그 어미에 그 딸 아니 것 소."

"은희 그 가시내 성질머리가 지엄니 타게 각고 멀크락도 꼬시락쟁이에

다, 불여시 같이 싸날 틴디, 순둥이 우리 병기가 당해 낼랑가 모르것소."

병기 아부지 왈.

"지 엄니 닮아서 아물따지면 좋제 않 근가 병기처럼 둘 다 순해 물러 터지면, 코벼 가는 서울에서 어떻게 살아갈 수 있간디. 그라고 은희가 우리 병기한테 시집온다면 감지덕지하게 생각혀야제."

뭐시라, 병기 엄니는 목소리를 높였다.

"시방 우리 병기가 어디가 어째서 공부를 못혀, 취직을 못혀?" 하며 침을 튀겼다.

"내 생각은 병기하고 은희하고 객관적으로다가 비교하면 우리 병기가 쪼깐 지울제. 마을 사람들도 모다 들 생각이 나랑 같을 것 이구만."

그 말에 열 받은 병기 엄니.

"오매, 지난번 논 물 땜시로 당신한테 은희 엄니 대든 거, 잊어 부렀소?"

"그거야 나락이 타들어 간께 속이 타서 그런 것 이제, 나라도 그런 상황이면 그럴 것이구만."

은희 엄니 역성들고 있는 남편을 향해, "그럴라면 거기 가서 살림 채려 부쑈 별꼴 다 본다"는 듯 마음 상해 획 돌아앉으며 은희에 대한 악담을 계속해서 쏟아냈다.

나는 은희 저 가시내가 초등학교 댕길 적에 비행기만 지나가믄 '뱅기 지나간다고' 아들 놀리는 거, 여러 번 보고는 "콱 패죽이고 싶었는디…

싸납쟁이 지그 엄니 성질머리 땜시 많이 참았그만."

"애기들끼리 장난하고 논디 참견헌다고 할까 봐."

근디 큼시롱은 비행기 지나가도 안 놀리드만 속이 들었는지.

동학농민운동 때문이란 까닭을 병기 엄니로서는 알 택이 없다.

조병갑이나 전봉준에 대해 차분히 알려 준다 해도 그놈들이 어떤 시래 비 아들놈인지, 뭐 하는 놈들인지, 학교를 댕기지 않아서 알아듣지도 못할 것이다.

뱅기야 뱅기야하고 배까태서 부르는 소리가 조씨 목소리다.

예전 같으면 방문 앞까지 뽀짝 다가와서 마루장을 쾅쾅 두드릴 틴디, 그동안 물싸움으로 서먹해서 들어오지 못하고 멀리서 "어이, 좀 보세." 하고 불렀다.

방문을 여니 대문 밖에 서서 저그 째간 갔다 오자는 시늉을 병기 아부지는 주막에 가서 술이나 한잔하자는 뜻이란 걸 금세 눈치로 알아챘다.

술하고 관계된 것이라면 병기 아부지 눈치가 백단이다.

점빵 평상에 마주 앉아 술잔을 채워 놓고는, 사이가 예전만 못해서인지 조씨는 개비에서 담배를 꺼내 하염없이 먼 산을 바라보며 세상의 모든 근심은 자신에게만 있는 것 마냥 담배 연기를 깊게 들이켰다 천천히 내뿜었다.

딸 가진 부모 입장이어서인지 먼저 조심스럽게 말을 꺼낸다.

"병기와 은희 사이를 앙가 모른가?"

전씨도 아침 밥상머리에서 병기한테 들은 게 있어 짐작은 대강허고 있었지만, 딸 가진 조씨가 더 안달이라 전씨는 알면서도 관심 없는 듯 짐짓 태연스럽고 느긋하게 술만 홀짝였다.

조씨는 연거푸 술잔을 비우더니, 참다못해 입을 열었다.

"자네 들었는가? 은희가 벌써 임신 두 달째라네."

전씨는 임신이라는 야그는 첨 듣는 얘기라 놀래 자빠짐서도 손주 볼 생각에 속으로는 은근히 좋았으나 내색은 하지 않았다.

조씨 가실 끝내고는 바로 결혼을 시켰으면 하는 눈치다.

시간이 흘러 배라도 불러오면 "얌전한 고양이 부뚜막에 먼저 올라간다"는 소리하며 "요망한 것"이라고 동네 사람들 손꾸락질에 우세스럽고, 친인척 보기도 거시기헝께 구설수에 오르기 전에 결혼식 말을 꺼내며 방도를 찾아야지 않겠는가?

똑똑하고 야무딱진 며느리에다 손주까지 전씨 손해 볼 것 없다는 생각.

결혼 소리를 듣자마자 평소 병기 아부지도 은희라면, 야무지게 살림 잘할 것으로 봐왔던 터라 선뜻 그러세 하며 맞장구쳤다.

예비 사돈이 된 둘은 주거니 받거니 점심때까지 술자리가 이어지자 병기가 찾아와 복깨트에서 돈을 꺼내 계산을 치르고, 비틀거리는 두 분을 모시고 힘겹게 마을 안으로 부축해 사라진다.

혀가 꼬인 조씨, "뱅기 너 은희 데리고 똑바로 잘 살아야 된다, 알았어?"

자식 타이르듯 명령조의 말투에 속아지 좋은 병기 "예, 걱정 마십시오! 열심히 살겠습니다!" 하고 큰소리로 대답했다.

조씨가 만취 상태로 인사불성이 되어 마당에 들어서자, 은희 엄니.

"오매 여름내 동네 쟁기질에 농사짓느라고 몸 할라 안 조은디 먼 놈의 술을 그렇게 많이 잡솨!" 하고 타박을 했다.

은희 때문에 속상해서 술 마신 거라는 걸 알았기에 이내 목소리를 낮추고 조용히 방에 자리를 폈다.

은희 엄니 추석에 장만했던 음식 골고루 이쁜 보새기에 담고, 은희가 서울에서 사 가지고 온 입 다실 것이랑 챙겨 깨끗한 백노지로 덮고서 동네 사람 볼세라 얼른 병기네 마당을 지나 정개로 들어섰다.

예전에 넘덜 숭도 보고, 애통터진 일 툭 까발리며 이야기꽃을 피우던 곳

165

이었다.

하지만 물싸움으로 소원해진 뒤로는, 내 집 드나들 듯 문턱이 닳도록 넘나들던 발길도 뜸해져, 오늘은 왠지 낯설게 느껴진다.

부엌에서 마루로 통하는 샛문을 열고, 안방 봉창을 향해 은희 엄니가 조심스럽게 낮은 목소리로 불렀다.

병기는 이제 사윗감이라는 생각에 이름을 함부로 꺼내기가 부담스러웠던지, 대신 병우야 병우야 하고 두 번 불렀다.

낯익은 목소리에 뜬금없다는 듯 병기 엄니가 머뭇거리자, 병우가 문을 열고 나왔다.

"니거매는 하니까."

병우가 방안에 대고 "은영이 엄니 왔어라! 얼릉 나와 보쑈."

할 수 없이 참 비우짱도 좋다는 생각을 하며 머땀시 찾는다냐 하는 뚱한 표정으로 나오자, 은희 임신으로 약점이 잡힌 조씨네가 두 손을 덥석 잡고는, 입 다실 거 쪼깨 가져왔응께 먹어보라고, 평소 태도답지 않은 아양을 떨면서 옛날 맹키로 이므렇게 지내자고 한다.

그렇지 않아도 아침 밥상머리에서 아들한테 '은희랑 결혼할란다'는 말을 들었기 때문에 찾아왔다는 것을 어느 정도 짐작하고 있었다.

그런데 아침에는 은희 아부지가 남편을 불러내더니만 점심께는 은희 엄니까지 온께로, 생전 안 보고 살 것처럼 등 돌렸던 양반들이 안면몰수하고 지내더니 이렇게 들락거리는 걸 보며, '별일도 다 있다' 싶었다.

병기 엄니는 아직까지는 은희 임신 사실은 모르고, 병기랑 동갑이지만 딸이라 혼기가 꽉 차서, 잘됐다 싶어 서두르는 줄로만 알았다.

뒷집 전씨네 아래 동서가 담 너머로 은희 엄니가 정개로 들어가는 것을 보고는, 뭔 일이 다냐 별일도 다 있다 싶어 부엌문 틈으로 기웃거렸다.

둘이 손을 꼭 잡고, 은희 엄마가 이양시럽게 말을 하고, 병기엄마는 어색하게 손을 내밀고 붙잡힌 채로 이야기 나누는 모습이 눈에 띄었다.

야발쟁이처럼 병기와 은희 사이를 금세 동네방네 나팔 불었다.

은희 엄마 뒤돌아 나서려 하자, "쪼까 지달리쑈~" 하고는 얻어묵은 게 있응께 빈 접시로 그냥 돌려보낼 수가 없었다.

얼릉 도장으로 들어가더니, 정개에서 우두커니 서 있을 은희 엄마 생각에 어제 병기가 사온 것이랑 반찬 몇 가지를 부랴부랴 챙겨 싸 들고 나왔다.

"별 거 없어라 잉." 하며 손에 들려 주었다.

그렇게 싸 준 음식 받아 들고 되돌아오는 은희 엄마는, 찾아갈 때는 발걸음이 어색시러웠지만, 되돌아오는 발걸음은 걱정거리를 덜어 분 것 맹키로 한결 개풋 했다.

집에 돌아오자마자 시암에서 질러온 물 한 대접 정한수 삼아 장독에 올려놓고, 삼시랑 할매께 빌었다.

"좋은 운명 타고, 순산하게 해달라고" 간절히, 손바닥을 맞비볐다.

"두 집 다 첫 대사에 아무 날이나 결혼시킬 순 없지. 더구나 딸이 임신까지 했으니 손 없는 날로 해야지."

그렇게 의기투합한 조씨네 전씨네 점심 지난 새참 무렵, 나란히 마을 길을 걸어갔다.

두 집이 나란히 걸어가는 모습에 마을 사람들 눈이 휘둥그레졌다.

목적지는 나이가 들어 서당 일을 그만두고 쉬고 있는 김 영감네였다.

방안은 부삭에 불을 때서 그런지 후끈했지만, 통풍이 되질 않아 헌책 냄새와 영감님 특유의 땀 냄새가 뒤섞여 구릿하게 코를 찔렀다.

김 영감님 이야기를 들은 뒤, 도수가 높아 어른거리는 돋보기안경을 앉은뱅이 책상 빼다지에서 꺼내 코끝에 걸쳤다.

공책을 펴더니 은희와 병기의 생년월일과 생시를 꼼꼼히 적고는, 한문으로 가득 찬 책자를 펼쳐 손꾸락을 꼽아가며 계산을 시작했다.

한참을 뒤적이던 김 영감은 마침내 말했다.

"정월 대보름 열닷새가 길일일세."

은희 엄니 얼른 달력을 들여다보고는 고개를 내저었다.

"그날은 일요일이 아니라 안 돼요."

은희 배가 점점 불러오는 걸 생각하면 날짜를 좀 땡겨야 했다.

다시 부탁드리자 김 영감은 고개를 갸웃하며 책장을 요리저리 넘겼다.

공책에 뭔가를 적더니 묻는다.

"동짓달 초사흘은 어찌여?"

"가만 있어 봇쇼."

은희 엄니가 달력을 다시 살펴보더니,

"마치 일요일이라 조쿠만이라!"

은희 엄니는 한 달 이상 날짜가 땡겨져서 내색은 안했지만 속으로는 한시름 놓고 홀가분하게 집으로 돌아왔다.

그날 밤, 만족스런 마음으로 이부자리에 누워 저녁에 잠들려던 참에 외양간에서 끙끙 앓는 소리가 들려왔다.

귀찮아 그냥 내비 두고 잠들었다가 새벽녘에 일어나 신경이 쓰여 나가보니 갓 태어난 소앙치가 비틀거리며 어미 소의 젖을 찾아 뒷다리 가랑이 사이 젖통을 머리로 쿡쿡 들이받고 있었다.

어미 소 엉덩이에는 배창시 나온 것 맹키로 탯줄이 길게 매달렸고, 고삐가 기둥에 메여있는 탓에 안절부절못하며 소앙치 새끼를 핥아 주지 못하고 혀만 길게 널름거렸다.

"시상에나, 출산하느라고 고생했구먼."

은희 엄니는 방아 찧을 때 개떡 만들어 먹으려고 차댕이에 받아놨던 몽근 겨를 꺼내 구시에 부어 주고 은희 아부지를 다급히 큰소리로 깨웠다.

"여보, 얼릉 나와 봐유! 밤새 새끼 낳느라고 고생했응께 여물 좀 챙겨 주쇼. 젖 잘 나오게."

어제는 결혼식 날짜도 잡았고, 꼬순이는 오자마자 알을 쑥쑥 낳아 주고, 오늘은 건강한 소앙치 까지 얻었으니 모든 일이 일사천리로 척척 풀려가는 듯해 기분이 절로 좋아졌다.

은희 엄니는 왠지 좋은 징조로 여기며 싱글벙글거렸다.

그날 이후, 조씨네나 전씨네나 비록 예식장에서 결혼식을 올린다지만 나름 준비할 게 많을 것 같아 가을걷이를 서둘렀다.

아침부터 해가 저물 때까지 종종걸음으로 들을 누볐다.

한편, 은희는 까맣게 그을려 나타날 부모님 모습이 창피하다며 부모 얼굴이 예식장에서 부끄럽게 비칠까 봐 걱정이 앞섰다.

그래서 차양 넓은 모자를 사서 보내며 신신당부했다.

"제발, 들일하실 땐 이거 꼭 쓰고 하세요."

그러나 부모님은 습관이 안 돼 귀찮다며 걷어치우고, 늘 하던 대로 머리에 수건을 질끈 동여맨 채 들로 나갔다.

"결혼식 날 흐크게 분 바르고 가면 되지, 뭔 모자여."

모자는 한편에 밀쳐두고, 하루 점드락 일하느라 해 저문지도 몰랐다.

●● 병기와 은희의 결혼식

병기와 은희의 결혼식은 서울에서 치르기로 했다.

둘 다 서울에 직장이고, 양가 친인척들도 서울에 여럿 살고 있었기에 예식장은 자연스레 서울로 정해졌다.

전날 오전, 병기네 마당에는 궁댕이가 오부라지도록 탱글탱글 살찐 검정 대야지가 우리에서 고슬고슬한 넓은 마당에 자유의 몸으로 풀려났다.

어려서 봄날 전씨 집으로 팔려 오던 때가 어렴풋이 떠올랐다.

엊그제 같은 기억을 더듬어 본다. 그새 계절이 바뀌었다.

이른 봄날, 검정 토종 똥 돼지로 태어나 동산리 고을에서 소 구루마에 실려 나와 소전머리 옆 장터에서, 어린 몸으로 부모 형제와 떨어져 전씨에게 팔려 골 망태에 담겨 올 때 떨어지기 싫다고 소락대기를 질러도 봤다.

가기 싫다고 발버둥도 쳐 봤다.

주인은 거저 돈 받아 세는데 만 눈에 불을 켰고, 귀여운 내게는 전혀 관심을 보이지 않았다.

나도 같은 '돈' 자 돌림인데 현금이 더 좋았던 모양이다.

온통 산과 들에 꽃이 만발할 때 병기 집 마당을 밟아본 뒤로 두 번째다.

똥오줌 범벅인 대야지 막에 갇혀 살던 꿀꿀이는 잠겨진 문이 열리자,

내일이 병기와 은희의 역사적인 결혼식 날이라 오늘이 제삿날이 될 줄 모른 채 고슬고슬한 넓은 마당에 나와 하늘을 보며 살래살래 짧은 꼬랑지를 흔들었다.

저기 밝게 비추는 태양이 마지막 보는 광명의 빛인 줄도 모르고 마당을 이리저리 날뛰며, 오가리도 깨 부스고, 염병지랄 하듯 미치고 환장, 한 번도 타보지 못한 경운기를 모서리에 코빼기를 들이박았다.

경운기가 들썩거릴 정도였다.

코빼기가 깨져 어찌나 아프던지 상처 난 코빼기에서는 피가 흘렀다.

인물 깩일까 봐 빨리 성형외과에 가서 이쁘게 꿰메야 하는데, 병원 데려 갈 생각은 안 하고 보는 눈들이 살기가 가득했다.

어딘가 예감이 좋지 않았다. 어제 꿈자리도 뒤숭숭했거든, 사람들이 날 자빠트려 네다리를 꽁꽁 묶을 때는, 속으로 생각했다.

'요것들이 나를 어찍게 해 불라고 작정한 게 틀림없다.' 기분이 묘했다.

결국 장정들의 손에 넘어져 앞발, 뒷발 따로따로 묶였고, 선지피를 받기 좋게 마당보다 높은 토방에 들어 올려져 옆으로 눕혀졌다.

누운 채 바라보는 감나무 가지는 이파리가 모두 떨어져 앙상했고, 가지 사이로 보이는 겨울 해는 웃는 건지, 애처롭게 보고 있는 건지, 구별이 안 됐다.

한쪽 눈은 땅으로 배켜 있어 캄캄하고 하늘을 향한 눈은 부셔서 뜰 수가 없었다.

그런 모습에 태양은 차마 눈 빤히 뜨고 바라보기가 애처롭기도 하고 민망했던지 구름 뒤로 슬그머니 몸을 숨겼다.

준초는 손에 쥔 숫돌에 부엌칼을 쓱쓱 문지르며 다가왔다.

번뜩이는 칼날이 언제 내 목을 겨눌지 몰라 꿀꿀이는 초조하게 준초를 바라보다 눈이 마주쳤다.

준초는 순간 미안한 듯 고개를 돌리고는 칼을 쓱싹 위아래로 문지르자

날이 번쩍이며 빛났다.

언제 그 칼날이 내 목구녕으로 날아들지 몰라, 대야지는 누운 채 애처로운 눈빛으로 바라보았다.

포동포동하게 살이 오른 병기네 꿀꿀이는 동네 장정들 무릎에 짓눌린 채 옴짝달싹 못 하고 있었다.

하얗게 못해 시퍼렇게 날이 선 칼을 오른손에 쥔 준초는 꿀꿀이의 눈빛을 피하지 않았다. "꿀꿀이가 바라는 건 오직 하나, 아프지 않게, 숙달된 간호사가 주사 놓듯 조심스레, 살살 다뤄 주길."

그러나 현실은 잔혹했다.

준초의 칼이 꿀꿀이 목을 찌르자, 전기가 온몸을 타고 흐르듯 살을 에는 듯한 통증이 머리에서 시작 등골을 타고 발끝까지 찌릿하게 전해 왔다.

꿀꿀이는 온 마을이 떠나가라 자지러지게 소락대기를 지르며 생지랄 발버둥 치고 난리더니, 선지피를 한 바께스 쏟고는 마지막 깔딱 숨을 들이키며 뚫린 숨구멍으로 마지막 깊은 호흡과 함께 붉은 피를 내뿜었다.

그 피는 준초의 낯뿌닥과 옷을 적셨다. 마지막 복수였다.

대야지로 태어난 것을 원망하며 한탄했을 것이다.

다음 생에는 인간으로 태어나 철천지원수가 되어 준초를 따라다니며 괴롭히리라, 그렇게 앙심을 품고 꿀꿀이는 스르르 눈을 감았다.

병기와 은희의 결혼식 전날이 꿀꿀이의 제삿날이 되고 말았다.

결혼식을 기념하기 위해 희생된 꿀꿀이는 평생 흘래 한 번 붙어보지 못했고, 후손도 남기지 못한 채, 병기와 은희 결혼식 잔치 상에 올랐다.

태어나 이름도, 가죽도 남기지 못하고, 오직 살점만 남긴 채, 전씨 아들 결혼식 날이 내 제삿날이 되리라곤 꿈에도 몰랐다.

도축을 마친 사람들은 꿀꿀이의 잘린 대가리 보고 웃는 모습이라. 누군가 미안했는지 콧구멍에 종이돈을 말아 꽂고 절을 했지만, 디져분 뒤에 절 받아 봤자 무슨 소용이랴. 부질없고 속만 상했다.

마당 한가운데 가마솥 뚜껑이 들썩이며 김이 풀풀 새어 나오고, 삶아지는 고기 냄새가 마당에 진동했다.

대야지 잡은 남정네들은 배속에 창시가 어서 들어오라며 입맛을 다셨고, 아짐씨들은 남새밭으로 왔다 갔다 겨울에 얼 깨미 지푸라기로 덮어 놓은 푸성귀 뜯어다 고추가리에 겉절이를 칼칼하게 무쳐냈다.

묵은지와 잘 익은 뒷다리 썰어 내놓자, 동네 사람들은 빙 둘러앉아 막걸리를 따르며 잔치 시작을 알렸다.

결혼식 날 새벽, 관광버스가 마을 앞에 시동을 켠 채 하객 손님을 기다렸다.

배까테는 쌀랑한데 차 안은 히터 바람 덕에 따뜻했다.

사람들 "불을 때서 그런지 따뜻해서 좋네잉" 하며 기사에게 인사를 건넸다.

이장은 "아니, 뭔 새벽같이 출발 혀?" 하며 투덜댔다.

기사님 "모른 소리 허지 마쑈."

열두 시에 시작하는 식장에 도착하려면 도로 사정이 어쩔지 모릉께 감안해서 여유를 두고 출발해야 한다고 지금도 넉넉하지 않다고 말했다.

어제 병기 엄니와 은희 엄니는 읍내 미장원에서 나란히 머리를 볶았다.

병기 엄니 비녀를 빼고 싹둑 잘라 처음으로 파마를 하고는 어색해했다.

둘 다 똑같이 판박이처럼 파마를 해서 신랑 신부 엄니가 쌍둥이처럼 탁했다고 놀렸다.

늦게 올라온 종수 할매는 차만 타면 차몰미해서 애옥질 나온께로 저번에 순창 강천사로 놀러 갈 때도 앞자리 앉아갔다고 자리를 바꿔 달라고 고집했다.

먼저 나와 앙즌 사람이 임재라고 아짐씨 버팅기지만 할망구가 떼를 쓰며 졸라 견치 앞이 탁 트인 운전수 뒷자리를 꿰찼다.

아짐씨 자리를 빼기고 싶어 뺐긴 것이 아니라 동네 사람들 어른한테 버릇없이 군다 할까 봐 할 수 없이 비켜 주고 나니 이빠이 열이 받았다.

뒤로 가면서 앞자리 할망구를 흘겨보며 투덜거렸다.

일찍 견치 나와서 앞자리 차지한 아짐씨 서울 가는 동안 훤히 트인 앞에서 구경 한번 지대로 해 볼 속셈이었는디 빼앗긴 아짐씨 속이 상해 뒤로 가면서 밸시런 할망구 다 본다며 앞자리 안꼬자프먼 나맹키로 폴쎄 챙기고 나오던 가 구시렁거렸다.

댓발 튀어나온 주댕이 삐쭉거리며 부애가 나서 뒷자리 찾아가는데 순옥이 어매가 손을 잡아땡기며, 아따 시방 차 안에서 제일 어른잉께로 자네가 양보혀.

옆 빈자리로 앉으라 권해도 분이 풀리지 않는지, "오늘 재수 옴 붙었다"며 제일 뒷자리 높은 곳에 신경질적으로 손가방을 패대기치고는 철푸덕 주저앉는다.

의자가 아픈지 "나하고 웬수졌소 살살 앙그쑈" 하는 의자 푸념소리가 들리는 듯 기사는 머리 위 백미러를 통해 뚫어지게 꼬나보고 있었다.

그 모습을 지켜보던 은희 엄마가 달개 보려고 접시에 먹거리를 담아 가지고 다가가자 화가 덜 풀렸는지, 손사래를 치더니 그만 접시에 부딪치며 음식이 의자랑 차 바닥에 쏟아지고 말았다.

종수 할매 뒤돌아보며 젊은 것이 시방 뭐시라고 씨부렁 대냐고 회를 내며 일어나던 참에 주변에서 "할매도 잘한 것 한 개도 업씅께, 카만 있으쇼잉." 하며 억지로 주저앉히는데 뒤에서 씩씩거리며 "카만 있는 사람 맬갑시 건등께 그러제" 하는 소리가 들렸다.

싸움이 길어지자, 분위기를 바꾸려는 듯 선곤이 아부지가 큰소리로 말했다. "오늘 부조는 어떻게 허까잉?" 한쪽만 헐 수도 없고, 양쪽 다 허드래도 밥은 한 그릇밖에 못 묵을 틴디, 손해라며 신랑 측 신부 측 들으라고 역실로 큰소리로 강조했다.

여기에 종식이 아부지 한마디 거든다.

"아, 버스 값도 애껴 부렀제. 각자 안 부르고 한 대로 해결했웅께."

농사일만 하다가 모처럼 들뜬 나들이. 그것도 아침 일찍 굶고 나온 터라, 혼주 측에서 마련한 음식 나눠 먹으며, 그동안 두 집 눈치 보느라 입 다물고 살았던 세월을 보상받으려는 듯 모다들 신이 났다.

은희 엄마 새복에 인나서 홍어 무쳤는디, 묵어보라고 순옥이 어매 입에 넣어 주자, "새콤허고 달착지근허니 겁나게 맛이 좋쿠만이라." 한다.

우리는 몸뚱아리만 챙기고 나온디도 바빠 죽것드만 두 집은 저녁내 음식 준비허니라고 잠도 제대로 못 자고 욕봤다고 여기저기서 이구동성이다.

종식이 엄니 준초 엄니 합창이라도 하듯 동시에 오늘 잘 먹을라고 며칠 전부터 굶었다고 너스레를 떨었다.

기다렸다는 듯, 이장이 한마디 덧붙였다.

"사돈집하고 뒷간을 멀수록 좋단디, 한동네에서 분란이 안 생길랑가 모르것어, 하니까 준초가, 지금은 글 안혀라."

명절에 서울서 내려오면 처갓집 갈라고 "차비도 따로 안 들고, 시간도 애껴 불고, 꿩 먹고 알 먹고, 일거양득이제라."

종식이 아부지 "아따, 자가 대그빡에 똥만 들었는지 알았그만, 공자 앞에서 유식한 문자 써부네."

차 안에 웃음보가 터졌다. 분위기는 한껏 무르익었다.

주례는 두말할 것도 없이 은희네 회사 사장님이었다.

말빨 좋고 경험이 많은 사장님이 주례를 선다 하니, 전무에 상무까지 총 출동이라 직원들로 예식장이 발 디딜 틈이 없었다.

입구에는 거래 회사까지 덩달아 보내 준 축하 화환이 줄지어 늘어서 있었고, 병기 쪽 화환은 단출했다.

은행장이 이름이 적힌 화환 하나가, 외롭게 한쪽 구석에 자리 잡아 눈에 띄지 않았다.

이장이 화환들을 쭉 훑어보며 마을 사람들 들으란 듯 목청을 높였다.

"은희가 회사에서 대단한 역할을 하는 모양이여, 병기 쪽 화환은 덜렁 하나뿐인디, 은희네 회사 것은 손꾸락이 모자라 시다가 멈췄다며, 살다 살다 결혼식에 이렇게 꽃이 많이 들어온 집은 첨 보네."

이장의 호들갑에 마을 사람들 '와아-' 하는 탄성과 함께 혀를 내둘렀다.

조금 전까지만 해도, 임신한 딸 일로 인해 기가 죽어있던 조씨네는 이 말에 힘을 얻은 듯, 본래 성격대로 기가 살아 의기양양해졌다.

거기에다 걸쭉한 입담을 자랑하는 사장님이, "야무딱지게 일 처리 하는 은희가 없으면 회사가 안 돌아간다"고 칭찬을 늘어놓자, 자리에 앉아 있던 마을 사람들은 "은희가 원체 야물기는 야문갑다"고들 웅성거리는 소리가 들렸다.

　신랑 신부 측 가족석은 희비가 엇갈렸다.

　엊그제까지만 해도 은희 임신 때문에 기죽어 있었던 신부 측, 은희 아부지 엄니는 만면에 웃음을 띠며, '내가 신부 아부지 엄니요' 하듯, 고개를 쭉 빼고 주위를 둘러보며 웃음꽃이 피었다.

　반면 신랑 측, 병기 엄니는 주위 시선을 피하며 벌레 씹은 얼굴로 앉아 있었다.

　"주례를 은행 지점장님이 볼 것이지, 해필이면 은희네 사장님이 볼까."

　불만이 얼굴에 가득했다.

　하지만 병기 아부지는 달랐다.

　은희 칭찬에도 아랑곳하지 않고, 똑똑한 며느리라는 소리에 헤벌쭉 웃었다.

　전씨는 어깨로 마누라 어깨를 툭 쳤다.

　"거봐, 옆눈질로 내가 은희가 야물어서 좋다고 앙 그러던가?"

　병기 엄니도 수긍했던지 꿀 먹은 벙어리마냥 입을 봉했다.

　예식장의 웅성거림은 잦아들고, 사장님의 본격적인 주례사가 시작되었다.

　조용히, 모두의 시선이 단상 위로 쏠렸다.

　회사 직원들 모아놓고 훈시를 많이 해봐서 그런지 목소리는 카랑카랑허니 굵고도 힘차며 당당하고 여유로 왔다.

　"부부간의 갈등은 대부분 '내가 옳다'에서 시작됩니다. 서로를 인정하고, 수용하고, 동감할 수 있도록 서로가 노력해야 합니다."

　사장님의 말씀은 단호했으나 따뜻했다.

신부 은희에게는, "신랑의 허물은 눈감아 주고, 장점은 크게 눈뜨고 바라보라"고 신랑 병기에게는 "밖에서 하는 거 반만 집에서 하면은 사랑받는다"고 다그치며 '알아들었냐'고 묻자, 둘은 큰소리로 "예!" 하고 외쳤고, 장내엔 우레 같은 박수가 쏟아졌다.

그리고 마지막 말. "신랑 신부에게 칼라 텔레비전을 선물을 약속했다."

사장님의 통 큰 선물에, 예식장은 술렁였다.

몇 달치 월급을 모아야 겨우 살 수 있거나, 월부로 다달이 갚아야 하는 텔레비전을 선물하다니, 역시나 통 큰 사장님답다는 감탄이 터졌다.

한편, 회사 쪽 하객석 분위기는 다소 묘했다.

한때 은희에게 시야까시하고 미사리 미팅에서 슬그머니 사라졌던 남자 직원은 회사 내 분위기상 억지로 참석한 듯 옆자리 여직원과만 소곤거릴 뿐, 관심도, 축하의 기색이라곤 없었다.

그 와중에, 언니 오빠의 결혼식인데도 불구하고 병우와 은영이는 결혼식 내내 밝은 표정을 찾을 수 없이 씁쓸해 보였다.

사진을 촬영 때도, 둘 다 굳은 얼굴이었다.

사진사가 너스레를 떨며, "두 동생, 혹시 싸웠어? 웃어 봐요~"

경험과 센스를 발휘했지만, 병우와 은영은 억지 미소만 흘릴 뿐이었다.

식당으로 자리를 옮기고, 식사가 시작되었다.

외 악 손잡이 준초 마느래가 두리번두리번 자리를 살폈다.

어느새 이므런 순옥이 엄니 옆에 자리를 잡았는데, 지난번 정균이 결혼식 때 팔이 부딪친 경험이 있어 미리 자리를 바꿔 앉았다.

밥을 먹다 말고, 그녀는 홍어를 집어 입에 넣더니, 비우가 상했던지 '욱' 하고 식탁 아래로 머리를 숙였다.

애옥질까지 하며 속을 다스리는 모습에, '틀림없이 애기 스는갑다'는 생각이 들어 순옥이 엄니가 옆꾸리를 콕 찔렀다.
 눈짓을 주자 준초 마느래 금세 알아듣고 고개를 끄덕였다.
 '이거 마을에 가서 준초 어매한테 살짝 귀띔하면 얼마나 좋아할까?'
 하지만 당장은 입을 다물었다. 혼자만 아는 비밀로 간직하자니 입이 근질근질했다.

 예식을 마치고 돌아오는 길, 전씨가 앞으로 나섰다.
 기사 양반한테 마이크를 건네받고 차분한 목소리로 말했다.
 오늘 결혼식 참석한다고 새벽부터 부산떨며 오신 것, 참말로 감사드립니다.
 차 안은 모두가 귀 기울이고, 전씨는 말을 이어갔다.
 한 가지 더 말씀드릴 것은 예 새로 일군 다랑논에, 내년 봄에는 과수나무를 심을 거라고 선언을 하자 여기저기서 박수가 터졌다.
 "오, 그럼 앞으로 물 때문에 투닥거릴 일 없겠네!"
 "사둔네끼리 하는 쌈 구경도 볼만 헐 것인디, 물 건너갔네!"
 "인자부터는 조씨 전씨 눈치 안 보고 핀허게 말 섞어도 되겠네!"
 여기저기서 한마디씩 던지는 소리에 차 안은 연거푸 박수 소리가 쏟아졌다.
 이제는 모심을 때 조씨네 소가 써래질을 하든, 전씨네 경운기가 로타리를 치든, 눈치 볼 일도 없게 되었다.
 주막에서 술 한 잔 할 때도, 이제 계산은 경운기로 호주머니가 두툼해진 전씨가 도맡아야 한다고, 이장까지 나서서 농담을 던지자 웃음꽃이 피었다.
 이장이 슬며시 마이크를 잡고 "모다들 시집 장개 가 불고, 인자 선곤이 하고 종식이만 남았는디, 언제 국시 멕여 줄라요?"
 그란도, 속상한 종식이 아부지가 툭 쏘아붙였다.
 "냅 둬 불소 지가 알아서 허것제."
 그러면서 술잔을 훌짝 비웠다.
 기분이 한껏 달아오른 종식이 아부지는 갑자기 자리에서 벌떡 일어났다.
 통로로 나오더니, 마을 잔치 때마다 깽매기 치며 불렀던 노래를 흥얼거렸다.
 "닐리리야 닐리리야~ 니나노!"
 덩실덩실 춤사위까지 곁들이자, 마을 사람들도 하나둘 통로로 나와 어깨춤을 추기 시작했다.
 들판에서의 허리 꼬부리고 일한 고단함을 날려 버리기라도 하듯, 그날 차 안은 흥겨운 축제 한마당이 되었다.
 마을 사람들은 훗날,
 "믿거나 말거나, 우리나라 관광버스 춤의 밑거름의 싹이 그날 트였다"고 들 했다.
 하지만 흥겨움 뒤에 서글픔도 있었다.
 종식이 아부지와 선곤이 아부지, 둘 다 곤드레만드레 술에 취했지만, 그게 꼭 즐거워서만은 아니었다.
 모다들 너무 자식들은 장가들어, 며느리 밥 얻어먹는 판에, 두 집 아들은 변변한 색시감 하나 데꼬지 않으니, 늙도록 손자 손녀는 언감생심, 며느리 꼴도 못 보니 자식 농사 잘못 지어 신세 조징 것 같아 속상했던 것이다.

술잔을 주고받으며, 노랫가락이 슬쩍 바뀌었다.

준초, 정균이, 병기까지 장개 들고~
준초 엄니, 양동 댁이랑 전씨네, 조씨네는
자식 농사 잘 지어 성가실 일이 앙꿋도 없것만~
지지리도 못난 종식이, 선곤이 보라꼬 있을랑께
속 터져서 못 살것네, 응~ 응~ 응~ 못 살것어~어

가슴을 쳤다.
노래가 끝나자, 쌓였던 하소연이 툭 하고 터져 나왔다.
울적한 마음을 달래려 또 한잔을 들이켰다.
그렇다고 색시감을 아예 안 데려온 건 아니었다.
하나같이 인사시키러 데리고 온 것들이…
어떤 년은 쥐 잡아먹은 듯 입술을 새빨갛게 칠하고, 껌을 질겅질겅 씹어대며, 여시 초랭이 같이 요란하게 들어온 년.
인사도 방정맞게 출랑거리는 게 허는 것이 영 눈에 안 차드랑께.
"여자가 좀 진득한 맛이 있어야제, 히프게 생겨 가지고는 원…"
또 어떤 년은, 빤스가 다 보일 정도로 짧은 치마를 입고 온 년.
"술집 작부인지, 다방 레지인지, 꼬락서니가 갈보꼴이여 갈보꼴."
목불인견 인지라 속상해서 인사도 안 받고 돌려보냈다.
그럴 때마다,
선곤이 아부지, 종식이 아부지 점빵에 구석에 앉아 저녁내 신세 한탄하며, 술타령 했디야.

들리는 말로는 이런 일도 있었디야.

선곤이 어매 밤중에 오줌 매려 마루에 나와 오강에 앉았는디,

모퉁아리에서 담배 연기가 솔솔 올라오는 게 아닌가.

'우리 아들은 담배를 안 피운디, 이 밤중에 누가?'

빼꼼히 내다본께…

선곤이는 우두커니 서 있고, 낮에 딜꼬 온 작부 같은 년이 담배를 입에 꼬나물고 서 있더란다.

하도 꼴사나와서, '캄캄한 밤에 여기가 어디라고 저런 오살 맞을 년이!'

딜꽈도 어디서 저런 것을 딜꽈는가 싶어 부지깽이를 들고는 눈구녕을 콱 쭈셔 불 것처럼 달겨든께 놀래서 냅다 도망쳐 불었다고 허드만.

밤중에 잠도 안 재우고 혼내서 쫓아내 불고 부애가 나서 잠이 안 오드래.

속이 상할 만도 헝께, 저렇게 두 양반이 술을 몽땅 퍼마시 것 제.

"자식들 수월하게 여운 집들은 내 속을 모를 거여."

숭숭 뚫린 가슴속 달래려고 축 늘어진 어깨로 또 한잔을 따라마시고, 위장 속에 쌓인 알코올 성분의 '까스'를 꺼억 토해내며 포각질을 했다.

여름이면 아직 날이 훤할 시간이건만, 동짓달이라 해가 짧았다.

마을에 도착했을 때는 벌써 오밤중처럼 캄캄했다.

버스에서 내리며 안전하게 도착한 것에 대한 답례로 "기사 양반 수고 많았소." 인사 하고는 각자 집을 향해 흩어졌다.

종식이 아부지 선곤이 아부지 술기운에 비틀비틀 뒤따라가는 두 집 어매들은 속이 터졌다.

이장이 마지막까지 남아서 두 집 오늘 큰일 치루니라고 고생했다고 인

사를 건네자, 전씨 조씨 합창이라도 하듯 "우리가 헌 것이 뭣이 있간디라 돈만 주면 예식장에서 알아서 다해 분께 싱간 편했지라."

그러면서 음식 담아온 빈 석짝과 그릇들을 챙겨 양손에 들고 털레털레 어둠 속으로 사라졌다.

마을 위 저녁 하늘엔 웃음꽃처럼 별빛이 피었다.

병기와 은희의 결혼으로 오래 묵은 갈등도 눈 녹듯 풀리고, 마을에는 모처럼 화해 무드가 조성되었다.

소금 뿌려놓은 듯 빼곡한 수많은 별 사이로 유난히 푸른빛을 머금은 두 개의 별 견우성과 직녀성이 나란히 반짝이고 있었다.

하지만 아직 칠월칠석이 멀었다.

은하수에 가로막혀 오작교를 건너지 못하고 꼬돌이와 꼬순이처럼 날지 못해 서로를 바라만 볼 뿐, 가련하게 만날 순 없었다.

찬바람을 피해 정자나무에 기대선 병우와 은영.

그들 마음속에 아직 맺힌 감정이 남아 있었다.

일곱 색깔 무지개처럼 아름다웠던 지난날들을 빼앗아 간 언니 오빠의 드라마 같은 악역이 오늘따라 더욱 야속하게 느껴졌다.

그 마음을 알기라도 하듯, 옹달샘 근처 소나무 가지에서 수컷 부엉이가 '은영'하고 짝을 찾는 듯 울음소리를 냈다.

잠시 후 앞산 너럭바위에서 암컷 부엉이의 울음이 따라왔다.

'병우~' '병우~'

한밤중 적막을 가르며, 두 부엉이 구슬픈 울음소리는 메아리처럼 긴긴 밤 정자나무 앙상한 가지를 스치고 지나갔다.

전씨네 조씨네 가슴에
대못 박히던 날

●● 병우와 은영 행방이 묘연하다

어느 날 갑자기 새치기하듯 훼방꾼으로 나타나 언니와 오빠가 결혼식을 올렸다.

그 바람에 병우와 은영은 오랫동안 서로를 아끼고 연모하며 키워온 달콤한 우정, 사랑의 결실을 맺지 못한 채 벼랑 끝에 서게 되었다.

정균이 형이 사장님네 조카딸과 경제적 차이를 딛고 결혼에 골인했던 것처럼, 둘 사이에 심한 빈부격차가 있어 누군가 반대한 것도 아니었고, 둘 중 한 사람이 몸이 성치 않아 집안의 반발을 산 것도 아니었다.

그저 한가로이 영양의 무리가 풀을 뜯고 있는 평화롭던 아프리카 초원에 굶주린 사자 떼가 난입하듯, 언니와 오빠가 늑대의 가면을 쓰고 느닷없이 나타난 것이 나타난 것이 화근이었다.

양가의 평화를 위해 동생 둘을 순식간에 희생양의 되어야만 했다.

겹사돈은 인척 관계일 뿐 혈연이 아니라 유전적, 생물학적, 법적으로도 아무런 문제 될 게 없고, 오히려 끈끈한 유대감이 배가될 수 있는 장점도 있을 텐데, 유교적 관념이 깊게 뿌리내린 우리네 정서에서는 긍정적인 시선을 가로막아 섰다.

이제껏 쌓아온 우정과 사랑을 계속 이어가기란 우리의 정서와 현실이 너무나도 단단하게 가로막고 있었다.

어느 날, 옹달샘 골에서 차디찬 칼바람이 휘몰아치던 밤이었다.

옷깃을 여몄는데도 목덜미를 훑고 지나는 알싸한 공기는 코끝이 매웠다.

그렇게 세찬 눈보라가 자맥질하던 날밤, 병우와 은영이는 안방 장롱 속 통장과 함께 눈 위에 발자국도 남기지 않고 아무런 흔적도 없이 마을에서 행방이 묘연했다.

마을을 벗어나 읍내까지 걷던 길은 저편에서 갈기를 세우고 불어오는 바람은 웅웅거리며 온몸이 살아 움직이는 눈사람이 되고 말았다.

어느 날 갑자기 새치기하듯 훼방꾼으로 나타나, 언니 오빠가 먼저 짝을 맺어 사돈지간이 되어 버린 탓에, 유교의 그늘이 짙은 양쪽 집안에서는 대명천지에 한 집안에서 형제, 자매가 나란히 인연을 맺는 일을 어찌 용납하겠는가.

결국 불 보듯 빤한 반대를 알았기에 병우와 은영은 세상의 눈을 피해 조용히 사라지는 길을 택할 수밖에 없었다.

둘은 함께라면 어떤 어려움도 견뎌낼 수 있으리라 믿고, 아름다운 미래를 꿈꾸며 둘만의 사랑에 뜻을 품고 그저 조용히 자취를 감춰 버린 것이다.

가수 양희은이 부르는 노랫말, "이루어질 수 없는 사랑"이란 말인가?

아니면, 스카비오사의 꽃말처럼 "이루어질 수 없는 사랑"이란 말인가?

엄마의 성질머리 이겨 본 적이 한 번도 없는 은영이.

게다가 전대미문의 "한 집안에서 두 번의 결혼"이란 이야기는 마을 사람들의 쑤근덕 거림과 손가락질을 부르기에 충분했다.

그건 듣도 보도 못한 이야기는 물론 드라마에나 나올법한 이야기로 도저히 맺어질 수 없다는 현실 앞에서 냉가슴만 앓다가 행동으로 옮긴 것이다.

겹사돈이라는 단어는 유교적 정서 속에서 부정적 이미지로 똬리를 틀고 있어서, 그 고개를 넘기기 위해선 굳은 결심이 필요했다.

　양가의 화평을 위해서 '여기서 끝내자' 그리고 다른 길을 모색해 보자는 마음에도 없는 말은 누구도 먼저 꺼내지 못했다.

　서로를 믿고 여태껏 쌓아 온 신뢰와 굳은 맹세 앞에서 헤어지자 말한 사람이 평생 '배신자'라는 낙인를 짊어져야 했기 때문이다.

　그럴수록 둘은 더욱 애틋해졌다.

　잊으려 해도 잊히지 않는 사랑.

　허물려 해도 더 단단해지는 우정.

　마치 시멘트에 물을 부어 놓은 듯, 더 단단히 굳어만 갔다.

　이미 사돈 간이 되어버린 두 집안의 얽힘은, 윤리의 이름으로 둘의 사랑을 가차 없이 밀어냈다.

　그러나 은영은 말했다.

　"오빠와 헤어져서는 더 이상 살아갈 의미가 없다"는 은영이의 극단적인 말.

　그 말에 병우는 어떤 것도 포기할 수 없다는 은영의 굳은 결심을 읽었다.

　숙제처럼 뒤엉킨 실타래 같은 이 사랑은 더는 해답을 찾을 길이 없었다.

　병우와 은영은 차디찬 눈보라 속으로, 둘만의 둥지를 틀기 위해 아무도 모르는 세상으로 숨어 버렸다.

　그날이 바로, 전씨네와 조씨네 '가슴에 대못이 박힌 날'이 될 줄이야.

　도회지에서 대학에 다니던 둘을 한동안은 사라진 줄도 모르고 방학이면 돌아오려니 했는데 영영 모습을 드러내지 않았고 한참 후에야 양쪽 집 모두 통장이 사라진 걸 알았다.

그 순간 두 집안은 난리가 났다.

조씨의 경운기 꿈도 장롱 속 통장과 함께 사라졌다.

병우와 은영이가 함께 사라졌다는 사실은 쉬쉬하며 감췄다.

소문이라도 날까 봐, 말 한마디 꺼내지 못하고 두 집은 끙끙 속앓이했다.

그동안 어릴 때부터 오빠라 부르며 평소에도 둘이 뻔질나게 오가도 담 넘어 이웃이라 그저 사이좋게 지내는 줄로만 알았다.

둘이 붙어 다니는 걸 알면서도, 병우를 아들처럼 여겼던 조씨네.

은영이가 생글생글 웃으며 인사성도 밝으니, 전씨네는 "저런 딸 하나 있었으면" 조씨네가 부러웠다.

여태껏 이웃사촌으로만 알았던 두 집은, 그저 기다릴 수밖에 없었다.

처음에는 울화통이 터져 당장이라도 찾아내 혼쭐을 내고 싶었지만, 날이 갈수록 걱정으로 바뀌었다.

마을 사람들에게는 차마 말도 못 하고 냉가슴만 앓던 어느 날, 전씨네가 먼저 은근히 말문을 열었다.

"은영이가 꼬리를 친 게지 뭐."

그러자 조씨네는 받았다.

"손뼉도 마주쳐야 소리가 나는 법 아니오?"

사돈네끼리 서로를 마냥 탓하기에 이미 엎질러진 물이 되고 말았다.

그러나 뒤로도 서로를 탓하는 말들이 오가고, 사돈 사이가 다시금 애꿎은 살얼음판 위에 놓이게 되었다.

논물 문제로 웬수지간 되었던 양가가 병기와 은희의 결혼으로 극적으로 화해하고 사돈이 되었는데, 또다시 이 일로 등을 돌리게 생긴 것이다.

한 집안의 형제와 자매가 나란히 사랑에 빠졌으니.

이 기막힌 인연이 누구의 잘못이랴.

그저 우세스러워 말도 꺼내지 못한 채, 두 집은 냉가슴만 앓았다.

●● 점쟁이에게 묻다

　은영이 엄니 버스에 내려 읍내 장터로 향하는 길목 대문 기둥에 매달린 장대, 위에 펄럭이는 빨간 깃발 '점집'을 발견했다.
　벌이 꿀 향에 취해 꽃으로 날아들 듯, 자신도 모르게 빨려갔다.
　혹시나 아는 사람이라도 볼까 봐 두리번거리며, 누가 볼세라 점집 대문 안으로 잽싸게 발을 들여 넣은 것이다.
　은영이 찾을 방도는 없고, 지푸라기라도 잡고 싶은 심정이었다.
　신당 입구엔 먼저 온 손님들의 신발이 빼곡이 놓여 있었다.
　용하다는 소문이 난 건지, 장날이어서 손님이 많은 건지, 몰라도 어쩌면 은영이 행방의 실마리를 찾을 수 있지 않을까 하는 작은 희망이 보이는 듯했다.
　대기실에는 여인들로 꽉 차 있었다.
　남자라곤 한 사람뿐, 여자들 틈바구니에 끼어서 불편한 기색이 역력했다.
　누굴 따라왔는지 나마저 여자 손님으로 들어서자 어색하고 시선 처리가 불편했던지 아예 눈을 감아 버렸다.
　"무슨 일 있으면 꼭 여기 와서 물어보고 결정한다"는 이도 있었고, 결혼을 앞두고 궁합을 보러 왔다는 젊은 여성, 바람난 남편 때문에 이혼 위기까지 갔다가 점집의 특별 비방으로 가정을 지켰다는 아주머니도 있었다.
　다들 사연 하나쯤은 품고 있는 듯했으며, 재미삼아 온 사람은 한 명도 없이 모두 진지한 모습이다.

한 번에 삼천 원. 그 돈이면 복잡한 버스를 타지 않고도 장본 짐 실고 택시로 편히 집에 갈 수 있는 금액이다.

하루 점드락 허리 아프게 쪼그려 앉아 햇볕에 땀 흘리며 밭 매고 받는 품삯인데, 점쟁이는 말 몇 마디로 몇 사람 몫을 벌고 있으니, 저런 재주 하나 타고났으면 얼마나 좋을까 싶었다.

사람들이 들고나더니. 상당한 시간이 흘렀나 보다.

드디어 차례가 왔다. 기대와 의심이 내 가슴에 자리 잡고 있었다.

"은영이가 어디로 갔는지 알 수 있을까?" 하는 기대와, "진짜 얼마나 알아맞히나 보자"는 의심.

생년월일과 생시를 물으면 그것까지만 말하고, 그 외에는 절대 입을 열지 않고 지켜보자는 마음이었다.

그러나 막상 신당에 들어서자마자, 그녀는 말문이 막혔다. 한복을 곱게 차려입은 젊은 여자가 앉아 있었다.

눈길도 주지 않고, 마치 모든 걸 알고 있다는 듯이 던진 말.

"누굴 찾으러 왔어."

반말이었다. 싸가지 없는 말투, 마치 시어머니가 며느리에게 힐난하듯. 기가 막혔다.

나도 헌다면 한가락 허는 년이라고 자부하건만, 초장부터 누굴 찾으러 왔어 한마디에 나는 야코가 팍 죽어 불었다.

머릿속이 하얘지며, 마치 망치로 뒤통수를 한 대 맞은 기분이었다.

내 몸이 투영되어 보여지기라도 한단 말인가?

아니면 궁예처럼 관심법이라도 읽혔단 말인가?

귀신 곡할 노릇이란 말은 이럴 때 써먹는 말 같았다.

더는 기선을 제압당하지 않으려, 다음에는 무슨 말이 튀어나올지 눈을 부릅뜨고 눈치 싸움에 몰두하고 있는데 저 여자는 도통 관심도 없는 얼굴이다. 마치 이미 다 알고 있다는 듯 무사태평하니 앉아만 있었다.

나만 혼자, 어떤 말이 나올까, 긴장의 끈을 놓지 않고 있는 것이다.

둘러보니 점쟁이 뒤편에는 불상 대신 금빛 할머니 형상이 쪽진 머리로 비녀를 꼽고 다소곳이 앉아 있고, 주위도 온통 금빛으로 장식이 치장되어 있다.

양옆 촛불 앞에는 각종 과일과 음식이 놓여 있고 아직 완전히 식지 않은 듯 김이 솔솔 나는 커다란 시루떡이 한 가운데 자리하고 있다.

부채를 쥔 점쟁이는 화장이라기보다 연극 배우처럼 얼굴에 분장을 떡 칠한 모습이다.

그 덕에 눈코입이 또렷하게 도드라져 보이고, 점쟁이 노릇이 아니었다면 고급 술집에서 양주로 매상을 올렸을 법한 인상이다.

그 기세가 워낙 강해, 은희 엄마는 마치 마음 여린 학생이 선생님 앞에 잘못을 저지르고 선 듯 눈치를 슬쩍 살폈다.

풍겨오는 카리스마가 범상치 않다. 관우장이나 장비 같은 장군 신을 모시고 있거나, 내림굿을 받고 작두까지 탔다는 소문이 무색하지 않게, 신내림을 제대로 받은 무속인 같아 보였다.

점쟁이 왈, "내 몸에는 돌아가신 할매가 들어와 계셔, 그분이 시키는 대로 말하는 거니까 그리 알아들어."

아 그래서 싸가지 없는 말투였구나!

"자식은 몇이여?"

"딸만 둘인디요."

옆에 놓인 쌀그릇에서 쌀을 한 주먹 쥐고는, 상위에 쫙 뿌렸다.

그리고 부채로 여기저기 쌀을 나눠 펼쳐보더니 눈을 감고 중얼중얼 주문을 외운다.

마치 하늘에 할머니 신과 영적으로 교감을 나누는 듯 보였다.

한참 후, 뭔가 알았다는 듯 부채로 상을 탁 내려치며 말했다.

"처음부터 일이 잘못 꼬였어. 먼젓번 놈하고 혼인을 했으면 아무 탈이 없었을 거야. 큰딸 결혼이 문제였어. 그게 발단이여."

은희 엄마는 어리둥절했다. 큰딸 은희는 결혼해 외손녀도 낳고 잘 살고 있는데, 무슨 뚱딴지같은 말인가 싶었다.

"먼 말이다요?"

"딸한테 물어봐."

두 번째 딸에 대한 이야기가 이어졌다.

남자가 옆에 있다며 생년월일과 생시를 물었다.

나이만 한 살 많고 나머지는 모른다고 했더니, 고개를 갸우뚱했다.

"명대로 오래 살려면, 멀리 가면 안 돼."라고 하는디 은희 엄마 저 죽을 날도 모른 년이 뭘 안다고 남의 운명론을 함부로 들먹이며 나불댄다 싶었다.

그 말이 신경은 쓰였으나 오래지 않아 기억에서 지워졌다.

이미 은영은 집을 떠났고 어디 있는지도 모른다.

북쪽으로 갔다는 말, 아직 정착도 못 하고 떠돌고 있다는 말. 장독대 위에 물 떠 놓고 기도나 하라는 말은 점쟁이의 조언이었다.

"몇 년 후엔 지 발로 기어 들어올 팅게, 찾을 생각일랑 말고 그냥 기다리쇼."

그런데 "명대로 오래 살려면, 멀리 가면 안 돼." 그 말이 자꾸 마음에 걸렸다.

그러고는 마치 더 이상 말할 필요 없다는 듯 돌아 앉았다.

은희 엄마는 긴가민가한 마음으로 집으로 돌아와 저녁을 먹고, 점쟁이 말이 자꾸만 맴돌아 이야기를 꺼냈다.

미신이라면 학을 떼는 남편, 평소 같으면 쓰잘때기 없는 곳에 헛돈 쓰고 다닌다며 핀잔 줄 텐데 말없이 귀 기울이는 것은 은영이가 어디 있는지 알아나 왔나 싶었던지 솔깃하게 관심을 보이는 눈치다.

조씨도 그만큼 은영이 생각에 애가 닳은 모양이다.

"아 글쎄, 점쟁이 말이 큰딸 결혼이 꼬여서 그렇다 허드라고."

먼 말인지 알아든 덜 못허고 답답해하니까 딸한테 물어보란디 병기하고 결혼하기 전에 딴 남자가 있었는가? 싶었다.

은희 아버지는 무슨 소린지 당장 은희에게 전화해 보라 한다.

수화기를 들고 다이얼을 돌렸다. 신호가 예닐곱 번 울리고 나서야 사위 병기 목소리다.

자넨가? 하는 소리에 장모님 목소리를 금방 알아듣고 퇴근해서 씻고 나오느라 늦게 받았다며 변명하듯 그간 별고 없지요?

하면서 저녁 진지는 잡수셨어요.

응 나는 묵었네.

자네는, 퇴근하고 와서 씻었응께 인자 먹어야지요.

은희는 하고 묻자 젖먹이고 있다며 어이하고 부르는 소리다.

은희가 전화기에 다가와 나여 허는디, 좀 떨어진 곳에 있었던 모양이다.

애기 젖 빠는 소리가 가느다랗게 들리고 젖살에 묻힌 코로 숨 들이키는 소리가 씩씩거리며 거칠게 들리는 것이 한 손으론 손녀를 안고 한 손으로 수화기를 들고 이야기하니까 불편해서 보채는지 칭얼거리는 소리다.

불편한 자세로 전화 받는 것 같아 젖 먹이고 나서 나중에 다시 전화하라고 끊었다.

한참 후 전화 걸려 오는 소리가 찌르렁 찌르렁 울려 받아 보니 은희다. 애기는 하니까 젖 먹다 잠들어서 뉘여 놨다며 차분한 목소리다.

"은영이가 집을 나가 며칠째 소식이 없어 시방 걱정시라 죽것다."

깜짝 놀라며 "긍께 말여 은영이가 집을 나갔다고라, 며칠이나 됐어?"

혹시 전화 연락이라도 있었는지 물어볼라고 했는디 전혀 모르는 눈치다.

은영이 고가시내가 혼자 어디로 갔을까?

아녀 병우도 없어졌어야 하는 말에 은희는 지난 추석날 저녁 고샅에서 병우랑 다정히 어깨동무하고 있었던 모습이 퍼뜩 떠올랐다.

오늘 장날이라 읍에 나갔다. 점집이 눈에 띄어 답답한 마음에 찾아갔어야.

차례가 되어 신당 안으로 들어서자마자, 마치 다 알고 있는 것 맹키로 점쟁이가 대번에 '누굴 찾으러 왔냐'고 안 그러냐.

어떻게 내 낯바닥에 써져 있는지 콕 짚어 내불 드랑께 한참 눈을 감고 주문을 외더니, 처음부터 큰딸 결혼이 꼬였다는 거여 아무 탈 없이 잘 살고 있는디 얼척이 없었제.

은희가 한참 말이 없자, '사위 때문이란 걸' 눈치를 챘다.

주책없이 물을 게 아니라 다시 하마 하고는 얼릉 끊었다.

그 순간, 은희는 정균을 떠올렸다.

엄니는 혼잣말처럼 말했다.

"야가 한 번도 남자 이야기라고는 뻥끗도 안 했는디, 결혼 전에 사귀던 남자라도 있었던 갑다. 말 못 할 사연이 있었겠지."

•• 수원에 둥지를 틀었다

　동생들은 오랫동안 우정을 키워왔는데, 언니와 오빠의 갑작스런 결혼으로 움트던 동생들의 사랑 꽃망울은 피기도 전에 꺾이고 말았다.
　언니 오빠가 도와주기는커녕 뒤늦게 나타나 결혼을 해 버렸으니, 결국 둘은 어쩔 수 없이 뛰쳐나갈 수밖에 없었을 것이라는 생각이 미치자, 동생들의 사랑에 훼방을 놓은 미안함이 밀려왔다.
　연락이라도 오면 잘 대해 줘야겠다는 생각뿐이다.
　조씨 전씨 두 집 다 동네 사람들 알까 봐 말 못 할 고민에 빠졌다.
　그나마 다행이라면 듬직한 병우가 함께라, 조씨네 약간은 안심이 되었다.
　병우와 은영이는 기차를 타고 북으로, 북으로 향했다.
　서울에는 언니 오빠가 살고 있으니 들킬 염려가 있다는 생각에, 둘은 수원역에 계획도 없이 내렸다.
　첫날은 어디로 갈지 정하지도 못한 채 두근거리는 마음으로 여관에 들었다.
　다음날, 처음 와 본 수원은 갈 곳도, 정처도 없었다.
　무작정 먼저 오는 시내버스를 올라탔고, 차창 밖 풍경을 멍하니 바라보다가 넓은 로터리가 눈에 들어오자 부리나케 내렸다.
　주변을 둘러보니, 팔달문이 자리하고, 인파도 제법 많았다.
　이곳저곳 기웃거리며 돌아다니다 보니 개천이 보였고, 지동교 다리를 건너자 지동시장이 나타났다.

장사꾼들이 펼쳐놓은 물건을 구경하며 시장 구석구석을 기웃거리다 보니, 어쩐지 이곳은 도시처럼 혼잡스럽지도, 번화하지도 않았다.

오히려 고향 읍내처럼 푸근한 기운이 마음을 끌어당겼다.

그렇게 걷다가, 나도 모르게 어느새 복덕방 문을 덜컥 열고 있었다.

낡은 은색 알루미늄 샤시 문이 삐거덕 소리를 냈다.

귀에 거슬렸다.

문을 열자, 니코틴에 절은 냄새와 영감의 채취가 뒤섞여, 구리텁텁한 공기가 코를 찔렀다.

네 명의 노인네들이 둘러앉아 있었다.

둘은 마주 앉아 장기를 두고, 둘은 옆에서 훈수를 두고 있었다.

점심 내기라도 하는 건지 손님이 들어왔는데도 고개 한번 돌리지 않고 시선을 장기판에 고정한 채, 무심하게 물었다.

별 관심을 보이지 않고 눈은 장기판에 집중하고 "뭘 찾으러 왔어?"

"부엌 딸린 방 하나 구할라구요."

"전세여 사글세여?"

먼 말인지 몰라 가만히 있응께 힐끗 쳐다보며 다시금 "전세여 사글세여?" 반복했다.

전세는 머시고 사글세는 머시다요? 어리둥절한 기색을 보이자 훈수 두고 있던 옆 사람이 답답하다는 듯 설명을 보탰다. 전세는 보증금을 많이 걸고 매달 내는 돈은 없으며, 사글세는 적은 보증금을 걸고 매달 월세를 내는 방식이라 했다.

둘은 얼굴을 마주 보며, 알아들었다는 듯 고개를 끄덕였다.

"전세는 칠백짜리부터 시작해 많게는 이천짜리도 있고, 사글세는 반지하

보증금 삼십만 원부터 시작허는디, 보증금에 따라 월세가 들쭉날쭉해요."

 그럼 보여 주쑈, 헝께로 장기 끝날 때까지 조금만 의자에 앉아 기다리라 했다.

 방석은 개업하고 한 번도 빨지 않았는지 빤질빤질하고, 등받이는 기대면 뒤로 한없이 넘어가 허리를 꼿꼿이 세우고 앉을 수밖에 없었다.

 얼마 후 장기가 끝났는지, 복덕방 주인 "내가 가서 계산할 테니까 먼저 가서 식사 주문하고 있으쇼."

 그 소리는, '우리에게 신경 쓰느라 장기에 졌겠구나.' 싶어 괜스레 미안한 생각이 들었다.

 주변 몇 군데를 보여 주고는, 점심 먹고 올 테니 좀 있다 다시 오든지, 사무실에는 훔쳐 갈 것도 없응께 안에서 기다리든지 하라면서 문도 잠그지 않고 바쁘게 식당으로 발길을 돌렸다.

 우린 시장 골목에서 군것질하다, 시장 입구 농협에 가서 양쪽 통장 합해서 계산을 맞춰 보니 전세금은 충분했다.

 예금을 인출하는 데 아무 문제가 없는 걸로 보니, 아직 집에서는 통장이 없어진 줄 모르고 있는 것 같았다.

 "통장이 없어진 걸 뒤늦게 아시고 분실신고 해 버리면 찾을 수가 없다"는 은영이 말에, 안 되겠다 싶어 통장에 있는 돈을 모두 찾아 은영이 명의로 새 통장을 개설했다.

 고향의 부모님, 옷 한 벌 제대로 사 입지 않으시고, 양말도 뒤꿈치가 떨어진 걸 신고 다니며 모아 놓은 통장이다.

 그 통장이 사라지고, 농협에 잔고가 탈탈 털려 빈 통장이란 걸 아시면, 얼마나 맥이 풀려 넋 놓고 계실지, 미안하고 죄송한 마음이 가득했다.

부엌 딸린 방 하나면 충분할 것 같아, 둘러본 방 중에서 주인이 인심 좋아 보이는 연세가 지긋한 아주머니 댁으로 계약을 했다.

그렇게 해서 우리는 수원에 둥지를 틀게 되었다.

언니 오빠의 결혼으로 우리의 사랑은 이루어질 수 없다고 여겼다.

그래서 부모님 가슴에 못을 박고, 목표도 목적도 없이 콩깍지가 씌인 채 가출을 단행한 것이다.

장차 어떠한 상황이 닥칠지 알 수 없었지만, 그저 둘이 함께 지낼 수 있다는 사실만으로 꿈결 같은 행복이 밀려왔다.

그러나 그것은 잠시였다.

지금까지 부모님 밑에서 손만 벌리고 살아왔는데, 날이 갈수록 날름날름 돈만 축내고 있으니, 앞으로 닥쳐올 날들이 점점 불안해졌다.

지금부터는 스스로 헤쳐 나가야만 하는데, 돈 벌 길은 막막하고 불안과 초조함이 파도처럼 밀려왔다.

'섣부른 행동으로 신세만 조진 것 아닌가…' 자괴감이 가슴을 짓눌렀다.

전봇대에 붙은 광고지 주소를 따라 공중전화로 위치를 물어 찾아가 보면 대부분 판매 수익의 일정 부분을 입금 후, 나머지를 수익으로 챙기는 발로 뛰는 영업 방식이었다.

'경리모집' 혹은 '수익보장'이라는 그럴싸한 문구를 보고 찾아가 보면, 역시 판매직이었다.

말뿐인 '경리'는 이미 자리가 찼다는 소리는, 사실상 유인책에 불과했고 영업 전선으로 내몰리는 일뿐이었다.

다급한 마음에 물건을 들고 시장에 나가 펼쳐놓았지만, 종일 가격은커녕 눈길 한 번 받지 못하고 허탕만 치고 돌아와서는 고민이 깊어졌다.

며칠을 통장에서 곶감 빼먹듯이 돈을 찾아다 소소한 살림살이를 장만하다 보니 통장에 숫자가 빠르게 줄었고, 이대로라면 곧 바닥날 것 같았다.

새로운 길을 모색해야 했는데 객지라서 주변에 고민을 나눌 사람도 없었다. 헤쳐 나갈 방법도 없이, 무작정 가출을 단행한 뒤늦은 후회가 먹구름처럼 밀려왔다.

●● 일자리를 찾았다

　남자로서의 책임이 병우의 어깨를 무겁게 짓눌렀다.
　어떻게든 일자리를 구해야 한다는 노심초사 궁리 끝에, 마침내 한 가지 방도가 생각났다.
　새벽이면 일터로 나갔다가 저녁 무렵 돌아오는 옆방 아저씨, 퇴근 시간에 맞춰 무작정 부탁을 해 보자는 것이었다.
　그날 저녁, 병우는 시장 골목 입구에서 한참을 서성였다.
　이윽고 시장 골목으로 걸어오는 작업복 차림의 아저씨 모습이 보였다.
　내 눈엔 양복 차림의 회사원이나 공무원보다 더 멋져 보였다.
　순간 가슴이 뛰었다. 병우는 성큼성큼 다가가 인사를 건넸다.
　아무도 모르는 낯선 곳에서, '한 지붕 아래 산다'는 이유만으로도 아저씨는 그에게 사회 선배이자 구세주처럼 느껴졌다.
　하지만 아저씨는 멀뚱히 병우를 바라볼 뿐이었다.
　"며칠 전 옆방으로 이사 왔습니다."라고 하자 그제야 기억이 났는지 굳었던 표정이 풀렸다.
　그럴 만도 했다. 새벽같이 나갔다가 저녁에 들어오는 사람을, 두어 번 스친 얼굴로 기억하기란 쉽지 않았다.
　일자리 부탁을 하려는 속셈에 병우는 손을 내밀어 아저씨를 끌었다.
　"대포집에서 술 한 잔 대접하겠습니다."라고 하자 아저씨는 고개를 저었다.

종일 기다리는 아이들이 생각난다고 했다.

병우는 물러서지 않았다.

"그럼 국밥이라도." 하는 소리에 아저씨는 못 이기는 척 따라왔다.

국밥집 안은 젊은 손님은 드물고, 중년 이상의 손님들이 군데군데 앉아 막걸리 주전자를 옆에 놓고는 신세타령, 세상 돌아가는 이야기에 목소리를 높였다.

골목 어귀에서 들려오는 소리와 어우러져 국밥집 안은 왁자지껄했다.

병우는 한피짝에 자리를 잡았다.

국밥 두 그릇을 시켜놓고, 먼저 아저씨께 어떤 일에 종사하시는지 여쭈었다.

이어서 옆방으로 이사 온 사정을 차근차근 설명하며, 사정하듯 말했다.

"아저씨 따라다니면서 일을 배우고 싶은데. 일자리를 좀 알아봐 주시면 안 될까요?"

아저씨의 표정이 굳어졌다. 한심하다는 눈빛이었다.

"공부나 하지. 나는 농촌 가난한 집에서 태어나 배운 게 없어 막노동판에서 굴러먹고 살 수밖에 없었단다.

그런데 앞날이 창창한 젊은이가 학교나 다니지, 뭐 하러 집을 나와 노동판에서 굴러먹으려고 하느냐."

말끝에는 나무람이 섞였다.

고향으로 돌아가 학교나 열심히 다니라는 타이름이었다.

아마도 가난한 집안에서 못 배워 힘든 노동판에서 힘들게 살아온 자신의 처지가 겹쳤던 모양이다.

병우는 그저 조금이라도 편한 일을 찾고 싶어 '대학 다니다 왔다'고 했는데, 그 한마디가 꾸중을 불렀다.

그래도 이 상황에선 물러설 수 없었다.

별다른 뾰쪽한 방법이 없으니 아저씨께 매달리는 수밖에 없었다.

다음 날, 병우는 또다시 같은 시간에 시장 입구에 나가 서 있었다.

버스에 내려오는 아저씨를 보자, 마치 은인이라도 만난 듯 반갑게 인사를 건넸다.

손목을 잡아끌며 국밥집으로 향하자, 아저씨는 손사래 쳤지만 병우는 놓지 않았다. 또 다시 어제 갔던 국밥집으로 모시고 들어갔다.

거머리처럼 딱 붙어서 애걸복걸하느라, 국밥이 코로 들어가는지 입으로 들어가는지 몰랐다.

식사가 끝나갈 무렵, 마치 일자리를 맡겨 놓기라도 한 듯 찰거머리처럼 붙어서 조르기 시작했다.

아저씨는 요놈이 오늘만 붙잡는 게 아니라 내일도, 모래도, 달라붙을 놈이라 여겼던지, 차마 매정하게 거절하지 못했다.

결국 두 손 들었다는 표정으로 말했다.

"그럼 내일 아침, 일 나갈 때 따라와 보게."

찰거머리처럼 들러붙은 벼랑 끝 전술이 먹혀들었구나 싶었다.

나는 속으로 외쳤다. "앗싸 가오리."

그 말이 '일자리를 책임지겠다'는 약속이 아니라는 건 알았다.

병우에겐 그 한마디로도 충분했다.

일단 따라가 보기만 해도, 마음속으로는 이미 일자리를 얻은 기분이었다.

지금까지 말씀하시는 정황을 돌이켜 보면, 아저씨가 일자리 주선해 줄 만한 여건이 되지 않았다면 애당초 '따라와 보라'는 말조차 꺼내지 않으셨으리라 는 믿음이 있었다.

  그저 일자리 구해 준다는 말이 아니라, '따라와 보라' 그 한마디에 나는 마음속으로 이미 일자리를 구한 것과 다름없다고 생각했다.

  내일부터는 일자리가 생긴다는 기대감에 마음이 푸근해져, 일찍 잠자리에 들었다.

  다음 날 아침, 부엌에서 달그락거리는 소리에 눈을 떴다.

  은영이가 새벽부터 일자리 찾아 나서는 나를 위해 정성껏 밥을 준비를 하고 있었다.

  그 모습은 마치 신혼부부가 신접 살림살이라도 차린 것마냥 다정하고 따뜻했다.

  남편 출근하는 아내의 정성이 담긴 아침상 같아, 가슴이 뭉클했다.

  '오빠를 믿고 따르며 좋아한 죄로 고생하는구나.'

  그 생각에 마음 한편이 저려 오면서, 열심히 살아야겠다는 책임감과 함께 어깨가 무거워짐이 느껴졌다.

  마당 한피짝에 하나밖에 없는 공동 화장실을 나오니, 아저씨네 집 창문 틈으로 전등 불빛이 새어 나오기 시작했다.

  '일찍 다녀오길 잘했다.' 싶었다.

  수돗가에서 세수를 마치고 들어와 보니, 방 한가운데에는 은영이 정성껏 차린 밥상이 놓여 있었다.

  따뜻한 식사를 마치고 오빠 출근을 기다리는 은영이 소녀티를 벗어나지 못한 철부지에서 어엿한 어른으로 변모해 가는 모습이 엿보인다.

  사랑 하나만 믿고 고향을 떠나온 나를 걱정하는 눈빛, 아침 식사를 같이 하자고 해도 낯선 곳에서, 새벽부터 일자리를 찾아 나서는 오빠 모습이 걱정스러웠던지, 은영이는 먹는 내내 바라만 볼 뿐이었다.

준비를 마치고 아저씨 나오기만 기다리다, 옆방 아주머니의 '잘 다녀오세요' 인사 소리를 듣고 부리나케 신발을 신고 나서자, 은영이는 대문 앞에 나와서 동이 터오는 새벽 골목길을 빠져나가는 나를 하염없이 바라보는 눈에는 아련함이 묻어 있었다.

버스를 기다리며 병우가 "왜 이렇게 일찍 가냐?"라고 묻자, 아저씨가 답했다.

그나마 "현장이 가까워서 지금 가는 거야. 먼 곳은 첫차를 타야 하지. 나중에 알겠지만 현장 노동판 일이란 게 시작이 빠르고, 대신 퇴근도 빨라."

현장에 도착하니, 벌써 날이 환하게 밝아왔다.

제법 큰 건물이 들어서는지 공사 현장 터가 상당히 널찍했다.

작업복으로 갈아입고 나는 특별한 기술이 없어 벽돌도 나르고 철근도 나르며, 지시하는 대로 눈치껏 데모도 일을 하다 보니 어느새 점심시간이다.

공사판 한쪽에 간이로 지은 함바집에 들어서니 인부들로 분주했다.

틈새에 끼어 먹는 점심이었지만, 태어나 처음 일자리를 얻어 돈벌이를 한다는 감회가 새로웠다.

그날의 점심은 '시장이 반찬'이라고 꿀맛이었다.

식사를 마치고 아저씨를 뒤따라가는데, 책임자로 보이는 분이 '김 반장' 하고 불렀다.

그제서야 그가 김씨였다는 것을 알게 되었고 그는 여러 반장 중에 한 사람이었는데, 책임자가 자주 찾는 걸 보니 그중에서도 신임이 두터운 반장이라는 느낌이 왔다.

아저씨 곁에 있다는 것만으로도 나는 큰 힘과 위안이 되었다.

그는 목재가 쌓여 있는 곳에 걸터앉으며 말했다.

본인은 "젊어서 올라와 공사판 돌아다닌 지가 벌써 30여 년이 가까이 된다며, 하나씩 차근차근 배워나가면 일당도 오르고, 성실히만 하면 일자리는 많다. 다만, 일당이 높은 특별한 기술 하나는 꼭 익혀야 한다."

노동판의 현실을 차근차근 알려 주시는 김 반장님을 알게 된 것이 내게는 얼마나 큰 행운이자 힘이 되었는지 모른다.

그런 아저씨께 누가 되지 않도록, 맡은 바 책임을 다하리라 다짐했다.

바삐 움직이다 보니 오후 시간도 빠르게 지나가고, 공사장이라 해 떨어지는 시간에 맞춰 모두 퇴근 준비하느라 부산하다.

시내버스를 타고 돌아오는 동안, 나는 공사판을 벗어난 외부에서는 다정하게 '형님'이라 불렀고 그분은 나를 동생같이 여기며 '병우'라고 불렀다.

두 집은 점차 사이가 가까워졌고, 김 반장님 댁은 초등학생과 중학생 두 아들이 있었다.

집 장만을 위해 사모님은 예식장 식당에 나가서 맞벌이했고, 은영이도 한 푼이라도 보태겠다며 사모님을 따라나섰다.

손녀도 보고 싶고 딸네 소식도 궁금해, 오랜만에 은희 엄니 들일에 무뎌진 손가락으로 다이얼을 돌렸다.

"여보세요." 수화기에 흘러나오는 귀에 익은 딸 목소리다.

별일 없냐, 은희는 반갑게 인사하며 별일 없다고 했다.

그리고 은영이 소식을 묻자, 엄니는 힘없이 말했다.

"아직도 소식이 없다. 안방 장롱 안 통장도 가지고 나가서, 돈 떨어지기 전까지는 연락이 없을 것 같다"며 한숨을 지었다.

그 깊은 한숨이 수화기를 타고 은희 가슴에 스며들었다.

은희는 자신이 원인 제공자라는 생각에 미안함과 안타까움이 교차하며 마음이 무거웠다.

●● 열사의 땅 중동으로 떠나던 날

몇 달이 흘렀다. 건물이 완공되어 갈 무렵, 퇴근길에 김 반장님이 슬쩍 말을 꺼냈다.

"중동에 가면 지금보다 돈을 훨씬 많이 벌 수 있거든. 나 이번 공사 끝나면 가기로 결심했어."

넌지시 알려 주면서 내 의사를 묻는다.

"거기 가면 덥고 고생은 되겠지만, 돈은 배 이상 벌 수 있어. 기회는 항상 오는 게 아니야."

돈을 더 많이 벌 수 있다는 말에 솔깃했다.

"저도 데려가 주시죠."

내가 덥석 말하자, 반장님은 "집에 가서 좀 상의해 보고. 수일 내로 알려 줘."라고 했다.

자기는 윗사람이 손에 이끌려 그냥 가는데, 다른 사람은 체력 테스트를 통과해야만 갈 수 있다고 했다.

어떤 시험이냐 물으니, "40kg짜리 모래 포대를 어깨에 메고 50미터를 15초 안에 뛰는 거야. 간단하지?" 단순한 체력 테스트라 했다.

시험은 간단했고 자신 있었다.

빨리 돈을 모아 성공하고 싶었다.

학업을 중단하고 부모님 몰래 통장을 들고 나왔던 일을 만회하고, 고향 집에 얼굴 들고 돌아갈 수 있는 방법은 오직 하나뿐이었다.

중동에 가서 훔쳐 나온 통장 속 돈의 몇 배를 벌어 갚아드리는 것, 그것이 내게는 최우선이었다.

그날 밤, 잠자리에 누워 은영이에게 중동 이야기를 슬쩍 꺼냈다.

아무 말이 없었다. 아마 객지에 혼자 지내는 것이 무섭기도 하고, 나와 떨어져 지낸다는 게 싫었던 모양이다.

"거기 가면 덥고 고생은 좀 되겠지만, 돈을 배 이상 벌 수 있어, 김 반장님도 같이 간다고."

나는 은영이 허락을 얻어내기 위해 김 반장님 동행을 특히 강조했다.

은영이는 '그럼 혼자 지내라는 말이냐'는 표정이었다.

마음속 불안이 눈동자에 고스란히 담겨 있었다.

다음 날, 은영이는 아주머니랑 식당일 가면서 슬쩍 물었다.

"아저씨, 해외로 돈 벌러 가신다면서요?"

여쭈니까 그렇다는 거였다.

"아저씨 떠나고 나면 혼자 계시는데 무섭지 않으세요?"

"무섭긴 뭐가 무서워, 안 가면 언제 돈 모아서 집 살 거냐?"

젊을 때 부지런히 모아 집도 장만해야지, 기회란 게 항시 오는 것이 아니라고 핀잔을 준다.

듣고 보니 틀린 말이 아니라, 은영이 마음도 조금씩 흔들렸다.

며칠 뒤, 병우는 운동화를 신고 죽을힘을 다해 뛰었다.

결과는 합격. 인력사무소 게시판 하단, 가나다 순 명단 끝자락 가까이에 '전병우'라는 이름 석 자를 발견했다.

그 순간, 하늘을 날아갈 듯 기뻤다

스무 해를 살아오면서 그렇게 기쁜 날은 없었다.

집에 돌아와 중동 파견근로자 합격 소식을 알렸더니, 표정이 어두웠다.

혼자 지낼 걱정 때문인지, 기쁨보다는 이별 앞의 걱정이 가득한 눈빛이었다.

혹시 적극 반대하면 어쩌나 싶었지만, 입을 다문 채 잠시 나를 바라보았다.

"오빠 혼자 떠나면 나 외롭고 무서울 것 같아. 눈물도 날 것 같고 잠도 못잘 거야." 썩 내키지는 않는 듯한 말투였다.

그러면서, "나도 아주머니 따라다니면서 돈 벌고 있을게. 우리 2세를 위해서라도, 집 장만 위해서라도 젊어서 부지런히 모으자."

마지못해 허락을 했고, 은영의 말에는 결심이 담겨 있었지만, 슬픔 또한 감춰지지 않았다.

헤어짐이 두려웠고, 병우 없는 삶이 막막했지만, 미래를 위해 참고 견디겠다고 마음을 다잡은 것이었다.

그 무렵은 제1차에서 제4차까지 이어진 오일 파동 시대였다.

중동의 산유국들은 석유 자원을 무기화를 결의했고, 국제 유가 급등으로 산유국들은 넘쳐나는 오일머니로 도로, 항만 등 기반 시설을 확충하며 건설 붐이 일었다.

우리나라는 베이비 붐 세대의 노동력이 남아돌아 실업률이 높았고, 건설사들은 값싼 인건비를 무기로 중동에 진출해 외화를 벌어들였다.

그 덕에 많은 가정이 살림을 일으켰고, 나라 경제도 한층 도약하던 시기였다.

나는 체력 테스트를 무난히 통과하고, 건강검진까지 마쳤다.

떠나기 전날 두꺼운 옷이 필요 없는 곳이라 의외로 짐은 간단했다.

은영이 사진을 한 장을 챙겨 여권 비닐 틈새에 끼워 넣으며 말했다.

"힘들고 고향이 그리울 때면, 네 사진 꺼내 보면서 참고 견딜 거야."

그 말에 은영이는 출발이 내일인데도 벌써 눈물범벅이다.

다음 날, 은영이 휴가를 내고 배웅하러 따라왔다.

그러나 아주머니는 "집에서 배웅하면 되지, 뭣 하러 공항까지 가."라고 했다.

아마 연륜의 차이일 것이다.

김포공항으로 가는 내내, 주변 시선도 아랑곳하지 않고 나는 오빠 손을 꼭 잡았다.

마치 "가지 말라"는 듯, 영영 놓아 주지 않을 것처럼 깍지를 끼고 있었다.

국제선 터미널에 들어서자, 한쪽에 '현대건설' 팻말이 보였다.

김포공항 대합실은 먼바다의 항구처럼 웅성거림과 설렘, 그리고 이별의 기운으로 부풀어 있었다.

그 주변에는 열사의 땅에서 가난의 밧줄을 끊어내고자 하는 젊은이들, 가족의 생계를 짊어진 아버지들이 모여 있었다.

그 수가 처음엔 200여 명쯤 되었으나, 어느새 바닷물처럼 밀려들어 500명도 훌쩍 넘어 보였다.

전세기가 한 대로는 모자랄 것 같았다.

오빠는 인원 확인 대에서 도착했다는 체크를 마치고, 인파 사이를 헤치며 나를 찾았다.

그리고는 한시라도 떨어지기 싫은 듯, 등반가처럼 손을 단단히 붙잡았다.

그 손끝에는 뜨거운 체온과 함께 이별의 예감이 스며있었다.

잠시 후, 현대건설 팻말이 천천히 움직이기 시작했다.

인파가 서서히 뒤따라 움직였다.

앞줄에 서서 오빠랑 함께 나란히 걸었다.

출국장 앞, 일정한 간격으로 늘어선 은빛 스테인리스 봉 사이에 대한항공 마크가 새겨진 테이프가 가로막았다.

붙잡고 있던 손을 놓을 수밖에 없었다.

그 순간, "아주 영영 헤어지기라도 하듯 다시는 못 볼 것"처럼 마음 깊은 곳에서 참아 온 응어리가 개구리 울음주머니처럼 부풀어 올랐다.

하나둘씩 사람들이 고깃집 환풍구로 빨려 드는 연기처럼, 출국장 안으로 사라졌다.

병우 오빠 앞에는 이제 몇 사람만 남았다.

곧 시야에서 사라질 걸 생각하니, 저수지의 작은 구멍이 수압을 이기지 못하고 터지듯, 눌러 온 감정이 한꺼번에 폭발했다.

김포공항이 떠나가도록 주저앉아 엉엉 울었다.

주변 시선이 쏠렸지만 부끄러움은 없었다.

순찰 중이던 경비병 두 명이 검은 선글라스를 번쩍이며 달려와 나를 일으키며 무슨 일이냐고 물었다.

그 모습을 본 병우 오빠는 옆으로 비켜서서 다음 사람을 먼저 보내고 붉어진 눈시울로 나를 바라봤다. 떨리는 손을 들어 마지막 인사를 건넨 뒤, 출국장으로 빨려 들어갔다.

나는 긴 의자에 홀로 앉아, 비행기 출발 시간까지 훌쩍이며 눈물을 훔쳤다.

마침내 이륙 시간이 가까워지자 공항 밖으로 나왔다.

활주로의 이륙 장면은 건물에 가려 보이지 않아 애가 탔다.

그런데 갑자기 하얀 기체 머리가 건물 위로 솟아오르더니, 대한항공 마크가 선명한 몸체와 붉은 태극 문양이 박힌 꼬리날개가 모습을 드러냈다.

비행기는 흰 날개를 번쩍이며 하늘을 향해 머리를 치켜들었다.

그 안에, 사랑하는 오빠가 있다.

그때야 오빠가 자신을 두고 저 멀리 떠나가는 현실을 실감했다.

나는 오빠 무릎 위에 내 마음을 실어 함께 보냈다.

오빠의 마음은 내게 남겨둔 채, 영혼이 빠진 육체만 점점 멀어져가는 가는 듯했다.

그 뒤로 남은 것은 하늘의 푸른빛과, 멀어지는 비행기 뒤에 길게 흩어지는 흰 구름뿐이었다.

수원으로 향하는 버스 안, 창밖 풍경이 지나가고 시간이 흘러도, 가슴속 울컥임은 가라앉지 않았다.

주변 시선을 의식해 진정하려 했지만, 슬픔은 이따금씩 목울대를 타고 서러움을 내뱉듯 흘러나왔다.

오빠가 탄 비행기와 같은 방향으로 가는 걸까?

아니면 반대 방향으로 점점 멀어지는지 알 수 없었다.

이 버스도 바다로 내달릴 수만 있다면, 어느 곳이라도 비행기를 따라가고 싶었다.

집에 도착해서도 슬픔은 잦아들지 않았다.

벽에 기대어 울고, 방바닥에 엎드려 울었다.

그만 떨쳐버리고 잊으려 해도, 오빠의 모습은 눈앞에서 지워지지 않았다.

아주머니가 퇴근해 대문 미는 소리가 났다.
"안에 있어?" 하는 목소리와 함께 문 두드리는 소리가 들렸다.
나는 황급히 눈물을 훔치고 문을 열었다.
퉁퉁 부은 내 눈을 본 아주머니는 웃음 섞인 목소리로 말했다.
"젊으니까 아직은 그럴 때지."
그러곤 이내 부드럽게 덧붙였다.
"앞으로 살아가려면 마음을 크게 가져야 해. 2년도 금방 지나가니까, 잊고 살아."
그 말이 귀에 맴돌았지만, 잠자리에 누워도 오빠 생각은 떠나지 않았다.

지금쯤, 인도양을 향해 가는 비행기가 태평양 상공 어딘가에서 불을 깜박이며 밤하늘 작은 점이 되어 멀어지고 있을 것이다.
그 불빛이 내 눈앞에서 아른거렸다.
오빠 생각하는 나처럼 의자에 몸을 기대고 은영이를 떠올리고 있을까?
아니면 벌써 잠들었을까?
나는 비행기를 한 번도 타본 적이 없었다.
저 무거운 쇳덩이가 수많은 사람을 싣고 하늘을 난다는 게 믿기지 않았다.
불안이 가슴 위에 돌덩이처럼 눌러앉았다.
혹시 무슨 일이 생길까 봐, 마음속에 지도를 펼쳐놓고 시간에 맞춰 가며 비행기 궤적을 쫓아가고 있었다.
눈은 더욱 또렷해지고, 잠은 더욱 멀어졌다.

장시간 여행에 엉덩이가 마비되어 갈 무렵.

스피커에서, 기장의 목소리가 흘러나왔다.

"승객 여러분의 안전을 책임지는 기장입니다. 앞으로 30분 후면 제다국제공항에 착륙 예정입니다."

작은 창 너머로 어둠이 깔린 바다 위, 드문드문 배들의 불빛이 반짝인다.

해안선을 따라 이어진 불빛들이 굴곡을 그리며 육지로 이어지고, 마을의 전등들이 별처럼 흩어져 있었다.

도로 위 줄지은 가로등 사이로 드문 차량 불빛이 새벽을 예고했다.

홍해에 맞닿은 제다공항.

새벽인데도 트랩을 내려서는 순간, 바깥 공기는 이역만리 열사의 땅답게 후끈했다.

이미 대기 중인 버스가 줄지어 서 있었고, 그들은 버스에 올라 몇 시간을 달려 도착한 곳은 끝없이 펼쳐진 공사 현장이었다.

낯선 하늘 아래, 도착하여 짐을 풀었다. 새로운 여정의 시작이었다.

•• 사우디에서 온 오빠의 편지

저녁 내내 뜬눈으로 밤을 지새운 은영이는 피곤할 법도 한데, 열사의 나라에서 오빠가 벌어오는 돈은 한 푼도 쓰지 않고 모으리라 마음먹고 아침에 일찍 옆방 아주머니의 출근길에 함께 따라나섰다.

식당에서 남은 음식을 얻어다 끼니를 때우니 식비가 거의 들지 않았다.

통장에 월급이 차곡차곡 쌓이는 걸 볼 때마다 부모님께 손 벌리고 철없이 지냈던 지난날이 떠올랐다.

농사일로 고생하며 자신을 키워 주신 부모님 생각에, 몰래 가출해 행방을 감춘 죄스러움이 가슴을 찔렀다.

용서받기 위해서는 '꼭 성공해서 부모님 앞에 당당히 서야지.'

자전거 사달라고 조르던 철부지 소녀는 어느새 살림꾼 아낙으로 탈바꿈하고 있었다.

병우 오빠가 비행기를 타고 김포공항을 떠나간 뒤 스무 날쯤 지나, 퇴근해서 집에 오니 봉투 가장자리를 빙 둘러 빨강과 파란색이 균일한 간격으로 인쇄된 항공우편 봉투가 대문에 꽂혀 있는 것이 눈에 띄었다.

설레는 마음으로 뽑아 들자, 봉투 겉면에 '전병우' 이름 세 글자가 또렷이 박혀 있었다.

중동으로 떠난 후 받아 보는 첫 번째 편지라 봉투를 뜯기도 전, 오빠의 얼굴이 떠올라 눈물이 앞을 가린다.

사랑하는 은영이에게.

쌀쌀한 바람에 등 떠밀리듯 김포를 떠나왔는데, 이 편지가 닿을 무렵이면 고국은 한겨울일 테지, 혼자 잘 지내고 있는지, 매일같이 보고만 싶다오.

눈보라 휘몰아치던 그날 밤을 떠올리면 지금도 가슴이 뜨거워진다.

부모님의 반대를 극복하기 위해, 과연 옳은 일인지 따져볼 겨를도 없이 은영이와 함께하고자 가출을 결행했던 날, 그때만 해도 몇 달이면 새 터전을 잡을 줄 알았는데, 객지 생활이란 게 생각처럼 쉽지 않더라.

결국 나는 더 빠른 성공을 향해, 그리고 탄탄한 먼 미래를 위해, 은영이와 떨어지기 싫었지만 중동행을 선택할 수밖에 없었다오.

은영아, 떠나온 발걸음마다 미련이 겹겹이 얹혀 무거웠지만, 이 결단 또한 우리의 사랑을 지키기 위한 고통이라 여기며 스스로를 다잡았다.

혹독한 사막의 바람도, 낯선 별빛 아래 고독도, 오직 너를 향한 그리움으로 견뎌 내겠다.

언젠가 너 앞에 서는 날, 이 모든 고생이 허망한 것이 아니었노라 우리에게 큰 밑거름이 되었다고 증명해 보이리라.

처음으로 국외에 나와 보니, 우물 안 개구리였던 내 눈이 조금은 넓어졌소. 곁에 있을 때는 몰랐던 그대의 소중함, 멀리 떨어져 지내보니 내게 은영이가 얼마나 산소처럼 절실한 존재였는지 새삼 느껴진다오.

이렇게 멀리 떨어져 지내며 비로소 알게 되었소.

보고 또 봐도 다시 보고 싶은 은영이.

수원에서 김포공항을 가는 길에도, 은영이를 두고 비행기에 오르던 순간에도, 마음은 당장이라도 포기하고 은영이 곁에 남고 싶었소.

하지만 우리의 미래를 위해 눈을 질끈 감고 마음을 다잡았지.

은영이가 울까 봐, 내가 약해질까 봐 꾹 참았소.

비행기 안에서 눈을 감아도, 뜨고 있어도, 오직 그대 얼굴만 아른거렸소.

만약 그대 모습을 가방에 넣을 수만 있었다면, 주저 없이 챙겨 왔을 텐데, 그럴 수 없으니 가슴속 깊숙이 담아왔다오.

힘들고 외로울 때면 가슴속의 은영이와 대화를 나누며 견딘다오.

비행기에서 잠깐 눈을 붙였는데 꿈속에서 은영이가 손짓하며 같이 가자고

나를 따라 달려오더이다.

몸은 멀리 있지만, 마음은 언제나 그대 곁에 머물러 있으니 걱정하지 마시오.

식사 거르지 말고, 밤마다 문단속 꼭 잘하고.

은영이 사진을 꺼내 보면 자전거 태워 달리던 신작로 길, 옹달샘 언덕에 나란히 기대어 앉아, 별빛 헤아리며 이야기 나누던 그 밤.

그때의 웃음과 설렘이 주마등처럼 스친다오.

비록 몸은 타국에 묶여 있지만, 한순간도 그대를 잊은 적 없네.

내 마음은 여전히 은영이 곁에 서서 지키고 있소.

우리의 먼 미래를 위해, 보고 싶어도 꾹꾹 참고 있소.

이곳 사우디는 무덥지만 적응 잘하고 있으니 내 걱정은 접어두고, 우리의 미래를 위해서 힘내고 오늘 저녁 꿈속에서 만나 주오.

중동 이슬람 국가의 겨울은 낯설기만 하네.

오늘은 크리스마스이브라 하나, 이곳에는 교회 종소리도 없고, 반짝거리는 전구도 없소.

전봇대에서 숙소와 공사장 장비들을 비추는 전구만 외롭게 서 있다오.

더위에 숨 막히는 나날, 며칠 후면 신년이라 하나, 들뜬 분위기는 그 어디에도 전혀 찾아볼 수 없소.

산타할아버지가 내게 보내 준 가장 귀한 선물 은영이!

지금 못다 한 사랑 가슴 깊이 묻어 두었다가, 고국으로 돌아가 두 손 가득 건네주리라.

그날까지 잠시만 더 참아 주오.

2년 후, 그대와 손잡고 눈길 걸을 날을 기약하며, 오늘은 이만 펜을 놓네.

1983년 12월 24일
이역만리 사우디에서 오빠가.

중동 사막 공사 현장에서 첫 번째 온 편지였다.

퇴근해서 집에만 오면, 나는 그 편지를 꺼내 읽고 또 읽었다.

몇 번을 반복하다 보니, 내용이 입에서 줄줄 흘러나올 정도였다.

편지지에는 오빠의 체취가 스며있어, 마치 옆에 있는 것처럼 느껴졌다.

오빠는 아직도 내가 어린애처럼 보이는지,

"밥 잘 먹어라 문단속 잘해라." 신신당부를 잊지 않았다.

편지에 동봉된 사진 한 장은,

사막의 무더위마저 잠재울 만큼 시원한 위안이 되었다.

나는 답장에 이렇게 적었다. '오빠가 보고 싶어 눈물로 지새웠어요.'

그날 이후, 퇴근길이면 습관처럼 제일 먼저 우편함부터 들여다보았다.

얼마 뒤 도착한 두 번째 편지에는, "한낮 기온이 사십, 오십 도를 오르내려 그늘에서 쉬다가 저녁에 작업하는 편이 낫다."는 소식과, "사막의 모래

바람과 싸우며 구슬땀을 흘려도 은영이 생각에 힘들지 않다"는 글이 담겨 있었다.

  그리고 몇 달이 지난 어느 날, 퇴근해 숙소로 돌아온 오빠는 은영이로부터 온 편지를 읽고는, 하늘에 반짝이는 북두칠성과 북극성을 보면서 수원에서 오빠 생각하고 있을 은영이 생각에 역시 잠을 이루지 못한다 했다.

•• 은영이는 임신 사실을 알렸다

언제나 보고 싶고 오빠에게.

수원의 봄은 벌써 끝나가고 있어요.

노란 개나리는 햇볕 속에 부드럽게 시들어 갔고, 분홍 진달래와 흰 벚꽃은 바람에 흩날려 먼 기억 속으로 흘러갔죠.

작약의 붉은 꽃잎은 땅으로 내려앉아 색을 잃고, 철쭉의 분홍빛도 빛을 거두었어요.

지금은 아카시아 꽃향내에 취해 벌이 주위를 맴돌고, 연둣빛 잎사귀 사이로 수국의 작은 꽃망울이 숨을 고르며 여름을 준비하고 있답니다.

오빠가 '돈 벌어 오겠다'며 부드러운 손을 내 손에서 떼어 놓던 그날로부터 벌써 6개월이 흘렀네요.

처음엔 나만 두고 떠나간 오빠가 밉기만 했어요.

밤이 깊어지면, 작은 바스락거림에도 놀라 깨어나고, 오빠랑 함께했던 순간들이 얼마나 소중했는지 새삼 깨닫게 되었답니다.

이젠 그 미움이 바람에 흩날린 꽃잎처럼 사라지고, 가슴속엔 깊고 진한 색의 그리움이 번져 갑니다.

2년이란 시간이 왜 이렇게 느리게 흐를까요.

외로울 때면 나만 놔두고 떠나간 오빠가 미웠는데, 그건 아마 철이 없던 탓이었겠죠.

미웠던 마음 모두 사라지고, 제 마음은 이미 연두부가 되었답니다.

우리의 미래를 위해서 땀 흘리고 있는 오빠 생각하며 참고 견디려 해요.

오빠가 떠난 후, 저는 밤잠을 설치며, 매일같이 함께 찍은 사진 꺼내 놓고 눈물로 지새웠어요.

지금도 외로움이 밀려올 때면 자전거 함께 타고 등하교하던 기억, 맑은 날 저녁이면 마을 뒤 언덕에 올라 별을 헤며 속삭이던 추억을 떠올리며 그리움을 달랜답니다.

뉴스를 통해 사우디의 뜨거운 햇볕과 40도를 오르내리는 열사의 기후를 조금은 알게 되었어요.

그곳 뙤약볕 아래서 우리의 미래를 위해서 얼마나 고생하는지도 알아요.

오빠의 편지 속 적응 잘하고 있다고 걱정 말라는 말이 저를 안심시키려는 것임도 잘 알고 있죠.

나만 혼자 편히 지내는 것 같아 마음이 편치 않아요.

그런데, 오빠. 아주 특별한 소식인데 가르쳐 줄까요 말까요?

오빠 귀 가까이 기울여 봐요.

가르쳐 주기가 부끄럽기도 한데 오빠니까 특별히 공짜로 그냥 가르쳐 주는 건데 사실은요.

오빠의 새 생명이 제 뱃속에서 자라고 있어요.

깜짝 놀랐죠? 며칠 전까지만 해도 옆방 아주머니 따라 식당에서 일했는데, 배가 불러와 일을 그만두었답니다.

두 달 뒤면 아기가 태어날 거예요.

놀랐죠? 충격, 감격, 설렘. 오빠 마음은 어떤가요?

머지않아 새로운 식구가 태어나, 저와 함께 아빠를 기다리며 응원할 테니까 힘내요.

주인아주머니는 "이 집 터가 좋아서 옆방 김 반장네 아이들도 모두 여기서 태어났다"고 하셨어요.

아기가 뱃속에서 꿈틀거릴 때마다, 제법 배가 볼록 볼록해지는 태동이 느껴져 내 몸속에 새 생명이 자라고 있다는 사실이 신기하고 감격스럽답니다.

혼자 출산하는 게 조금은 두렵지만, 걱정하지 마세요.

옆방 아주머니와 주인아주머니가 도와주실 거예요.

오빠가 중동으로 떠난 건 겨울이 시작될 무렵이었죠.

그 뒤 여기는 한참 추운 겨울인데도 오빠는 덥다고 했어요.

지금 수원은 초여름으로 접어드는 5월 말, 그런데 그곳은 얼마나 뜨거울까요?

곁에 있다면 시원한 얼음물 유리잔에 담아 건네주고 싶어요.

투명한 얼음 부딪히며 내는 청아한 소리와, 목을 타고 내려가는 차가움이 오빠의 갈증을 잠시라도 잊게 해 줬을 텐데.

땀 흘려 일하는 오빠의 목마름이 눈에 선합니다.

먼 하늘 아래 서로 다른 환경 속에 살아가는 우리는, 이렇게 글로만 마음을 이어가고 있네요.

오빠는 사막의 험지에서 고생하는데 저만 혼자 그늘에서 지내고 있으니 마음이 무겁습니다.

못다 한 이야기 다음에 하기로 하고 이만 줄일게요.

아기가 제게 속삭이듯, 이제 그만 건강을 위해서 누우라네요.

만날 때까지, 특히 건강 조심하세요. 안녕!

1984년 5월 27일 밤
오빠의 영원한 사랑, 은영

그동안 단 한 번도 꺼내지 않았던 임신 소식이었다.
가슴이 벅차오르고 뭉클해 뒤의 문장들은 눈에 들어오지 않았다.
나머지 내용은 건성으로 훑어보고, 편지를 꼭 쥔 채 밖으로 나왔다.
"나의 핏줄이 뱃속에 자라고 있다니." 그 한마디가 귀 안에서 메아리쳤다.
담양을 떠나 수원에서 함께 지내온 몇 달 동안, 그리움을 가슴에 간직하고 서로의 아름답고 가슴 아린 속 사연이 오롯이 담겨 있었다.
'사랑한다'는 말보다 더 깊고, 애틋하게 다가왔다.
삭막한 공사 현장을 비추고 있는 저 달 속 밝고 어두운 그림자들은 마치 초음파로 내 아기가 자라는 모습을 보여 주는 것처럼, 은영이 배부른 모습을 닮은 상현달 속에서 아기가 꿈틀거리며 잘 자라고 있다고 아빠를 빨리 만나고 싶다고 나에게 손짓하는 것 같았다.
병우는 매달 꼬박꼬박 통장에 입금이 잘 되고 있는지와 임신 소식을 듣고서 "돈, 돈 하며 너무 아끼지 말고, 영양가 있는 음식 많이 사 먹어, 그래야 우리 아기 튼튼하게 자라지." 라며 당부도 했다. 멀리 떨어져 있지만, 자신의 모든 정성과 사랑을 보내고 싶었다.
세 달쯤 지나, 은영에게서 또 한 통의 편지가 도착했다.
옆방 아주머니의 도움으로 병원에서 무사히 출산했다는 소식과 함께 사진 한 장이 동봉되어 있었다.
사진 속, 아기는 세상에 태어난 지 얼마 되지 않은 모습이었지만, 병우는 단번에 알아봤다.

눈, 코, 입 얼른 봐도 이목구비가 어쩌면 저렇게도 내 모습을 빼닮았는지, 사진은 아무리 봐도 내 유전자를 통째로 옮겨 놓은 듯, 데칼코마니처럼 닮아 있었다.

그 아이는 아들이었고, 나의 2세가 이 세상에 태어난 것이다.

병우는 감격에 가슴이 벅차올랐다.

그는 답장 편지에 '민수'라는 이름을 제안했다.

편지 받은 날, 은영이 곧바로 동사무소에 출생신고했다.

그동안 이름 없이 까꿍 까꿍 하며 어르기만 해오던 것을 민수야 하고 이름을 불렀더니 마치 멀리 타국에서 아빠가 지어 보내 준 이름이란 것을 알아듣는 것처럼 신기하게도 눈을 마주친다는 자랑으로 가득 채웠다.

민수는 낮에는 천사처럼 생글생글 잘 놀다가도, 밤만 되면 한여름 매미처럼 유난히 울어댔다.

마치 왜 아빠는 보이지 않느냐고, 어딨냐고 따지기라도 하듯. 아니면 나중에 커서 TV 노래자랑이라도 나갈 생각인지, 매미가 깊은 산속 폭포수 아래에서 득음이라도 한 것처럼 민수는 시도 때도 없이 밤만 되면 울어댔다.

덕분에 은영은 낮과 밤이 뒤바뀐 생활에 적응하느라 고생했단다.

그 편지는 병우에게 아빠가 되었다는 사실을 다시 한번 실감케 했다.

고단한 나날 속에서도, 그는 매일 밤 달을 보며 은영과 민수를 떠올렸다.

언제 다시 만날 수 있을까, 그리움은 끝없이 번져 갔다.

•• 엄니는 은희를 불러다 첫사랑이 있었는지 물었다

추석을 맞아 병기와 은희는 딸을 안고, 선물 꾸러미에 아이 짐 까지 양손에 가득 들고 친정 대문 안으로 들어섰다.
"짐 보따리 들고, 애기 한 질라 챙기고 오니라고 고생 많았겠구나."
은희 엄마는 손녀를 먼저 보듬어 안으며, 예뻐서 작은 손과 발을 요리조리 살펴보느라 딸과 사위는 뒷전이었다.
유재 사는 전씨네는 손녀 어르는 소리와 병기 목소리 듣고는 기다리던 아들 며느리가 왔다는 생각이 들어 부산하게 대문을 열고서 들어선다.
손녀는 이 손 저 손 건너다니느라 낯선 얼굴들에 어리둥절해했다.
마당은 한동안 웃음소리로 가득 찼다.
토방에는 올라서지도 않고 마당에 서서 인사만 드렸다.
출가외인이라, 은희는 정서상 그래도 시댁이 먼저라고 병기 엄마 앞세우고 대문을 나서는 뒷모습에, 아들이 없는 조씨네 무언가 빼앗긴 듯 허전함이 밀려왔다.
저녁을 먹고 은희는 코앞 친정집을 찾았다.
아버지께 인사드렸으나 병우가 없는 시댁처럼 은영이가 빠진 친정은 마치 사람의 체온이 빠져나간 듯 썰렁했다. 웃음기 대신 적막이 감돌았다.
그때, 엄마가 일어서며 은희를 작은 방으로 불렀다.
"니가 먼젓번 놈하고 혼인했으면 탈이 없었을 거라는데 그게 무슨 말이냐?" 점쟁이 말이 떠오른 모양이었다.

은희 잠시 곰곰이 생각했다.

점쟁이가 말한 '먼젓번 놈'은 분명 정균이었다.

고등학교 시절, 정균과는 서로 좋은 감정을 나누었고, 졸업과 동시에 정균이 서울로 떠나며 편지 한 장을 남긴 것이 마지막이었다.

십 년이 흐르도록 양동 댁네와도 연락이 끊겨, 소식을 알 길 없었듯이, 나 역시 연락을 취할 방법이 없었어요.

오랜 세월 동안 가슴에 묻어 둔 비밀을 털어놓았다.

"정균이와 그런 감정이 있었지만, 누구에게도 말한 적이 없었어요. 그런데 그걸 점쟁이가 어떻게 알았는지, 과학이 아무리 발달했다 해도, 그런 비밀까지 알아맞히다니 미신이라 하기엔 참 신기했다."

사위가 혹시라도 들을까 봐 방문을 빼꼼히 열고 마당을 내다보던 엄마는 은희의 말에 눈빛이 흔들렸다.

"그럼, 차라리 잘 풀린 정균이가 사위가 됐으면 아무 일도 없었단 말이냐?"

이미 엎질러진 물이었다.

은영과 병우가 없는 추석 명절. 손녀딸이 잠시 재롱을 부려 웃음을 안겼지만, 그것도 잠시뿐 마냥 즐겁게 하얀 이를 드러내고 웃지는 못했다.

"근디, 언제쯤 찾을 수 있다고 말 안 해." 하고 은희가 물었다.

북쪽으로 갔는디, 찾을 수도 없고, 안 죽고 때가 되면 지발로 찾아올 틴께 가만히 있으랴.

그러면서 장꽝에 아침이면 정한수 떠 놓고, 건강히 잘 지내기만을 기원하며 기다리라 했단다.

그때는 잡히거나, 나타나기만 하면 두 연놈을 요절을 내고 싶은 심정이었다.

이제는 집에 연락도 못 하고 굶지는 않고 지내는지 보고 자파 죽겠다.
인자는 마을에 소문이 다 머시다냐 우선 사람이 살고 봐야제 했다.
"모든 걸 잊고, 이제는 용서할 테니 건강히 돌아오기만을 바랄 뿐이다."
은희는 그 말을 듣고, 모든 게 내 탓일지도 모른다는 생각이 들었다.
병기 엄니의 마음도 크게 다르지 않았다.
집안에는 남자뿐이라 속내를 털어놓을 상대가 마땅찮아 혼자서 속만 썩었다.
그나마 여자라고는 며느리 은희가 있었지만 딸처럼 툭 터놓고 속사정을 나누지는 못했다.

•• 계약기간을 2년 더 연장했다

사우디의 작열하는 태양 아래서도 시간은 흐르고, 계약 만료까지 두 달 남짓 남았을 무렵 김 반장님이 병기를 찾았다.

"나는 고생한 김에 2년 더 연장해서 작은 상가 주택 하나 마련하려고 하네. 아래층은 세놓고 위층에서 살면서 노후에 좀 더 안정적인 삶을 위해 고생하기로 결정했다네, 자네도 빨리 결정해야 하네."

숙소로 돌아와 동료들 이야기를 들어보니, 일부는 귀국을 준비했지만 대다수는 연장을 택하는 분위기였다.

귀국 사정은 제각각이었다. 부모님 병환, 자녀 문제, 배우자의 외도, 도박으로 무너진 가정, 혹은 돈을 불려 준다는 꼬임에 빠져 몽땅 사기를 당하는 등 저마다 다양한 사연이 흘러나왔다.

은영이에게 물어보려고 했지만, 편지가 오가기에는 시간이 너무 짧았다.

게다가 요즘은 중동행 자리가 귀해 브로커에게 거액을 줘도 어렵다는 소문이 돌았다.

중동은 황금 일터로 2년 정도 고생하면 큰 목돈을 쥘 수 있기 때문에 귀국했다가 다시 오기란 사실상 불가능하다는 얘기였다.

결국 나는 잔류를 선택했다.

'2년만 더 고생하면 민수와 셋이서 더 넓은 집에서 여유롭게 살 수 있다'는 희망, 그리고 어느 정도 기반을 닦은 모습으로 부모님 앞에 떳떳하게 서고 싶은 마음에 연장을 결정했다고 현지 상황과 실정을 자세히 적어 은영에게 보냈다.

상의하고 결정해야 했으나 그러기에는 시간이 촉박했고 중동에 온 분들 특별한 일이 아니면 대부분 연장하는 분위기라는 내용도 함께 보냈다.

며칠 뒤, 은영이의 답장이 왔다.

"민수가 칭얼거릴 때마다 '두 달만 있으면 아빠 온다'며 달래 왔는데, 오빠가 나를 거짓말쟁이로 만들었어. 몰라, 몰라."

투정 섞인 편지에 원망이 묻어 있었으나, 나는 알았다.

그것이 단순한 원망이 아니라, 2년간 떨어져 지내다 곧 만날 수 있다는 기대가 무너져 버린 아쉬움, 그리고 미래를 위한 다짐이 뒤섞인 애교 섞인 타박이라는 것을. 은영이 모습이 눈에 선했다.

아들 민수랑 은영이가 보고 싶어 마음 같아서는 당장이라도 달려가고 싶었다. 그러나 이번 기회를 놓치면 다시 오기 어렵기에, '조금만 더 참자'며 마음을 다잡았다.

2년만 참으면 우리 세상이 될 줄 알았는데 4년이 될 줄 누가 알았겠는가?

그 시각 오빠 생각에 민수 보듬고 마당에 나와 밝은 달을 바라봤다.

"오빠도 나와 떨어져 열사의 나라에서 혼자 생활하고 싶겠는가?"

유유자적 떠가는 저 달처럼 오빠 찾아 날아가고 싶었다.

오빠도 저 달을 보고 은영이 생각하고 계시리라,

저 달을 통해 오빠 모습 한 번만이라도 볼 수 있다면, 손을 뻗어 맞잡을 수 있다면, 밝게 비추고 있는 달에게 은영이는 간절히 빌었다.

기다림이 2년에서 4년으로 늘어나고 보니, 외로이 떠 있는 저 달마저 내가 처량해 보였던지, 수원에서 애타게 기다리는 사정을 전해 주지 못하는 게 마치 자기 잘못인 양 자꾸만 구름 속을 파고들었다.

앞으로도 2년을 더 기다려야만 오빠를 만날 수 있다니.
함께 있고 싶어 고향을 등지고 나왔건만, 부모님 곁에 살 때보다 얼굴은 커녕 아예 먼 하늘 아래 떨어져, 오직 편지에만 의존한 채 소식을 전하는 형편이 되고 말았다.
전깃줄에 매달린 저 달처럼, 내 마음 한없이 애처롭다.
"다시 만날 날 손꼽아 기다리며 꿋꿋이 참고 견뎌낼게요."

수원에 올라온 지도 벌써 3년.
고향을 떠날 때는 어떤 고통도 함께 이겨 낼 수 있으리라 믿었다.
집을 뛰쳐나올 땐 오빠와 한 지붕 아래 살 수만 있다면 더 바랄 것도 없고, 어떠한 어려움도 견뎌내 리라 자신에 차 있었습니다.
하지만 현실은 달랐다.
함께 지내기는커녕, 벌써 몇 년째 서로 멀리 떨어져 지내야만 했다.
객지 생활의 외로움은 해가 갈수록 깊어졌다.
통장 잔고는 불어났지만, 오빠 없는 내 마음은 점점 빈곤해졌다.

힘들게 땀 흘려 번 돈을 한순간 목소리 듣자고 국제전화 거는 일도 차마 하지 못했다. 대신 수화기를 내려놓고 펜을 들었다.
편지만이 서로의 마음을 잇는 다리였다.
오빠 편지에는 늘 같은 구절이 있었다.
"오늘도 보고 싶을 때면, 민수와 함께 찍은 네 사진 옆에 놓고 웃는 얼굴 그리며 잠이 든다."
　병우도 2년이면 돌아갈 줄 알았다.
　고향을 떠나 이곳저곳 일거리를 찾아 전전하다가, 수원 살이 10개월 만에 더 많은 돈을 벌겠다는 생각으로 은영이 홀로 남겨 두고 도망치듯 중동행 비행기에 올랐다.
　그게 엊그제 같은데 어느새 3년이 지났다.
　떨어져 지낸 세월만큼, 그의 그리움은 짙어졌다.
　아들은 이제 뒤집기를 끝내고, 제법 걷기 시작했으며, 한창 말을 배우고 있다는 소식이 왔다.
　그 편지 읽으며 그는 고단함도 잊고, 저녁 달빛 아래 사진 꺼내 놓고 아들과 대화를 나누었다.
　나는 은영이 편지를 읽다가 울음이 곧 터질 것만 같았다.
　답장 편지에는 삐툴빼툴 끼적거려진 글씨와 빗나간 볼펜 자국이 남아 있었다.
　민수가 놀아 주지 않는다며 옆에서 훼방을 놓았다는 사연이었다.
　"하루라도 빨리 달려가 아들을 안아 주고 싶다."는 그 대목을 읽는 순간, 목이 메어, 그날 밤 나는 쉽게 잠들지 못했다.
　한번쯤 아들의 옹알거리는 목소리라도 듣고 싶었다.
　그러나 비싼 전화요금 때문에, 오늘도 전화기 앞에서 뒤돌아서야만 했다.
　이곳은 회교 국가였다.
　술은 그림자조차 없고, 주변은 사막뿐.
　상점도 없고 설사 있다 해도 돈이 없으니 소용없었다.
　월급은 몽땅 국내 통장으로 입금되기 때문에 허투로 쓸 여지가 없었다.

그래서 2년만 일하면 누구나 목돈을 모을 수밖에 없는 조건이었다.

하루 일을 마치면 가족에게 편지를 쓰거나 빨래를 했다.

숙소에서 책을 읽거나 서로 팀을 나누어 축구나 농구 등을 하면서 시간을 보내는데, 나는 매번 그 시간에 은영에게 편지를 썼다.

돈 벌어 잘 살아 보겠다는 꿈 하나로, 고국을 등지고 중동의 공사 현장에 몸을 실었다.

그러나 그곳의 현실은 녹록지 않았다.

하루가 멀다 하고 누군가는 다쳤고, 들것에 실려 나가는 광경이 낯설지 않았다.

웬만한 부상은 현장에 마련된 의료시설에서 수술까지 가능했지만, 부상이 심한 경우에는 끝내 성치 않은 몸으로 귀국해야 했다.

함께 땀 흘리던 동료가 실려 갈 때면 가슴이 몹시 아팠다고 적었다.

다행히 나는 지금껏 큰 사고 없이, 아픈 곳 하나 없이 버텨낼 수 있었다.

그 힘은 마음속으로 빌어 주는 은영이 그리고 아빠라고 불러 주는 민수가 있었기에 고달픔도 외로움도 잊고 지낼 수 있었단다.

누구에게나 가장 힘든 건 가족과의 이별이었다.

병우도 예외는 아니었다. 사막에 반짝이는 별을 바라보며 고향을 그리워했다.

부모님 가슴에 대못을 박고 고향을 떠나, 우연한 기회에 이곳까지 오게 된 지도 벌써 3년. 수원에 남겨둔 처자식 소식은 가끔 전해 듣지만, 고향 부모님 소식은 까마득했다.

오랜 세월 소식을 몰라 애태우실 부모님 얼굴이 떠오를 때마다, 자식 걱정에 주름살이 깊어졌을 모습이 눈앞에 아른거렸다.

그 생각이 주마등처럼 스쳐 갈 때면, 가슴속에서는 알 수 없는 뜨거움이 차올라 눈시울이 저절로 붉어졌다.

계약기간 4년을 채우고 귀국하게 되면, 가장 먼저 부모님을 찾아뵈어야겠다고 다짐했다.

그래서 그때까지는 연락을 하지 않으려 했으나, 가슴에 북받쳐 오르는 그리움이 너무 깊어 결국 결심이 무너졌다.

불효를 저지른 마음에, 머나먼 이국땅에서 건강히 지내고 있다는 소식과 함께, 떠날 때 지은 죄를 용서해 달라는 간절한 마음을 편지에 담았다.

병우로부터 편지를 받아 읽은 전씨는, 아들이 중동에서 건강하게 열심히 돈 벌고 있다는 소식에 반가움이 넘쳤다.

들뜬 목소리로 곧장 병기에게 전화를 걸어 병우 소식을 전했다.

병기는 아버지로부터 소식을 들은 뒤, 틈만 나면 중동에 진출한 건설회사 인력관리 담당자들에게 전화를 돌렸다.

주변 친구들과 지인들에게도 수소문했으나, 중동진출 근로자가 10만 명이 넘는 상황에서 병우를 찾기란 쉽지 않았다.

어느 회사 소속인지만 알아도 한결 수월할 텐데, 모래사장에서 반지를 찾는 격이었다.

그러던 중, 같이 근무하던 은행 차장님 동생이 현대건설에 근무한다는 것을 알게 되었고, 이름과 나이를 적어 건네며, 주소지는 모르지만 꼭 찾아봐 달라고 부탁했다.

기다림은 길어졌다. 중간에 전해 들으니, 명단이 가나다순이 아니라 출국 순서와 계약 연장 순으로 뒤섞여 있어 찾기가 만만치 않다고 중간에 연락을 받았다.

근무 시간 중에 명단만 들여다볼 수도 없는 일, 틈틈이 찾다 보니 시간이 오래 걸렸을 터였다.

보름쯤 지나 차장님 책상 위 전화벨이 울렸다.

그 소리에 나도 모르게 귀가 기울여졌다.

차장님 목소리가 점점 밝아지더니, 마침내 "찾았습니다."라는 울림이 터져 나왔다.

순간, 자리에서 벌떡 일어나 어느새 차장님 책상 곁에 서 있었다.

수화기를 건네받아 귀에 대니, "전병우 씨, 지금 사우디에 있습니다. 1차 2년이란 계약기간을 넘기고 3년 차에 접어들었고, 몇 달 후면 귀국 예정입니다."라고 전했다.

몇 번이나 감사 인사를 건네고, 식사 자리를 마련하겠다고 했으나 끝내 사양을 하셨다.

퇴근 후, 병우를 찾았다는 말에 은희도 기뻐하며 어쩔 줄 몰라 했다.

가족이 그리울 때면, 벽을 잡고 서 있는 아들 사진과, 한 발짝 떼다 주저앉은 사진, 그리고 민수를 품에 안고 찍은 은영이 사진 나란히 두고 번갈아 바라보았다.

이제 막 걸음을 떼기 시작한 아들과 잔잔한 미소로 곁을 지키는 은영이 모습이 눈에 밟혀, 가슴 한구석이 저려 왔다.

비록 지금은 사진으로 달래지만, 머지않아 귀국하게 되면 이제껏 누리지 못한 행복을 한순간도 놓치지 않고 함께 하리라 다짐했다.

그날이 올 때까지, 서로 건강하게, 그리고 몇 달만 더 참아 달라는 절절한 그리움을 편지에 가득 담아 보냈다.

　은영이로부터도 답장이 왔다.

　귀국할 날만 손꼽아 기다리며 달력에 동그라미 표시하며, 하루하루 날짜를 지워 가고 있다고 했다.

　하루가 어찌나 더디게 가는지, 마음 같아서는 저 태양을 빨리 회전하도록 긴 간짓대로 쭈셔 버리고 싶다 했다.

　시간이란 누구에게나 똑같이 주어지지만, 알콩달콩 즐거운 시간을 보내는 연인들은 천년도 하루처럼 짧게 느껴질 것이고, 오빠와 나처럼 이역만리에 떨어져 애타는 기다림은, 하루가 천 년 같을 것이라고 적혀 있었다.

•• 4년의 계약기간을 마치고 드디어 귀국길에 올랐다

은영이는 민수에게 "아빠가 조금만 기다리면 오신다"는 말을 하루에도 몇 번씩 강조하며, 공항에 입고 갈 민수 새 옷도 마련했다.
만나자마자 아빠를 부를 수 있도록, 민수보다 더 많이 '아빠'라는 말을 입에 올렸는지 모른다.
오빠 역시 하루 일과를 마치고 돌아오면, 보고 싶은 은영이와 아들을 떠올리며 밤하늘의 별과 달을 바라보았다.
고향 하늘을 향해 마음을 담아 편지를 쓰고, 귀국 날짜가 다가올수록 그 마음은 한층 뜨거워졌다.
매일같이 애절한 사연을 담아 보내다 보니, 어느덧 내일이 귀국일이다.
그러나 사우디에서는 서울로 가는 비행기는 내일까지 좌석은 매진이었다.
하루라도 빨리 사랑하는 가족 품으로 돌아가고 싶은 마음에 다른 방법을 찾던 중, 한 근로자가 사우디에서 좌석이 없을 때 이라크 수도 바그다드의 사담공항을 경유해서 다녀온 적이 있다고 알려 줬다.
곧바로 대한항공에 문의하니 사담국제공항에는 몇 좌석 남아 있었다.
병우는 지체 없이 티켓을 예매 이라크로 향했다.
바그다드에 도착해 다른 근로자들과 합류했지만, 비행기 출발까지는 몇 시간을 더 기다려야만 했다.
카트에 짐을 싣고 여유롭게 면세점을 둘러보며 어떤 선물이 좋을까 하며 화려하게 치장된 매장을 이곳저곳 둘러보았다.

창밖에 이글거리는 태양 아래, 비행기 이착륙을 돕기 위해 차량과 사람들이 분주히 움직이고 있었다.

활주로 위에는 뜨거운 햇볕에 달궈진 아스팔트에서 아지랑이가 피어오르고 있었다.

이착륙 시간을 피해 활주로의 열기를 식히기 위해, 살수차 두 대가 나란히 물을 뿌리며 지나갔다.

한쪽에서는 출발을 앞둔 비행기에 화물을 싣고 있었고, 다른 쪽에서는 막 착륙한 비행기에서 화물을 공항 로비로 옮기느라 사람들이 분주히 오갔다.

관제탑과 교신에 따라 유유히 활주로를 달려 무사히 착륙한 비행기는 탑승구를 향해 신호등을 깜박이며 서서히 다가왔다.

가까워질수록 커져 보이는 동체는 묵직한 존재감을 드러냈다.

반대로, 승객 탑승을 마친 비행기는 후진을 하다 서서히 방향을 틀어 활주로 쪽으로, 멀어지며 동체는 점점 작아졌다.

탑승구가 부족해 멀리 멈춰선 비행기에는, 승객을 태우거나 내리기 위해 전용 차량들이 쉼 없이 오갔다.

공항 곳곳의 이런 광경은 세계 곳곳을 향해 뻗어가는 인생의 단면 같았다.

이곳 바그다드 공항은 마치 수많은 사연과 길이 교차하는 거대한 분기점 같았다.

김포행 출발 게이트 주변에는 중동 각지에서 계약을 마치고 돌아가려는 근로자들이 삼삼오오 모여 있었다.

햇볕에 그을린 구릿빛 피부와 굵은 손마디 속에는, 몇 년 만에 고향을 찾는 설렘이 묻어 있었다.

그들의 가슴 속에는, 고향에서 기다리는 가족을 향한 향수가 짙게 번져, 기다리는 동안, 근로자들의 마음은 이미 하늘길을 달려 고향에 가 있었다.

오랜 기다림에 지쳐 보이는 얼굴들마다, 집에 돌아가 풀어놓을 이야기 보따리와 반가운 재회의 웃음이 겹겹이 묻어났다.

건강히 돌아올 아버지이자 아들이며 남편의 모습이 눈앞에 아른거렸다.

가족들은 환한 웃음으로 맞이할 그 순간을, 손꼽아 기다리고 있었다.

식사를 마친 병우는 김포로 향하는 비행기 탑승구 근처 의자에 앉았다.

창밖 활주로에서는 비행기가 한 대가 요란한 굉음을 내며 쏜살같이 활주로를 미끄러져 나가더니, 서서히 하늘을 향해 떠올랐다.

이륙을 위해 내려왔던 바퀴는, 하얀 동체 속으로 매끈하게 숨었다.

비행기는 고도를 높이며, 마치 하늘을 뚫을 듯 솟아올랐다.

이내 희미하게 시야에서 멀어져 가는 저 비행기는 행선지가 유럽일지 아시아일지, 혹은 더 멀리 아메리카일지도 모른다.

그 안에는 나처럼 고향을 찾아가는 사람, 새로운 일터를 찾아 떠나는 사람, 여유롭게 가족과 함께 여행을 떠나는 사람도 타고 있을 것이다.

각자 목적지와 사연만큼, 그들의 가슴 속에 품은 두근거림과 설렘의 결도 제각각일 터였다.

병우는 이라크 바그다드공항에서 출발할 비행기 기다리며 몇 시간 후면 아들 민수와 은영을 만날 수 있다는 꿈에 부풀어 있었다.

그러던 중, 탑승구 위의 불이 점등되어 깜박거렸다.

동시에 스피커에서는 김포행 탑승 시작을 알리는 안내 방송이 흘러나

왔다.

두 줄로 늘어선 승객들 티켓을 확인받으며 차례로 탑승구 안으로 들어갔다.

병우도 천천히 발걸음을 옮겨 좌석을 찾아 앉았다.

곧 승무원이 안전벨트 착용을 확인하고, 안전 비행을 위한 설명이 이어졌다. 기체는 활주로 위를 서서히 미끄러져 나가더니, 이내 굉음을 내며 하늘로 날아올랐다.

순조롭게 이륙한 비행기는 4년간의 사우디 생활을 뒤로하고 바그다드 시내와 중동의 뜨거운 열기를 밀어내면서 기수는 곧바로 김포를 향했다.

저녁이면 그리운 은영과 아들을 만날 수 있다는 생각에 입가에는 저절로 미소가 번졌다.

다음 날이면 담양의 부모님을 찾아뵐 수 있다는 감격에, 병우의 가슴은 기쁨으로 벅차올랐다.

이제, 긴 기다림의 끝이 눈앞에 다가왔다.

●● KAL 858기의 갑작스런 추락 소식

은영이는 몇 시간 후면 4년 만에 중동에서 돌아올 병우 오빠를 만난다는 생각에 들떠 있었다.

거실 한가운데 함께 찍었던 사진 꺼내놓고 아들 민수의 작은 손가락을 오빠의 얼굴에 가져다 대며, "아빠, 아빠"를 반복해 읽혀 주고 있었다.

민수보다 오히려 은영 자신이 더 많은 '아빠'를 되뇌고 있었다.

그때였다. 텔레비전을 화면 아래 자막이 번쩍이며 "대한항공 여객기 추락"이라는 긴급 속보가 떴다.

마른하늘에 날벼락 같은 소식에 은영은 순간 자신의 눈을 의심했다.

하지만 화면은 곧 '자세한 속보는 들어오는 대로 다시 연결하겠다'는 안내와 함께 정규방송으로 돌아갔다.

은영이는 망치로 머리를 얻어맞은 듯 어안이 벙벙해, 화면에서 눈을 뗄 수 없었다.

잠시 후, 다시 정규방송이 끊기고 뉴스룸으로 장소가 옮겨졌다.

아나운서의 표정은 심각했고, 목소리는 다급했다.

"해외 근로자와 항공기 승무원 등 115명의 전원이 사망한 것으로 보입니다."

사고기는 1987년 11월 29일 이라크의 수도 바그다드 사담국제공항에서 이륙한 대한항공 보잉707 기종 KAL 858편이었다.

중간 기착지 아랍에미리트 수도 아브다비 국제공항을 거쳐, 마지막 중간 기착지 태국의 방콕 돈므앙국제공항에서 환승과 급유를 하기 위해 비행하던 중 인도양의 버마(미얀마) 근해인 안다만 해역 상공에서 하오 2시 5분경 교신이 두절된 채 실종되었다고 했다.

정부 당국과 대한항공은 여러 경로를 통해 사고 여부를 확인 중이라고, 앵커는 다시 한번 덧붙였다.

"KAL858편에는 중동의 건설 현장에서 귀국하던 많은 한국인 근로자들이 탑승하고 있었으며, 김포공항에 도착 예정 시간은 오늘 저녁 8시 40분이었습니다."

이어 지도 화면이 등장했다.

바그다드에서 출발해 방콕을 향하던 항로가 표시되고, 추락 추정 지점이 붉은 원으로 표시됐다.

앵커는 그곳을 가리키며, 통신이 두절된 경위와 수색 상황을 브리핑했다. 그 순간, 은영의 가슴속에서는 설명할 수 없는 불안이 무섭게 커져 갔다.

열사의 땅에서 긴 세월을 고생하다 가족 품으로 돌아오려던 가장들이 타고 올 비행기가 사라졌다는 갑작스러운 소식은, 그들의 귀국을 손꼽아 기다리던 가족들뿐 아니라 온 국민을 패닉 상태로 몰아넣었다.

텔레비전에서는 같은 뉴스가 반복 재생됐고, 사람들은 그 화면에서 눈을 떼지 못했다.

제13대 대통령 선거를 불과 보름 앞둔 시점, 정부는 사고 조사반과 파견 대책반을 꾸리느라 분주했고, 공기는 한층 어수선해졌다.

그날 아침, 아빠가 저녁이면 민수 보러 온다고 말하며 천천히 공항에 마중 갈 준비를 하고 있었다.

김포공항으로 향할 생각에 마음이 부풀어 있었는데, 텔레비전에서 갑자기 비보가 흘러나온 것이다.

"중동에서 우리나라 근로자를 태운 비행기가 인도양의 버마 근해, 안다만 해역 상공에서 사라졌습니다."

순간 가슴이 철렁 내려앉았고, 몸이 굳어 한동안 움직일 수 없었다.

'설마 오빠가 저 비행기에 타셨을까….'

스스로 위안하며, 오빠는 살아있을 거라는 믿음으로 텔레비전을 뚫어져라 바라보았다.

하지만 아나운서가 "바그다드발 김포공항 도착 예정 시간, 오늘 저녁 8시 40분"이라고 말하는 순간, 오빠가 도착하는 시간과 정확히 일치했다.

망연자실 정신을 잃었다.

얼마나 지났을까.

움직임이 없는 엄마의 얼굴을 손으로 마구 때리는 민수의 칭얼거림에 겨우 눈을 떴다.

화면에서는 여전히 '대한항공 실종 사건' 속보가 이어지고 있었고, 하단 자막으로 해외 근로자와 항공기 승무원의 탑승자 명단이 차례로 지나가고 있었다.

"제발… 오빠 이름만 나오지 마."

심장이 터질 듯 조마조마하게 자막을 지켜보았다.

그러다 마지막 몇 명 남았을 때 '전병우.' 이름 석 자가 스쳐 지나갔다.

처음에는 믿기지 않아 채널을 돌렸다.

타 방송에서 재차 확인하고 그제야 현실이 나를 덮쳤다.

다시 쓰러져 오열하고 말았다.

사랑하는 은영이 남겨두고, 돈 벌어 오겠다며 이역만리로 떠났던 오라버니. 그 무더운 사막에서 4년의 고통을 견뎌 내시고, 희망을 품고 돌아오시던 길 추락이라니 웬 말입니까?

추락 순간 얼마나 무서웠나요?

오빠는 영영 은영이 볼 수도 없는 곳, 벵골만 깊은 바닷속으로 빨려 들어가면서 얼마나 숨이 막히고 고통스러우셨나요?

왜… 왜 은영이도 함께 데려가지 않고, 어둡고 차가운 그곳으로 혼자만 떠나셨나요?

나 홀로 어찌 살라고….

어젯밤 꿈속에서 만난 오빠는 눈을 뜨고 나를 바라보면서, 답답해서 견디지 못한 듯 생명의 끈을 놓으셨다.

그 순간, 작은 공기 방울 하나가 벵골만 깊은 바다 속에서 올라오더니, 파도에 휩쓸려 이내 자취를 감추고 말았어요.

오빠, 오빠 아무리 목 놓아 불러도, 티끌만한 흔적조차 찾을 수가 없었어요.

오늘이 가고 내일이 오면, 오매불망 그리던 오빠가 돌아온다기에 은영이는 뜬눈으로 저녁을 꼬박 지새웠어요.

그런데, 돌아온 건 오빠가 아니라, 비행기 사고 소식이었다.

하나님, 잠도 안 잤는데 어떻게 내일이 올 수 있습니까?

내일은 간데없고, 오늘이 기다리던 내일이라니요.

그게 우주의 법칙이고 순리라 구요? 누가 그따위 말을 해요.

무슨 말 같지도 않은 소릴 하고 계시나요.

도대체 우주 창조를 어찌 하셨길래 이런 허점과 오류를 범하셨습니까?

잠을 자지 않았는데도 불구하고 내일이 오다니요.

원점으로 되돌려 주세요.

그러면 오빠는 다시 살아서 돌아올 수 있잖아요.

뜬눈으로 지새웠는데 내일 일을 오늘로 당겨서 사고 소식을 전하다니요.

세상에 그런 법은 없습니다.

하나님, 잠 한숨 자지 않은 제게 내일이 오지 않게 하시던지, 아니면 오빠를 살려 주시던지, 둘 중 하나를 선택해 주세요.

어거지라고요?

그렇다면 애당초 우주를 설계할 때 순리와 이치에 맞게 똑바로 만드셨어야죠.

말이 통하지 않는다구요.

팔자소관이니 받아들이라고요?

그리는 못합니다. 그 말은 바람에도 실리지 않을 헛소리입니다.

불쌍한 우리 오빠, 그 불타는 사막에서 4년 동안 손바닥에 모래알처럼 꿈을 움켜쥐고 처자식 만나러 오시던 길에, 웬 날벼락이란 말입니까?

"천지를 창조하신 조물주님, 하나님" 두 분 모두 전지전능하시다면서,

뜬눈으로 버틴 제게 내일을 멈추는 일 하나 해결 못해 주신다면 저는 계속해서 세상천지 동네방네 민원을 제기할 수밖에 없답니다.

제발, 전지전능하신 하나님, 만능이신 조물주님

부디 저의 간절한 소망, 딱 하나만 들어주세요.

제발, 내일이라는 발목을 잡아 주십시오.

오늘은 내일의 발판이고, 내일은 오늘의 희망이라는데
그 희망이 온데간데없이 바닷속으로 사라졌어요.
희망을 꼭 찾아 주세요. 네.

병기와 은희도 알고 있었다.
병우가 중동에 현대건설 근로자로 갔다는 것, 그리고 곧 귀국한다는 사실을.
일요일 오후, 집에서 쉬며 텔레비전을 보고 있던 그들은 화면에 흐르는 자막에서 '전병우'라는 이름을 발견했다.
불과 몇 시간 전까지만 해도, 열사의 나라에서 고생하다 돌아오는 동생을 마주 앉아 "그동안 얼마나 고생했냐"고 이야기 나눌 날을 기다렸는데
사망자 명단 속 이름 앞에서, 말문이 막히고 억장이 무너졌다.
참아내려던 눈물이 한순간 터져, 두 사람은 부둥켜안고 울었다.
고향에 있는 부모님께 소식을 전해야 했지만, 수화기가 손에 잡히지 않았다.
그러나 결국 다이얼을 돌렸다. 몇 번의 신호음 끝에 들려오는 목소리는, 이미 숨이 가쁜 채로 떨리고 있었다.
"여… 보세요…."
다급한 기운이 묻어나는 목소리였다.
부모님은 방금 이장을 만나서 들은 이야기를 전했다.
"비행기 사고가 났는데, 병우 이름이 텔레비전에 나왔단디, 뭔 소린가 싶어서 지금 뛰어와 텔레비전을 켜보려는 참이여."
"그게 참말이냐." "예!"

병우가 중동에 나가 있었고, 이맘때쯤 귀국할 예정이었다는 말을 하자, 비명이 터졌다.

"오매, 병우야!"

이후는 숨넘어가는 울음뿐이었다.

수화기 방바닥에 떨어지는 소리, 방바닥을 손바닥으로 연거푸 두드리는 둔탁한 울음, "병우야 병우야" 울부짖는 소리가 귓속을 파고들었다.

그 시각, 은영이는 생각했다.

이러고 있을 때가 아니다.

직접 눈으로 확인하기 전까지는, 오빠의 죽음을 믿을 수 없었다.

"오빠는 살아있을 거야."

그 믿음을 붙잡고, 민수를 들쳐업은 채 김포공항으로 향했다.

차창너머 거리에는, 아무 일도 없다는 듯 평온한 사람들의 발걸음이 오갔다.

누군가는 장바구니를 들고, 누군가는 연인과 손을 잡고

그들의 하루는 흐르고 있었다.

왜 나만, 이토록 깊은 슬픔 속에 빠져 있어야 하나.

몇 시간 전까지만 해도, 오빠를 만날 설렘으로 가득했는데.

지금 마중 가는 길이 아닌 오빠의 생사를 확인하러 간다니 믿기지 않았다.

오빠 도착하면, 수원에서 하룻밤을 묵고, 내일은 담양에 가서 눈보라 치던 날 몰래 가져왔던 통장 금액, 보다 곱절로 부모님께 되돌려 드리고, 그동안 속 썩인 일, 백 번 천 번 사죄드리려 했었다.

하지만 모든 계획은 파도처럼 흩어지고 말았다.

공항 대합실 들어서자, 사고 소식을 들은 근로자 가족들이 도착, 곳곳에서 들려오는 통곡에 울음바다를 이루고 있었다.

대합실 한편에 임시 사고 대책반이 꾸려져 있는 곳에는 어디서 임시로 갖다 놓았는지 책상 두 개를 붙여 놓고, 정부와 공항 관계자들이 바삐 움직이고 있었다.

그곳에서, 오빠 이름과 나이가 적힌 명단을 확인했다.

'전병우.'

그 순간, 민수를 업은 채 망연자실 힘없이 주저앉았다.

울음이 터져 나왔다.

관계자들의 부축을 받으며 빈 의자에 앉혔지만, 눈물은 멈춰지지 않았다.

그동안 힘들고 외로울 때마다 몇 번이나 언니에게 전화하려다 수화기를 들었다 내려놓기를 반복하며 참아왔다.

하지만 이제는 그럴 필요가 없었다.

나는 동전을 넣고 공중전화 다이얼을 돌렸다.

"여보세요."

몇 년 만에 듣는 언니 목소리.

그 순간, 말이 막혀 울음만 흘러나왔다.

"은영이냐?"

언니가 묻지만, 대답이 나오지 않았다.

"지금 어디냐?"

"어디여." 흐느끼며 겨우 짜낸 한마디 "…공항" 하고는 수화기를 놓아 버렸다.

얼마나 시간이 흘렀을까.

형부와 언니가 대합실로 부리나케 들어서며 두리번거리는 모습이 보였다.

나도 모르게 일어나 언니 쪽으로 향해 걸었다.

입에서는 큰소리로 내고 있었지만, 목이 쉬어 소리는 나오지 않았다.

오빠가 귀국하면 멋진 모습으로 언니 집을 찾으려 했는데.

이런 상황에서 몇 년 만에 언니와 형부를 마주하고 보니 서러움에 북받쳐 눈물이 터졌다.

언니 품에 안겨, 어깨를 다독이는 손길 속에서 우리는 함께 울었다.

임시사고 대책반에서 명단을 확인하고 돌아온 형부도 벽을 바라보고 어깨를 들썩이며, 눈물을 찍어 내고 있었다.

한참 후 형부가 눈에 띄지 않아 두리번거리자 언니가 말했다.

"담양에 사고 소식을 알려서, 아버지는 양쪽 가축들 먹이도 주고 집안일 뒤치다꺼리 하시느라 남고, 어머니랑 세 분이서 서울로 오고 계셔. 아마 터미널에 마중 나가셨을 거야."

자정이 가까운 시각, 인파 속에서 귀에 익은 울부짖는 소리가 들려왔다.

"병우야- 병우야-!"

담양에서 무거운 발걸음으로 부모님 도착을 알리고 있었다.

나는 울음소리 나는 쪽으로 다가가 인사를 드렸다.

하지만 눈물범벅이 된 병우 엄니 공항 바닥에 주저앉아 땅을 치며 통곡했다.

그 울음은 나를 향해 달려들어 할퀼 듯, 원망이 가득 담겨 있었다.

부모 입장에서 자식을 먼저 보내야 하는 마음이 어찌 원통하지 않겠는가?

담양에서 오시는 동안, 그 마음은 갈기갈기 찢어졌을 것이다.

울음을 참느라 얼마나 애통해하셨을까?

서둘러 오시느라 병우 엄니는 평소 들일하던 차림 그대로였고, 병우 아부지는 양복바지에 점퍼를 걸쳤지만 바지는 대림 질 자국도 없이 펑퍼짐했다.

"자식 죽음 소식에 옷 챙겨 입을 겨를이 있으셨겠는가."

그저 손에 잡히는 데로 걸쳐 입고 달려오신 것이다.

얼마나 허망했던지 우두커니 서서 연신 눈물만 훔치셨다.

그나마 엄니는 장에 갈 때 입는 옷차림이었다.

내 뱃속에서 나온 딸년은 멀쩡하게 살아 있음에 속으로는 다행이라 여기셨겠지만 병우 엄니 보기는 미안한 마음이 앞섰을 것이다.

아니면 사돈 마님의 심정을 대신 풀어 주려는 듯, 내 등짝을 마구 두들겼다.

'사돈 마님, 이 정도로 패도 한이 풀리지 않지요?'

사돈네 심정을 헤아리기라도 하듯 사돈 마님 앞에서 내 등짝은 불이 났다.

하지만 나는 병우 오빠를 꼭 빼닮은 민수를 품에 안고 있었기에 놓칠세라 아픔이 느껴지지 않았다.

엄니의 손길에는 짠한 안타까움이, 병우 엄니 통곡에는 풀리지 않는 원망이 담겨 있었다.

어리둥절한 민수 까만 눈동자에 눈물이 맺히고 울음이 터졌다.

마치 하늘에서 오빠가 내려다보며

'은영이는 사랑하는 죄밖에 없다. 민수 할머니, 부디 용서해 주시길!'

하고 말해 주는 듯했다.

비행기 동체는 끝내 발견되지 않았다.

미얀마 안다만 해역 상공에서 북한 공작원 김승일과 김현희에 의해 공중 폭파되어, 탑승객 115명 전원이 목숨을 잃은 사건이었다.

정부는 내년에 열릴 88올림픽을 방해하려는 의도로 벌인 테러라고 발표했지만 여전히 풀리지 않은 의문점들이 남아 있었다.

바레인에서 체포된 김승일은 조사를 받던 중 청산가리가 든 앰플을 삼켜 음독자살했고, 함께 있던 김현희는 자살에 실패한 채 재갈이 물린 상태로 김포공항으로 압송됐다.

빈소에는 115명의 영정이 검은 리본을 두른 채, 세 줄로 길게 놓여 있었다.

은영이는 끝없는 조문객 행렬을 헤집고 들어가, 병우 오빠의 영정 앞에 다가가 바르르 떨리는 손으로 "오빠… 오빠…" 사진을 어루만지며 오열했다.

이대로 보낼 순 없다고 실성한 사람처럼 몸서리치며 나뒹굴었다.

은영이 통곡하는 모습에 가족들 닭똥 같은 눈물 흘리며 모두 가슴 아파했다.

은희는 그런 은영이의 모습이 마치 자신 탓인 양 가슴 한쪽이 저려 왔다.

병우 엄마 역시 아들 잃은 슬픔에 고개 숙이고 오열했다.

은영이 어찌나 서럽게 목 놓아 울어대던지, 병우 엄마 내색은 안 했지만, 속으로 '아, 내 아들을 무척이나 사랑했구.' 싶어 그동안 품었던 서운한 마음이 스르르 풀려나갔다.

"그만 울어라." 하며 은영이를 부축했지만, 흐느낌은 멈추지 않았다.

은희가 와서 반대쪽 겨드랑이 끼고 부축해 간신히 빈소 밖으로 걸어 나왔다.

은영이는 발걸음을 옮기면서도 자꾸만 뒤를 돌아보며, 오빠 사진에서 시선을 놓지 못했다.

시신 없는 합동 영결식이 끝난 뒤 액자에 담긴 영정사진만 품에 안은 채 각자 연고지로 흩어졌다.

은영이의 머릿속엔 오빠의 마지막 여정이 영화처럼 흘렀다.

가족을 만날 부푼 꿈을 안고 비행기에 올랐을 그 순간,

사막 열사의 땅에서 가족을 위해 땀 흘리며 견뎠던 세월,

그 모든 장면이 한꺼번에 쏟아져 가슴을 찔렀다.

우리는 형부 집으로 가기 위해 버스에 몸을 실었다.

차창 밖 풍경이 스쳐 지나가는데, 세상은 여전히 평온해 보였다.

하지만 은영이의 세상은 이미 무너져 있었다.

●● 병우를 빼닮은 손자 민수 재롱에
　　 서서히 웃음을 찾는다

아들을 꼭 빼닮은 손자 민수의 재롱 덕에, 병기 엄니 얼굴에도 서서히 웃음이 돌아왔다.

큰아들 집으로 향하는 길, 병우가 일곱 살이던 시절이 문득 떠올랐다.

옹달샘에서 놀던 어린 병우를 데리고 와서는, "둘 다 한 마을에서 결혼할 팔자니 공을 많이 드려야겠소이다." 하던 스님의 말. 그때는 흘려들었지만, 이제 와서 공을 들이지 못한 지난날이 못내 한스러웠다.

은희에게도 후회가 있었다.

추석날 저녁 바람 쐬러 나와 골목에서 병우와 은영이가 어깨동무하고 다정히 속삭이는 모습을 보고는 보통 사이가 아니라는 걸 알면서 자신의 앞길에 걸림돌로 여기며 둘 사이를 훼방 놓아 갈라놓으려 했던 기억,

은희 엄마의 생각도 복잡했다.

"애초부터 일이 잘못 꼬였어. 먼젓번 놈하고 혼인했더라면 아무 탈이 없었을 거야." 큰딸 결혼이 문제의 발단이었다는 한마디.

그리고 멀리 가면 명대로 못산다는 점쟁이의 경고.

이미 예언처럼 드리워졌던 불운의 서막들, 이 모든 파편들을 미리 꿰맞춰 보았다면 병우에게 찾아올 어두운 그림자를 막을 길이 있지 않았을까.

누구에게는 뒤늦은 후회로, 누구에게는 자책으로 다가왔다.

합동 영결식을 끝내고 나서야, 모두는 병우 오빠가 영영 돌아올 수 없는 하늘나라로 떠났음을 받아들였다.

사진만 봐도 터져 나오던 울음도, 눈물도 조금씩 메말라갔다.

형부 집에 도착했지만, 집안은 초상집 분위기에서 쉽게 빠져나오지 못하고 있었다.

그때 언니가 주방에서 사과를 깎아 포크를 꽂아 쟁반에 담아왔다.

아무도 선뜻 포크를 잡지 못하고 그저 멍하니 보고만 있었다.

분위기가 그랬다.

언니가 민수에게 사과를 포크에 찍어 할아버지께 갔다 드리라 했다.

아장아장 걸음을 떼기 시작한 민수는, 할아버지 다음으로 할머니한테도 건네주며 심부름을 했다.

그 모습이 마치 어린 시절 병우를 그대로 옮겨 놓은 듯 귀여워, 방 안에 조금씩 웃음꽃이 피어올랐다.

민수가 귀여움을 독차지하자, 언니 딸도 시샘을 하며 여기저기 사과를 날라다 주며 경쟁하듯 뛰어다녔다.

뒤뚱뒤뚱 걷는 민수가 넘어질세라 어른들 시선이 쏠렸고, 그 순간만큼은 주인공처럼 어른들로부터 상전 대우를 받았고, 어른들 표정도 한결 밝아졌다.

다음날, 부모님과 나, 민수는 담양행 고속버스에 올랐다.

민수는 처음엔 내 손을 꼭 잡고 떨어지지 않더니, 며칠 새 얼굴을 익힌 덕인지 낯도 안 가리고 친할머니, 외할머니 품을 오가며 재롱을 부렸다.

엄마는 찾지도 않더니만, 친할머니 품에서 곤히 잠이 들었다.

친할머니 잠든 손자 얼굴 뚫어지게 바라보며,

"어쩌면 이렇게도 둘째 병우를 빼닮았을까…."

그 눈빛엔 감회와 슬픔이 뒤섞여 있었다.

"널 닮은 손자를 내 품에 안겨 주고, 정작 너는 홀로 내 곁을 떠났구나."

높은 하늘에서 비행기 떨어질 때 얼마나 아찔하고 무서웠을지, 그 순간의 전율인 온몸에 전해오며 아들 생각하시는지 그새 눈시울이 붉어졌다.

손자를 꼭 끌어안은 채 볼을 비비며, 놓치기 싫은 듯 품을 조였다.

저녁 무렵 고향 집에 도착했지만, 은영이는 마을 사람들의 시선과 수군거림이 두려워 집 밖으로 나서지 않았다.

그렇게 보름이 지났다.

수원 전셋집과 짐을 정리하기 위해 길을 나서려는데, 엄니는 "짐 챙겨 오려면 힘드니까 민수를 두고 가거라." 하셨다.

민수마저 어른들 곁에 없으면 양쪽 집 모두 적적하시고, 특히 병우 부모님은 눈물로 지샐 것 같았다.

아무래도 짐 챙겨 오려면 힘들 것 같아 민수를 맡기고 길을 나섰다.

어느새 익숙해진 민수는 양가를 오가며 낯가림 없이 재롱을 부렸고, 그새 정이 들었던지 할머니 품에 쉽게 안겼다.

마치 민수는 어른들 슬픔을 책임지려는 것만 같았다.

수원 집에 도착하니, 오빠도 민수도 없는 횡 한 빈방이 한층 더 허전하게 느껴졌다.

몇 달 동안 함께 묶었던 방 안엔 오빠의 체취가 묻어 있었고, 그 냄새는 다시 한번 회한의 눈물을 불러왔다.

옆방 아주머니는 일 나가고, 오빠보다 이틀 뒤 사우디에서 출발한 아저씨는 무사히 귀국해 나를 위로해 주셨다.

"우리 오빠도 함께 가자고 꼭 붙들지, 왜 그냥 혼자 출발하도록 놔두셨어요."

그 원망이 목구멍까지 차올랐지만, 그동안 취직도 시켜 주시고 중동행 길도 알선해 주신 분에게 차마 내뱉을 수 없었다.

'물에 빠진 놈 건져 놨더니 내 봇짐 내놓으라' 하는 것 같아 눈물만 삼켰다.

이미 소식을 들어 알고 계셨던 주인아주머니도 나와 손을 잡았다.

"며칠 새 얼굴이 형편없어졌다며, 짠해도 어쩔 건가. 간 사람은 이미 이 세상과 인연이 다해 명이 거기까지여서 간 거야. 너무 슬퍼하지 말고, 아직은 젊어서 살아갈 날이 창창하니, 그만 잊고 새댁 힘내."라며 다독여 주셨다.

방 정리해 고향으로 내려가겠다고 주인아주머니께 방을 빼겠다고 하고서, 집을 소개해 주었던 복덕방 아저씨에게도 속히 방을 빼 달라 부탁했다.

민수 옷과 내 짐을 최대한 챙기고 나머지는 필요한 이들에게 가져가라 했다.

오빠 옷은 보자기에 싸서, 시내버스를 타고 도심을 벗어난 종점까지 갔다.

외진 논꼬랑 사이에서, 오빠의 옷에 불을 붙였다.

불꽃이 일자, 연기가 하늘로 솟는다.

이승에서 오빠가 입었던 눈에 읽은 옷들이 가장자리부터 서서히 타들어 갔다. 연기는 하얗게 변해 구름처럼 올라가고, 재는 바람에 흩날려 논바닥에 내려앉았다.

나는 그 연기에, 오빠에게 전하지 못한 사랑과 미련을 함께 실어 보냈다.

하늘나라에서라도 그 옷을 입고 지낼 수 있기를, 기원하며 마지막 연기를 바라보았다.

　오빠, 지금은 어느 별에 계신가요?
　태양계에서 밀려난, 외로운 명왕성으로 가셨나요?
　아니면 더 멀리, 안드로메다은하로 가신 건가요?
　모래알처럼 흩어진 저 수많은 별들 속에서, 오빠는 어디쯤 계신가요?
　내일 밤 오빠 방에서 망원경 꺼내 들고 옹달샘 가는 길 언덕에 올라가 보겠습니다.
　예전에 오빠가 하나하나 가르쳐 주셨던 별자리, 다시 찬찬히 살펴볼 테니 찾기 쉽도록 손을 흔들어 주세요.
　오빠를 더 쉽게 찾을 수 있도록, 내일 밤은 구름 한 점 없는, 별빛이 쏟아지는 청명한 밤이었으면 좋겠습니다.
　이 땅에 홀로 남은 저에게 미련만 남기고 허망하게 떠나가신 오빠.
　자정을 지나, 보고 싶은 오빠 별 찾아 헤매다 오늘은 이만 내려가려 합니다.
　오빠, 잘 자요.

　그날 밤, 언니와 오빠의 결혼식이 있었던 저녁처럼,
　옹달샘 근처 소나무 가지에서 암컷 부엉이가 짝을 찾는 울음소리를 냈습니다. 그 소리가 앞산 너럭바위에서 부딪쳐, 마치 "병~우" 하고 짝을 찾아 헤매는 소리에 응답하듯 메아리쳤습니다.
　한참 후, 어느 별에선가 나를 발견한 듯
　오빠 부엉이가 은영~ 은영~ 하고 응답하듯 울었습니다.

그 울음소리는 구슬프면서도 청아했고,
그 순간, 하늘에는 별 하나가 손을 흔들듯 유독 반짝반짝 빛나고 있었습니다.

학교 다닐 적 망원경을 아끼셨던 오라버니,
가시려거든 손목 잡고 나도 함께 데려가시지.
그렇게도 깍지 낀 손 놓지 않으려 하시더니….

학창 시절 천체 신비에 빠져 계셨던 오라버니,
가시려거든 내 마음도 함께 데려가시지,
그래야 천국에서도 아름다운 대화를 나누지요.

태양계에서 밀려난 명왕성으로 가셨나요?
어디가 그리 싫어, 나만 남겨두고 떠나셨나요?
아~아 외로워서 어찌 살라구요.

학교 다닐 때 우주과학에 심취했던 오라버니,
가시려거든 자전거에 나도 함께 태워 가시지.
그렇게도 헤어지기 싫어 망설이시더니….

학창 시절에 별자리에 마음 두셨던 오라버니,
가시려거든 망원경도 함께 챙겨 가시지요.

그래야 하늘나라에서도 은영이 보이실 테니.

250만 광년 너머 안드로메다로 가셨나요?
무엇이 미워서 바다 깊은 곳에 숨으셨나요?
아~아 서러워서 어찌 살라구요.

망원경으로 은영이 보고파 지구별 바라볼 때,
달빛이 온 세상 밝히는 맑은 밤에 오세요.
그래야 은영이 얼굴 쉽게 찾을 수 있지요.

하얀 소금 뿌려 놓은 듯 반짝이는 별들 사이,
풀벌레 소리조차 잠든 고요한 밤에 만나요.
그래야 멀리서 들려오는 오빠 목소리 듣지요.

초라한 이 모습, 보고픈 오빠 얼굴….
하늘강 저편 구름 마을에 머무시는지
달빛에 살짝 비춰 보여 주시면,
아, 아… 보고파서 눈물 흘리지요.
일장춘몽, 덧없는 꿈이런가….
아… 아… 날 두고 떠난 님이여….

엄니는 내색은 안 했지만, 남자도 없이 민수만 바라보며 앞으로 젊은 청

준 혼자 살아갈 딸의 앞날이 짜내서 우짜까, 하는 걱정이 많으셨다.
 하지만 아들 잃은 슬픔이 채 가시지도 않은 사돈댁 앞에서는 늘 조심스러워, 새 삶을 찾으라는 말은 차마 꺼내지 못하셨다.
 "짠해도 어쩔 건가, 타고난 지 복인디 어쩔 수 없지 않는가."
 그렇게 내버려 두기에는, 엄니 가슴이 몹시 아팠다.
 가을이면 민수 할아버지께서 옹달샘 아래 심어 놓은 감나무 가지에 휘파람새가 앉아 남쪽 나라로 떠날 채비를 하며 노래한다.
 그 옆에는 새색시처럼 곱게 물든 홍시가 매달려 있다.
 예전에 오빠가 내 입에 넣어 주던 그 달고 부드러운 홍시를, 이제는 내가 민수 입에 넣어 준다. 오빠 대신에.
 민수 손잡고 옹달샘을 둘러보니, 어린 시절 오빠와 함께 뛰놀던 기억들이 주마등처럼 지나갔다.
 옹달샘은 여전히 맑고 고요히 솟아오르고 있었다.
 세월이 흘러 계절이 바뀌어도 그 자리를 변함없이 지키고, 추억과 정이 그리워 다시 찾은 이들의 사연을 묵묵히 들어 주는 듯했다.
 인기척에 무당개구리는 뒷발 물갈퀴로 헤엄치며 놀다 잽싸게 숨어버렸다.
 하늘에서 내려다보고 계실 오빠, 우리의 옛 추억이 참 그립습니다.
 별이 초롱초롱 빛나는 밤이면, 민수를 데리고 마을 뒤 언덕에 올랐다.
 예전에 오빠가 내게 그랬던 것처럼, 저기 밝게 빛나는 두 개의 별, 직녀성과 견우성은 일 년에 한 번밖에 못 만난다고, 또 저기 밝게 빛나는 별은 '아빠별'이라고, 민수 보며 웃고 있어서 더 빛난다고 얘기해 줍니다.

풀벌레도 잠든 고요한 밤에,
아무도 모르게 밧줄 타고 잠시만이라도 내려오시면 안 되나요?

"잠시 머무르다, 새벽이슬 맺히기 전"
살짝 올라가시면 되잖아요?

차곡차곡 쌓인 그리움을 하나하나 털어 내려 하면 할수록,
오히려 그리움만 더 깊어집니다.

천국에는 편지 보낼 우체통이 없는 건지
자주 오던 오빠의 편지도 더 이상 오지 않습니다.

내 마음속에 써 놓은 편지는 켜켜이 쌓여만 갑니다.

오빠, 천국의 전화번호 알려 주실 수 있나요?
목소리 한 번만이라도 들을 수만 있다면,
전화요금 절대 아끼려 들지 않을 거예요.

•• 은영은 스님이 되었다

　세월이 흘러도 은영이는 병우를 잊지 못했다.
　민수 할머니는, 아직 젊고 창창한 나이라 은영이가 짜냅고 안타까웠던지 내게 민수를 맡기고 이미 저세상으로 떠난 아들 병우를 그만 잊고 새 삶을 찾을 것을 권했다.
　그러나 은영이는 단호했다. 오빠 생각나서 그리는 못합니다.
　민수 자라는 것 보면서, 둘이 오순도순 살 거예요.
　그런 말씀 꺼내지도 마세요.
　단칼에 자르며, 어른들 하시는 말에 좀처럼 귀를 열려고 하지 않았다.
　이역만리 열사의 땅에서 가족을 위해 피땀 흘리다 귀국길에 하늘나라로 가셨는데 어떻게 잊고 새 삶을 찾으라는 말인가!
　은영이는 병우와 나눴던, 절대 헤어지지 말자는 약속을 잊지 못했다.
　그토록 은영이만 사랑해 준 오빠를 남겨두고 새로운 삶을 찾는다는 것은 이율배반이요, 오빠를 두 번 죽음으로 몰아넣는 짓이라며 끝내 오빠 그림자 곁을 떠나지 않을 거라 맹세했다.

　이후로도, 양가 어른들은 이심전심 한마음으로 새 출발 설득은 지속됐다.
　시간이 흘러 어른들 성화를 견디지 못한, 은영이
　결국 시골보다는 교육환경이 좋은 서울에서 자라는 게 좋겠다고 생각을 바꿔 민수를 언니 집으로 보냈으면 하는 의사를 내비쳤다.

그 마음을 읽은 양가 부모님들은 다행이라며 안도했다.

형부와 언니는, 친동생의 자녀이니만큼 나이 많은 부모님보다 교육환경이 좋은 서울에서 자신들이 돌보는 게 좋겠다며 흔쾌히 맡겠다고 나섰다.

그리하여 민수는 병기의 둘째로 입적되고, 호적 정리가 이루어졌다.

그나마 언니와 형부 앞으로 입적시키고 나니, 다른 사람도 아니요, 친조카이니 아들마냥 잘 보살펴 줄 것이라는 믿음에 마음이 놓였다.

비행기 사고로 나온 보상금은 병우 오빠 부모님, 곧 민수 할아버지 할머니께 전해드렸다.

아들 잃은 슬픔 속에 있는 오빠 집에 드리는 것이 당연하다고 생각했다.

병우의 목숨이 남긴 대가로 나온 보상금을 받고 보니, 문득 잊고 지냈던 지난날 기억이 새삼 스쳤다.

뒷산 넘어 스님께서 탁발하러 마을에 내려왔다 되돌아가는 길에 병우를 앞장세우고 찾아와서는 "자식 둘 다 한 마을로 결혼할 것 같은데 '공'을 많이 드려야겠소이다."라는 말을 남기고 떠나가신 스님 말씀이 떠올랐다.

병우 일곱 살 때 일이라 깜박 잊고 지내왔던 지난날 생각이 나 진즉 뒷산 넘어 절에라도 찾아가서 한 번이라도 부처님께 공을 들여 볼 것을 장독에 정한수 한 대접 떠 놓고라도 삼시랑 할머니께 우리 집 무탈을 빌기라도 했어야 했는데 그마저도 잊고 지냈다.

농사일이 바쁘다는 핑계로 깜박 잊고 지나온 자신이 미웠고 지난 세월 돌이켜 생각하니 전신이 저리도록 가슴 아픈 후회스러움이 밀려왔다.

은영이가 남자 잡아묵을 팔자를 타고났다느니, 하는 마을 사람들 쑥덕거림이 귀에 들어올 때마다, 병우 엄니는 말했다.

"앞으로는 그런 말 하지도 마쑈. 모든 게 내 어리석음에서 비롯된 거지, 우리 민수 애미는 절대 그런 팔자 타고난 것이 아니라고, 우리 병우 좋아하고 사랑했던 게 죄요?

그랑께, 앞으로는 내 앞에서 씨잘데기 없는 소리들 하지도 마쑈."

오히려 아들을 사랑해 준 은영이 편에 서서 역성을 들고 있었다.

오빠가 중동 사막에서 4년 동안 피땀 흘려 벌어온 돈은 고스란히 민수 몫으로 언니와 형부에게 건넸다.

어련히 알아서 하시겠지만, "저보다 더 민수 훌륭하게 자라도록 돌봐 주시라 당부도 곁들였다."

마지막으로 오빠 방에 있던 망원경을 꺼내 전해 주었다.

잘 간직하고 있다가 민수 성장하거들랑 꼭 전해 주라며, '아빠가 아끼던 물건'이었다며 언니에게 강조했다.

모든 것을 언니에게 맡기고, 홀가분한 마음으로 길을 나섰다.

일편단심, 오빠만을 위해서 평생 기도하며 살겠다는 다짐, 다음 생에 또 다른 인연으로 이어 가겠다는 마음을 품고, 오빠 영정사진 가슴에 안고 스님이 되려고 길을 나섰다.

병우 오빠 일곱 살 되던 해, 집에 데려와 말씀 남기고 떠나갔던, 스님의 길을 따라가다 옹달샘에 이르러 잠시 숨을 고르며 두 손에 샘물을 움켜쥐고 들이켰다.

눈을 감으니 그 물맛은 예나 지금이나 변함없이 상큼했고, 목구멍을 타고 내려가는 감촉은 가슴 한 켠을 적시며 오래된 상처를 어루만져 주는 듯했다.

 서산마루에는 석양이 붉게 물들어 가는 것을 보고는, 서둘러 뒷산 몰랭이를 넘었다.

 덧없는 세월 속, 은영이는 오직 오빠를 위해 염불을 이어갔다.

'관세음보살, 관세음보살.'
'나무아미타불, 나무아미타불.'
'나무석가모니불, 나무석가모니불.'

 그때, 누군가 찾아왔다는 말에 대웅전 앞뜰로 나갔다.
 어제저녁 꿈속에서 본 병우 오빠가, 그 자리에 서 있었다.
 청년은 틀림없는 옛 모습 그대로, 환생이라도 한 듯 서 있었다.
 그러나 그는 나를 부르지도, 다가오지도 않았다.
 그저 우두커니 서서, 나를 바라보기만 했다.

 오빠가 나랑 행복하게 살 집 마련을 위해 20년 전 중동으로 떠난 후, 처음 보는 오빠 모습이었다.
 오빠 모습 그대로인 청년은 바로 민수였다.
 어린 아들, 언니에게 맡기고 넘었던 뒷산 고개를.
 20년 세월이 흐른 후 대학생이 되어 군대 간다고 내가 넘었던 길을 따라 절에 찾아온 것이다.
 민수를 향해 "옴마니반메훔" 하며 머리 숙여 합장을 했다.

민머리 모습인 나를 어려서의 기억을 떠올리지는 못했겠지만,
합장을 하며 고개를 숙이고 나를 '스님'이라 불렀다.
어쩌면 산사가 떠나가도록 '엄마'라고 큰소리로 불러 보고 싶었을지 모른다.
그러나 그는 속으로 삼켰다.
대웅전 처마 끝 그림자가 민수 발끝에서부터 서서히 타고 올라, 얼굴 위로 드리워졌다.
하늘을 올려다보니, 태양이 산마루 너머로 기울고 있었다.

나는 속으로 읊조렸다.
과보를 뉘우치려고 부처님께 귀의한 몸인데, 꿈속에서는 아직도 오빠 그림자를 잡으려 손을 뻗었구나.
닿을 듯 말 듯, 구름 뒤로 숨어 버린 그 그림자 대신 민수를 보내 주셨네요.

스님 눈가엔 이슬이 맺혔다.